잃어버린 목소리, 다시 찾은 목소리

구혜영론

지은이 안미영(安美永, Ahn, Mi-Young)은 한국 현대문학 소설을 전공했으며, 현재 건국대학교 글로컬캠퍼스 교양대학 교수이다. 2002년 『동아일보』 신춘문예에 평론이 당선되었다. 평론집으로는 『낮은 목소리로 굽어보기』(2007)와 『소설, 의혹과 통찰의 수사학』(2013)이 있으며, 연구서로 『이상과 그의 시대』(2003), 『전전세대의 전후인식』(2008), 『이태준, 근대문학을 향한 열망』(2009), 『해방, 비국민의 미완의 서사』(2016)가 있다.

잃어버린 목소리, 다시 찾은 목소리—구혜영론

초판 인쇄 2017년 4월 1일 **초판 발행** 2017년 4월 7일
지은이 안미영 **기획** 여성문학학회 **펴낸이** 박성모 **펴낸곳** 소명출판 **출판등록** 제13-522호
주소 서울시 서초구 서초중앙로6길 15, 1층
전화 02-585-7840 **팩스** 02-585-7848 **전자우편** somyungbooks@daum.net **홈페이지** www.somyong.co.kr

값 19,000원
ISBN 979-11-5905-162-3 94810
ISBN 978-89-5626-691-6 (세트)

이 저서는 2012년 정부(교육부)의 재원으로 한국연구재단의 지원을 받아 수행된 연구임(NRF-2012S1A6A4019139).

| 여성작가연구총서_10_구혜영론 |

잃어버린 목소리, 다시 찾은 목소리

Lost voice and returned voice

안미영

봉인된 편지

여성작가 연구의 문턱에서 그간 많은 연구자들은 꽤 오랫동안 망설여왔다. 그 이유를 연구자 개인의 겸손이나 수줍음으로 돌릴 수만은 없을 듯 보인다. 왜냐하면 우리는 이미 서술할 만한 가치가 있음직한 '유일한 역사'로 국가, 민족, 계급, 이념 등과 관련한 가치의 체계를 존중하는 데 익숙해 있으며, 이때 여성 혹은 여성성은 역사의 대표적인 표상이 되지 못하는 주변인에 불과하기 때문이다. 이는 사적인 삶을 통해 세계의 변화를 포착하는 문학의 경우에도 예외는 아니다. 여성은 역사의 주역 혹은 공적인 인물이 되지 못하기 때문에 연구자들에게 여성작가나 여성문학은 미지 혹은 기억조차 의심스러울 만큼 흐릿한 존재로 남아 있다. 공교롭게도 대부분의 선집이 대체로 학계의 권위 있는 학자들, 대부분 남성 교수들에 의해 편찬되고 있다는 점은 '정전(canon)'을 만드는 과정에서 젠더의 권력관계가 개입해 있는 것은 아닌지 의혹을 품게 한다. 왜냐하면 여성작가들의 작품은 냉엄하고 재능

있는 문학사가의 검시대에서 날렵한 해부의 대상이 된 적조차 없이 '기타 등등'으로 등록되어 버렸기 때문이다.

그러므로 야심 있는 연구자들에게 여성작가는 기피의 대상이 될 수밖에 없었다. 남성은 물론이고 여성연구자들 역시 자신을 학자로 정체화하는 학위논문 작성 과정에서부터 여성작가를 부재 처리하는(혹은 '왕따'시키는) 가부장적 학계의 풍토와 불가피하게 '공모'해 왔을 가능성이 높다. 여성작가를 연구한다는 것은 학계에서의 자신의 위치뿐 아니라 취업 등 여러 측면에서 지속적으로 불이익을 안겨줄 것이기 때문이다. 이렇듯 여러 가지 이유들로 여성작가는 연구 대상에서 가장 먼저 배제되는 불명예의 목록에 포함되고 만다. 이 모든 일이 특별히 예민하고 과도하게 까탈스러운 이의 피해의식이 아님은 박사학위논문의 목록만 살펴보아도 알 수 있다. 페미니즘의 시대라 불린 90년대 이후에도 여성작가 혹은 여성문학은 주요한 의제가 되지 못했다.

그런데 기실 여성작가 혹은 여성문학은 저주받고 금지된 어두운 장소가 아니라 근대성, 부르주아 사회, 개인의 발견, 사생활의 탄생, 시민사회, 친밀한 감정의 세계, 육체와 욕망, 일상성 등 근대의 멘탈리티를 깊이 있게 규명하기 위해 환한 빛 속에 개방되지 않으면 안 되는 이름이다. 여성작가들은 해방 이후 근대 국가 재건의 열망이 본격화되면서 마치 오래도록 갈증에 허덕인 사람들인 양 무수히 많은 기록들을 남겼다. 이는 해방과 한국전쟁을 거치면서 문단의 재건 과정에서 다양한 공모제도가 등장하고 이에 따라 여성작가들이 등단 기회를 얻었다는 사실과 관련된 현상으로만 단순 처리될 수 없다. 모더니티를 젠더와 관련해 읽는 일은 우리에게 그다지 익숙하지 않지만, 공사 영역이 분리되고 여성이 사생활 혁명을 주도할 전담자가 되면서 근대가 시작된다는 점을 떠올려 본다면 여성들은 모더니티의 진정한 주인공이라 할 만하다. 이러한 판단을 증명하듯 여성작가들은 새로운 혁명의 파도를 맞아 때로 그것에 적극 환호하면서 혹은 회의를 표명하면서 근대성의 새로운 역사를 쓰는 데 주도적인 역할을 해왔다. 비록 주류 문단에서는 그다지 환영받지 못했지만 신문과 잡지 등 근대적 공론장에서 활발한 창작 활동으로 대중들과 소통하며 근대성을 협상해왔다. 그러므로 해방 이후부터 현재에 이르는 여성 작가들이 남긴 글들은 우리 역사의 의미심장한 경험에 대한 유의미한 증언 혹은 기록이라 할 수 있다.

본 총서는 오래 전부터 기획되었지만 진행은 다소 더디게 이루어져왔다. 무엇보다 여성작가와 관련된 기록을 찾는 일은 쉽지 않았다. 그녀들은 놀라우리만치 많은 글들을 썼지만 온전히 기록이 남아있는 경우는 드물었다. 심지어 작가 연보마저 불확실한 경우도 많았다. 확인해 본 결과 작가 연보에는 귀중한 작품들이 빠진 경우도 있고, 연보에는 있지만 실제로 작품이 남아있지 않은 경우도 많았다. 여성작가의 글쓰기를 어떻게 보는가라는 관점의 문제도 작업을 더디게 만들었다. 성별 권위주의 풍토 하에서 오래도록 공부하고 학위를 받아온 우리 자신에게조차 여성

작가들의 글은 도전이었다. 우리 역시 그녀들의 글쓰기를 '여류' 혹은 '규수'라는 성차별적 지칭으로 묶어 독창성이나 진정성이 부족한 것으로 치부해온 관행에 익숙하기 때문이다. 우리는 때로 너무 일찍 도착한 고독한 선각자 같고, 때로는 살아남기 위해 자신의 여성성을 적극적으로 연기하는 듯한 여성작가들의 진실이 무엇인지 알아차리기 쉽지 않았다. 아마도 우리의 연구서는 이 혼란을 완전하게 극복한 결과가 아니라 혼돈과 분열이 만들어 낸 수많은 물음들에 대한 최소한의 답변이라 할 수 있을 것이다.

'여성작가총서'의 첫 권이 세상에 나오기까지 무려 오 년의 시간이 걸렸다. 첫 번째로 우리는 여성작가총서의 기획 목적에 걸맞은 작가를 선정하는 일부터 시작해야 했다. 먼저 해방 전에 활동한 1세대 여성 작가에 대한 연구는 양적으로 어느 정도 축적되어 있는 데 비해 해방 이후부터 특히 5~60년대는 여성문학 연구의 불모지라는 점, 더 중요하게는 여성문학 연구에 방법론적 기원을 제공한다는 점에 주목해 해방 이후부터 1990년대에 이르기까지 한국 여성문학사의 계보를 보여줄 수 있는 30인을 선발했다. 누가 페미니스트 작가인가보다 동시대 여성들의 근대 체험을 문제적으로 다루었다고 판단되는 작가들을 중심으로 선정했다. 그런 후 여성작가들이 남긴 작품들을 길고 지루한 잠에서 깨워 줄 연구자들을 찾기 시작했다. 앞서도 말했듯이 해방 이후부터 60년대까지의 여성작가의 작품들은 거의 연구된 바 없어, 우여곡절 끝에 어렵사리 연구자를 섭외했다. 지금은 각자 사는 일이 바빠 중단되었지만 같이 공부하면서 연구해가자는 취지로 매달 한 번씩 연구발표회를 가져 연구의 완성도도 높이고자 했다. 첫 책이 나오기까지 편집위원들은 많은 수고를 아끼지 않았다. 이들은 서로의 원고를 읽고 논평해주는 것으로 같은 길을 걸어가는 사람으로서의 소임을 다했다. '여성작가연구총서'에는 여러 사람들의 정성과 열정이 듬뿍 배어있다.

　때로는 외부의 장벽과 고투하면서 또 다른 한편으로는 소위 여성연구자라는 우리 자신의 정체성에 대해 성찰하면서 매달려온 '여성작가연구총서'를 이제야 세상에 내보낸다. 우리의 연구서와 함께 오래도록 갇혀있었던 말들이 튀어나와 싱싱한 언어의 잔치가 벌어지기 바란다. 독자 여러분께서 여성작가들의 존재를 세상에 드러내려는 우리들의 시도에 동참해주기 바란다.

　　　　　　　　한국 여성문학학회 여성작가연구총서 편집위원회

책머리에

　구혜영(1931~2006)은 1955년 『사상계』를 통해 문단에 데뷔한
다. 입선자 소개란에 의하면, 구혜영(具曄瑛)은 "본적 강원도. 현재
서울특별시 성북구 돈암동 486-6. 숙명여자대학교 국문과 출신.
현재 한국일보 문화부 근무"로 나타나 있다.(「입선자소개란」, 『사상
계』, 사상계사, 1955, 41면) 전후 지성인 담론의 요체였던 『사상계』를
통해 등단한 여성 작가 구혜영의 창작 활동은 그 등단 매체의 특
이성만으로도 충분히 주목받을 필요가 있다. 구혜영 소설에 나
타난 '계몽성'은 그녀의 등단 매체 『사상계』에서 배태된 것이다.
그녀는 『사상계』에 7편의 단편을 실었으며 모두 전 세대와 구분
되는 새로운 세대의 반항의식이 드러나 있다. 『사상계』의 폐간
과 더불어, 그녀는 자신의 입지를 지탱시켜 줄 수 있는 지면과 배
경을 상실한다. 같은 시기 한말숙과 박경리가 김동리의 추천으
로 본격 순문예지 『현대문학』을 통해 등단한 후 비교적 다양한
지면과 문단의 관심을 받은 것과 대조해 볼 때, 20대 등단한 구혜

영에게 『사상계』는 영광이기도 하고 멍에이기도 했다.

구혜영 소설에 나타나는 '감성'은 그녀의 세대적 특수성에서 비롯된 것이다. 구혜영은 해방기 10대 소녀 시절을 강원도에서 보내고, 한국전쟁기 서울에서 20대 청춘기를 시작한다. 그녀는 식민지 역사에 대한 실감 없이 해방과 더불어 내면의 순수한 생명력을 일깨웠으며, 한국전쟁을 통해 청춘의 열정을 발견한다. 구혜영 소설에 등장하는 감성적 인물은 작가의 이러한 성장기와 세대 체험에서 출현한 것이다. 구혜영은 개인의 문제와 역사적 현실 간에 거리를 두고 있다. 그 결과 그녀는 특정 이데올로기에 경도되거나 이데올로기의 성과에 주목하기보다 건강한 생명력을 지향한다. 이로 말미암아 그녀는 해방기를 배경으로 한 작품에서 소녀의 순수한 마음을 읽어내고, 한국전쟁을 배경으로 한 작품에서 청춘의 열정을 구가한다. 이처럼 구혜영은 '계몽성'과 '감성'이 착종된 세대이다. 그녀는 전 세대 지식인 작가들의 계몽적인 어조를 계승하면서도, 전대와 구분되는 새로운 세대 경험으로 말미암아 감성을 보여줄 수밖에 없는 세대이다.

1970년대 장편소설은 여중고교생을 주인공으로 삼은 학원소설과 여대생(대학생)을 주인공으로 삼은 청춘소설로 나눌 수 있다. 1970년대 학원소설을 통해 한국문화사에서 소녀담론의 기원을 형성했다. 특히 『불타는 신록』은 소녀의 '아름다운 심성'을 구현했으며 영화라는 미디어를 통해 소녀에 대한 판타지로 변용되었다. 구혜영의 1970년대 소설은 대다수 여학생을 대상으로 하고 있으며, 또 영화와 드라마로 방영되었다. 『불타는 신록』은 『여학생』(1971~1972)에 연재되고, 1973년 단행본으로 출간되었다. 1975년에는 김응천 감독에 의해 〈여고졸업반〉이라는 이름으로 영화화되어 대중의 사랑을 받았다. 영화로 대중에게 향유되는 과정에서 주제의식과 방향성은 달라졌다. 소설에서 구혜영은 소녀의 성장을 통해 여성 시민의 미덕을 구현해 보였다.

영화 〈여고졸업반〉은 아름다운 심성 교육이라는 주제보다, 순수한 소녀라는 외적 이미지를 부각시켰다. '소녀'는 1970년대 대중의 내면에 잠재해 있는 욕망을 소환해 내기에 적실한 표상이 되었다. 영화에 재현된 소녀 표상은 남성으로 하여금 내면에 존재하는 때 묻지 않은 여성 이미지를 소환해내는가 하면, 여성에게는 그들이 한때 거쳐 왔거나 진행 중인 호시절을 향유하는 기회를 제공했다. 유신체제의 전체주의 성향과 대중문화의 집단적 소비가, 사람들의 내면에 원형적으로 존재하는 소녀 이미지의 재현에 집중되었다.

청춘소설에서는 여대생의 성(性)과 사랑의 윤리를 구현했다. 1970년대 구혜영의 저작 중 특기할 만한 것으로 『진아의 편지』(창원사, 1974)가 있다. 엄마와 딸(들)의 편지를 모은 서간문이지만, 성교육 지침서라는 점에서 주목을 요한다. 구혜영은 『진아의 편지』에서 여성 스스로가 성적(性的)인 면에서 주도적으로 인식하고 실천해야 함을 강조한다. '시민'이 국가에 대한 주권자임을 자각하고 주권자로서 행동하고 책임을 지듯이, '여성'이라는 시민은 성(性)관계에 있어서도 자신이 주권자임을 자각하고 행동에 책임져야 한다는 것이다. 이때 책임은 새 생명에 대한 엄마로서의 자각, 결혼이라는 입사식에 따른 사회 구성원으로서의 역할을 의미한다.

1970년대 청춘소설에서 구혜영은 시민으로서 여성의 윤리를 제시하는데, 그것은 크게 다음과 같이 분류할 수 있다. 첫째, 숭고한 사랑의 완성을 위해 각고의 노력을 다해야 한다. 둘째, 건강한 생활인으로 거듭나야 한다. 셋째, '윤리와 생활의 이원화'를 경계해야 한다. 작가가 제시하는 바가 인간과 현실에 대한 통찰이 아니라 동시대 '시민'윤리라는 점에서, 구혜영 소설을 '시민소설'이라 명명할 수 있다.

이러한 사실은 구혜영의 1980년대 소설에서도 확인할 수 있다. 구혜영의 에로티시즘 탐구의 궁극 목표는 에로티시즘의 통제를 통한 집단윤리의 준수에 있었다. 『불뱀의 꿈』에서 눈먼 에로티시즘은 여성의 부덕(不德)으로 그려졌다. 육체의 쾌감은 수치심과 죄의식을 동반했으며, 여성의 섹슈얼리티는 상식 밖의 부덕(不德)으로 치부되었다. 에로티시즘으로부터 '사랑'을 분리하고, 『유라의 밀실』에서 진정한 사랑은 '자기희생'임을 구현해 보였다.

구혜영의 작품에서 문학사적으로 비중 있게 다루어야 할 영역은 한국전쟁소설이다. 구혜영은 등단작 「안개는 걷히고」(『사상계』, 1955)를 비롯하여 이후 두 편의 한국전쟁 장편소설을 창작한다. 1970년대에는 『안개의 肖像』(『주부생활』, 1969~1970, 1973년 단행본 출간), 1980년대에는 『광상곡』(1986)을 통해 해방기와 한국전쟁에 대한 기억을 소설로 재현했다. 작고하기 전인 2000년대에도 호수 연작 중편소설을 통해 해방과 한국전쟁 이후 청년의 후일담을 다루었다. 일련의 소설에서 작가는 해방 이후 순수한 젊은이들이 좌익 이데올로기에 경도되는 과정과 그 이후 음지의 삶을 살아야 했던 불우한 삶의 궤적을 보여주었다. 특히 한국전쟁과 분단 이후, 붉은 이념의 낙인을 안고 살아야 했던 여성들의 삶에 주목했다. 구혜영은 1970년대 말하지 못했던 것을 1980년대에 구체적으로 조명했으며, 2000년대에는 더 솔직하게 고백했다. 구혜영은 상처투성이 한국현대사를 지내는 동안 자신이 감내했던 고통과 진실을 증언하기 위해 그토록 오랜 세월이 걸렸던 것이다.

일련의 논의는 순수하고 자유로웠던 여성작가 구혜영의 삶을 만나게 해 줄 것이며, 나아가 한국현대사의 추이를 구체적으로 조우할 수 있는 기회를 제공해 주리라 믿는다. 소명출판과 편집부에게 거듭 감사의 마음을 전한다.

차례

제1장

잃어버린 목소리

1. 출생배경과 성장과정

구혜영은 1931년 강원도 춘천에서 출생했다. 식민지 시기에도 불구하고 백일을 기념하기 위해 사진관에서 정성을 들여 찍었다. 가족의 사랑과 관심 얼마나 지대했는지 알 수 있다. 유복한 가정의 맏딸로 태어나, 애정을 듬뿍 받고 자랐던 것이다. 아버지는 일제 시대 강원도 군수를 지냈다. 유년 시절 그녀는 아버지의 임지(任地)를 따라 잦은 이사를 다녀야 했다. 초등학교 6년 동안 무려 다섯 곳의 학교를 옮겨 다녔다.

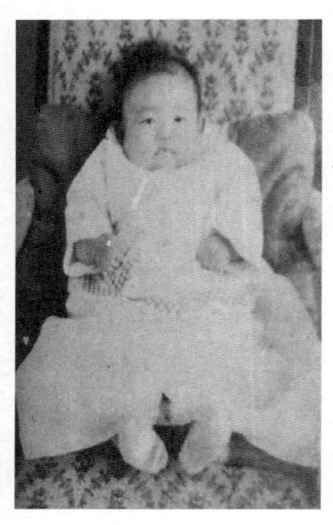
1931년 백일사진

어머니는 고등학교를 나온 인텔리 여성으로서 결혼 전에는 유학을 준비하고 있었다고 한다. 아버지는 어머니와 나이차가 있었으며, 아버지의 출현으로 어머니는 학업을 그만두었다.

어머니께서는 1927년이던가, 『동아일보』 등 민족지 지상에 이름이 보도될 만큼 반일 학생운동의 선봉에 섰던 특대생이셨는데 서대문 형무소에서 기소유예로 풀려나시어 미국 선교사의 도움으로 미국유학길에 오르려던 참인데 고향 집에서 '어머니 위독, 급귀향요'라는 전보를 받고 내려가시니 고향의 역두에는 위독하시다는 외할머니께서 은연히 웃는 낯으로 마중 나와 계셨고 그 뒤에 아버님 당신께서도 웃고 서 계셨다지요? 신랑감의 새파란 면도자국이 그리도 인상적이더라고 훗날에 어머님께서는 당신을 회상하시며 들려 주셨답니다.[1]

그녀는 강원도에서 유년기와 소녀 시절을 보낸다. 그녀는 경성여자사범학교에 입학하기 전까지 강원도에서 성장한다. 구혜영이 경성여자사범학교에 진학한 것은 1945년으로 보이며, 1944년 연말에 치룬 입학시험은 다른 때와 달리 '작문'으로 대체되었다고 한다. 중학 과정이 4년 과정이었다가, 8·15 이후 6년 과정으로 되었다. 그녀는 공부보다 독서와 글쓰기에 두각을 보였으므로, 성적 검정 시험이 아니라 작문 덕택에 진학할 수 있었다고 한다. 물론 이때까지 일본어로 읽고 썼다.

1945년 해방과 더불어 다시 춘천으로 내려와 춘천고녀에 2학년으로 편입한다. 해방과 더불어 학교에서 처음으로 한글 작문수업을 받는다. 당시 작문 과제가 주어졌을 때, 그녀는 국어 어휘력이 짧아서

2세 때 가족사진

산문 대신 시를 창작한다. 그때 창작한 시 「맑은 흰샘 가으로」가 1946년 『강원일보』 문화면에 게재되면서 창작의 열정을 키운다. 해방 직후 춘천에서 춘천고녀를 다닐 무렵, '공평한 이상주의 이상향'을 꿈꾸며 한때 혁명에 도취되었다.[2] 구혜영이 처음 입학한 대학은 서울대 예술학교 미술부(현 서울대 미대)였다. 그녀는 서울대 문리대에서 한 차례 낙방하고 2차 시험원서를 측근들이 넣었다. 수강신청을 하고 대학생을 실감하기도 전에 6·25가 터졌다. 1950년 서울대 미술대학 미술부에 입학했으나, 대학 시절은 한국전쟁과 맞물렸다.

어둡고 배고프던 전쟁과 궁핍의 시대에 청춘기를 보냈다. 피난지 대구에서 폐허 서울로 되돌아 왔으나 생계가 막막했다. 40

1955년 숙명여대 졸업사진

대 초반의 모친은 납치 인사의 미망인이 되었고, 맏딸로 동대문 시장에서 작은 노점을 벌인 어머니를 거들었다. 전란 중에 숙명여대 분교가 개설되었다는 소문을 듣고 편입시험을 치렀다. 1952년 숙명여대 국문과로 전과하고 1955년 대학을 졸업한다. 1년이 뒤진 2학년 2학기로 편입하였고, 3학년이 될 무렵 환도(還都)가 이루어졌으며 부산에 있던 본교가 돌아와 합류하게 되었다. 한국전쟁으로 말미암아 이데올로기에 대해 깊이 성찰하게 되었으며 아버지의 납북, 소녀 가장 등 상처와 타격을 받는다.

학교보다 학교 밖에서 알게 된 신문사·통신사의 팔팔한 선배 기자들의 영향을 받으며 참담하고 쓸쓸한 1950년대 대학 시절을 보냈다. 한국전쟁기 아버지의 납북으로 생활이 어려웠다. 경제적인 어려움, 잦은 이사로 인해 사진이 많이 유실되었다고 한다. 졸업사진이 남아 있긴 하나, 상태가 좋지 않다.

연옥에나 비유될 적치하 3개월. 그리고 9·28수복과 다시 1·4후퇴로 이어지는 숨막히는 역사의 소용돌이에 휘말리고 보니 대학생활이 다 뭣이겠는가.

피난지 대구에서 남 먼저 폐허 서울로 되돌아왔으나 생계가 막막할 따름이었다. 40대 초반에 납치인사 미망인이 되신 어머니의 맏딸로 동대문 시장에서 작은 노점을 벌인 어머니를 거들면서 우리의 상품으로 나오는 헌책들을 닥치는 대로 읽었던 것이 나의 고독한 대학 시절의 중요한 학습부분을 차지한다.

불가피한 시대적 상황으로 마지못해 소속된 학교(숙명여대—인용자)라는 잠재의식 때문인지 이렇다 할 긍지도 애착도 없이 매양 채워지지 않은 지적 고갈을 교내에서보다는 교외에서 새로 알게 된 신문사·통신사의 팔팔한 선배기자들과의 정신적 교환으로 겨우 충당하던 어지간히 쓸쓸하고 참담한 나의 1950년대 대학 시절이었다.[3]

대학 시절 구혜영은 불꽃같은 사랑을 만나고, 이를 통해 그녀는 삶의 환희와 환멸 양자를 모두 직시하게 된다. 당시 상황을 그녀는 다음과 같이 고백한다.

그 후 동란이라는 엄청남 홍역을 치르면서 나는 이른바 '잃어버린 세대'의 대표 주자 같은 한 사나이를 만나 본격적으로 사랑에 빠짐으로써 비로소 정직한 본성을 드러낸 이른 바 '남성'과 싫도록 직면하게 되었다. 나는 남자하고의 사랑이 실은 이 세상에서 다시없는 무섭고도 고독한 싸움이라는 엄청난 사실과 맞부딪치게 되었다. 그 결과, 내가 얻은 남성론이란 실은 어처구니없게도 그들은 대체로 주정뱅이며, 이기주의자며, 덩치 큰 어린애며, 비겁한 이상주의자이며, 여자가 진정으로 그의 보호를 필요하게 여길 때는 엉덩이를 빼면서 뒷걸음질 치는 의지 박약자의 범위에 머물러 있는 꽤나 어설픈 존재들이라는 것이었다.

그들은 가정이 햇봄에 감싸인 듯 쾌적할 때는 가정주의자가 되지만 홀연히 삭풍이 불어 닥치는 날에는 방랑자가 되어 도피를 꿈꾸게 된다는 것도 알게 되었다. 나도 내 방식대로 살아 보려 결심한 오기 있는 여자라 나의 상대자가 우리를 버려둔 채 자유를 희구한다는 낌새를 느끼자 그 이상 그를 속박하고 싶지 않았다. 나는 몇 날 몇 밤 꼬박 혼자 생각한 끝에 드디어 그에게 자유를 주기로 작정하였다. 그것이 나의 방식이었다. 내가 거기까지 다다르기까지에는 실로 피눈물 나는 결단이 요구되었다.

나에게는 부양해야 할 가족도 있었고 그와의 사이에 아이도 생겨 있었고 수중에 돈이라곤 단 한 푼도 없는 빈털터린 데다 직장마저 잃은 딱한 형편이었다. 하지만 그런 상황 속에서도 나는 그에게 기식하는 노예 같은 삶을 사느니 차라리 절벽을 뛰어내리자는 기분으로 그에게 자유를 부여하였다. 내 깐에는 제법 비장한 포기였다. 우리의 공동생활을 지탱하는 받침대란 오직 사랑뿐이어야 하며 그 이외의 어떤 동기도 나로서는 인정할 수가 없었다.[4]

이후 구혜영은 결혼하지 않고 아들을 낳아 생활전선에 뛰어든다. 결혼하지 않은 채 홀로 아들을 키우며 창작과 육아에 열정을 쏟았다. 한 집안의 가장으로서 어머니로서 제 소임을 다 해냈다. 1970년대 일간지에서 구혜영은 "어머니 작가가 펼치는 가정 콩

1983년 유럽에서 홍성유와 함께   1985년 부산세미나에서 열창

1985년 열차 안에서 김녕희, 박순녀, 송원희와 함께   1987년 한국소설문학상수상 김동리, 김민숙과 함께

트"란에 콩트 「고등어」(『경향신문』, 1977.9.10)를 게재하는데, 글의
가운데 지면에는 아들이 어머니를 위해 이야기에 걸맞게 그린 삽
화가 큼지막하게 소개되어 있다.

　등단 직후의 상황을 집중적으로 살펴보면 다음과 같다. 1955
년『사상계』창간 2주년 창작공모에 「안개는 걷히고」가 당선되
어 문단에 나왔다. 1955년 숙명여대 국문과를 졸업했으며,『한국
일보』문화부 기자 생활을 했다. 1966년에는 학원사에서『주부생
활』편집기자로 일했으며, 1967년에는 제1회 한국 잡지협회 취재
기자상을 수상하기도 했다.[5] 등단 이전과 이후에도 부지런히 창

1990년 월탄문학 시상식에서 친구 안경란, 외아들과 함께

1990년 초 제주도에서

1991년 여름 중국에서 박범신, 박홍 신부와 함께

1991년 소련에서 왼쪽부터 박완서, 김여정, 이정호,
구혜영, 윤일숙과 함께

작 활동을 해 왔다. 1954년 11월 17일부터 22일에 열린 제2회 전
국대학연극경연대회에 출연했는데 숙명여대에서는 구혜영의
「분수령」이 결정되었다.[6] 1963년 서울 중앙방송국에서 모집한
신춘연속방송극에도 응모한 것으로 보인다. 당시 당선작은 없었
지만 가작과 장려상은 있었는데, 구혜영은 「네 조그만 손을 나에
게 다오」라는 작품으로 장려상을 수상한다.[7]

　　1984년 한국여류문학인회 부회장, 1985년에는 한국문인협회
소설분과 위원장, 1990년에는 한국여류문학인회 회장, 1992년에
는 국제 펜클럽 한국본부 이사도 역임했다. 1987년에는 제13회

한국소설문학상을 수상했으며, 1988년에는 제24회 월탄문학상을 수상했다.

1995년에는 제27회 대한민국 문화예술상, 1997년에는 한국문인협회 이사로서 제27회 문학 부문 대한민국 문화예술상을 수상하기도 했다. 1998년에는 제12회 예총예술문화 대상을 수상했으며, 2000년에는 모교 숙명여대에서 「해결되지 않는 불꽃」으로 제6회 숙명문학상을 수상했다.

문필업에 종사하면서 꾸준히 창작 활동에 매진했다. 한국문학 현장의 중심에 머물러 있었다. 동시대 다른 여성작가들이 결혼생활 및 육아과정에서 창작의 공백기가 있는 것과 달리, 구혜영은 성실한 작가의 길을 걸었다. 그것은 남편이 부재한 가정생활을 꾸려 나가기 위한 처연한 생활의식의 발로이기도 하다. 지성인 여성으로서 사회와 현실에 대한 작가정신이 웅숭깊었던 것을 반증한다. 물론 원고료가 생활비에 긴요했을 것임을 짐작할 수도 있지만, 그에 앞서 작가로서 구혜영이 지닌 현실인식이 여성의식보다 우위에 있었음을 지적해 둘 필요가 있다. 구혜영은 신앙심이 두터웠던 것으로 보인다. 노년에 성당 옆에 집을 얻는 등 독실한 신자의 면모를 보였다. 구혜영은 사회와 현실에 대한 뜨거운 열정으로 그녀의 삶 내내 소진되지 않는 불꽃으로 창작에 전념하며 2006년 별세했다.

2. 『사상계』 입선과 지식인 여성의 감수성

구혜영은 『사상계』(1955) 창간 2주년 기념 제1회 소설현상응모 작에 단편 「안개는 거치고」가 가작 입선됨으로서 문단에 등장한다. "懸賞當選者發表"는 1955년 『사상계』 5월호에 발표된다. "本誌創刊二週年記念으로 公募中이던 論文 및 短篇小說의 審査結果를 左記와 如히 發表하나이다." 당시 공모는 '논문'과 '단편소설' 두 분야에서 실시되었는데 논문은 당선자가 없다. 단편소설의 경우 '當選'은 없으며, '佳作'으로 구혜영의 「안개는 거치고」 외, 박종인의 「勿忘草」와 박경수의 「그들이」 세 편이 당선된다.

작품의 전작은 『사상계』 7월호에 게재된다. 당시 단편소설 현상응모는 창간 2주년을 기념하기 위한 단발성 특별 행사로 보인다. 이후 1960년도에 이르면 "『사상계』 제1회 신인상 작품모집 제도규정"이라는 형식으로 문인 등단제도가 자리 잡는다. 『사상계』는 "대표적 한국문학의 옹호자·발굴자"를 자처하면서 "다가오는 年代의 文學擔當者로서의 覇氣있는 新人의 登場을 위하여 年2回 「新人文學賞」制度를 設置"한다.(『사상계』, 1960년 3·4월호 참조) 당시 응모 분야는 '단편소설'과 '시'로 나누어져 있다.

이 시기 순문예 전문 잡지 『현대문학』이 창간된 점을 고려한다면 『사상계』의 창간 2주년 소설응모는 『현대문학』의 견제는 물론, 『사상계』 문인의 후진 양성책으로 볼 수 있다. 구혜영이 전후 현실

재건을 선도했던 지식인 공론의 장 『사상계』를 통해 등단했다는 점은, 그녀의 문학적 출발점과 전반적인 작품 성향을 충분히 짐작하게 한다. 구혜영의 초기 소설에 나타난 계몽성은 『사상계』와 더불어 이해되어야 한다. 구혜영은 『사상계』의 현실 참여 의지를 등단할 무렵부터 2000년대에 이르는 전작을 통해 실현해 보인다. 『사상계』는 정치·사회·경제·문화 다방

구혜영의 젊은 시절

면에서 전후 현실의 재건을 위해 직접적으로 계몽성을 노출한다.

당시 그녀의 작품에 대한 평가는 여성으로서 도달한 '지성'의 깊이와 의의였다. 작품의 심사위원은 김팔봉, 주요섭, 백철, 손우성, 이무영, 그리고 김성한이다. 심사자들은 여성작가 구혜영의 '지성'을 높이 평가하는데, 그녀의 소설에는 당대 문단에 팽배해 있는 안이한 대중성과 구분되는 이지적인 계몽성이 내재해 있기 때문이다. 「選評」에서 이무영은 구혜영의 등단작을 다음과 같이 호평한다.

「안개는 거치고」와 「勿忘草」는 다 같이 젊은 여성의 작품이면서도 그 무게로나 깊이로나 幅과 線이 從來 女性作家들의 작품세계보다 重厚하고 깊고 굵을 뿐만 아니라 「안개는 거치고」가 知性的인 人物을 巧

妙하게 交錯시키면서도 오히려 單一化의 效果를 充分히 낸 點은 實로 刮目할 만했다.[8]

　어쨌든 安易 安價의 大衆性과 身邊雜事的인 作品이 文壇에 漲溢하고 있는 오늘 先輩가 이렇든 孤高한 文學精神의 젊은 女性作家를 얻었다는 것은 기쁘지 아니 않을 수 없다.[9]

　구혜영 소설이 구비하고 있는 지성에 대한 일깨움은 이미 그녀의 당선작이 게재된 당시 『사상계』(1955.7)의 「권두언―文學과 文學人의 權威를 爲하여」에서도 구체적이고 직접적으로 서술되어 있다.

　權威없는 文學과 文學人은 그 存在理由가 있을 수 없습니다. 뭇사람의 시간을 허비하고 노력을 가루채고 경제를 낭비하고 卑情을 선동하는 잡문에 불과하니 오히려 없느니만 같지 못합니다. 온 겨레가 피로써 싸우고 땀으로 일하는 사이에 종일을 다방에서 담배와 더불어 소일하고 해가 지면 주효에 만취하여 대언장어를 일삼는 자는 이 사회에 害는 줄지언정 결코 利를 줄 수는 없습니다.[10]

　권두언에서는 문학인의 권위를 재창하며 당시 문학인의 소모적인 일상을 비판하고 있다. 구혜영은 이러한 『사상계』의 문학 풍토에서 작가수업을 시작하고, 문학을 바라보는 시선이 정립된다. 그녀는 등단한 1955년부터 1969년에 이르기까지, 총 7편의 단편을 『사상계』에 발표한다. 여성작가로는 보기 드물게 많은 작품을 『사상계』에 게재한다. 『사상계』에 발표된 구혜영의 작품을 시기별로 소개하면 다음과 같다.

> 「안개는 거치고」(1955.7)
>
> 「상록의 지층」(1956.6)
>
> 「暗礁」(1959.9)
>
> 「메기의 추억」(1961.11)
>
> 「어떤 平日」(1967.6)
>
> 「銀빛깔의 작은 새」(1968.6)
>
> 「名姫」(1969.8)

일련의 작품에서 구혜영은 전 세대의 상처와 도덕에 반항하고, 당면한 도시 문명과 현실에 대한 비판적 시선을 견지하고 있다. 예컨대 「明姫」(『사상계』, 1969.8)에서 작가는 한국전쟁이 양산해 낸 아웃사이더를 주목한다. 전쟁고아 명희는 미국인에게 입양되어 성장한 후, 대학생인 자신의 정체성 혼란에 빠진다. 명희는 한국의 딸도 아니며, 미국의 딸도 아니다. 그녀는 특정 국적을 달지 못하고 표류하는 전후 젊은이의 일면을 대변한다.

구혜영은 『사상계』를 통해 작가적 입지를 마련할 뿐 아니라 창작적 태도를 정립한다. 이러한 정황을 주목해 볼 때 대학 졸업과

더불어 작가가 된 20대 여성 작가 구혜영에게『사상계』는 영광이
기도 하면서 한 편으로는 한계가 되었음을 짐작할 수 있다. 구혜
영 역시 뒷날 스승의 사사 없이 빨리 등단한 자신의 이력에 대한
아쉬움을 토로한다.

> 1955년 4월, 내 나이 25세 때이다. 하여서, 내게는 별다른 뼈를 깎는
> 수련기도 없고 영향 받으며 사사한 스승님도 안 계신 채 대뜸 기성작
> 가가 되었으니 생각하면 그것이 반드시 경사만이 아니었다고 연륜이
> 쌓일수록 통감된다.[11]

　같은 시기 문단에 등단한 박경리와 한말숙이 김동리의 사사와
추천을 통해『현대문학』에 등단한 후 지면과 친분을 고루 쌓아
나갔던 것과 비교해 볼 때, 구혜영은『사상계』의 폐간과 더불어
문학적 역량을 지탱시켜 줄 수 있는 발판을 잃는다.『사상계』의
폐간은 단지 특정 잡지의 종간을 의미하는 것이 아니라, 당대 문
학 장의 변화와 문학 권력의 구심점 변화를 시사한다. 1970년대
이르러 중견 문인이 된 구혜영은 자신의 작가적 시선이 '『사상
계』적인 것'에 경도되어 있었으므로, 문학에 대한 입장이 새롭게
바뀌지 않는다. 이후 한국문단은 순수 문학을 지향하는『현대문
학』은 물론 급진적 실천을 내세우는『창작과비평』이 가담하기
에, 그녀는 창작적 성향이 '『사상계』적인 것', 온건한 계몽주의자
의 시선으로 이미 고착되어 있었던 것이다.

3. 작품개관과 연구목적

  구혜영은 1955년 등단 직후부터 1960년대는 주로 단편을 발표
하고, 1970년대에 이르면 장편 단행본을 간행하는가 하면 기존에
발표한 단편을 창작집으로 묶어낸다. 1974년에는 장편 『진아의
戀人』(『학원』, 1972~73 연재), 『칸나의 뜰』(『女苑』, 1973~74 연재)을 창
원사에서 출간하고, 1975년에는 첫 창작집 『銀빛깔의 작은 새』를
창원사에서 출간한다. 1990년대에 이르기까지 지속적으로 다수
의 장편소설과 단편을 발표한 바 있다. 문단에 데뷔한 1955년부
터 작고한 2000년까지 무수한 작품이 있으나 단행본으로 출간된
구혜영의 잘 알려진 작품을 소개하면 다음과 같다.

  소설
『안개의 肖像』, 삼성출판사, 1972.
『불타는 신록』, 성바오로출판사, 1973.
『진아의 戀人 ─특별기획 연작장편소설』, 창원사, 1974.
『신한국문학전집』, 어문각, 1974.
『칸나의 뜰』, 창원사, 1975.
『銀빛깔의 작은 새』, 창원사, 1975.
『象牙의 꿈』, 서음출판사, 1977.
『언덕에 부는 사람』, 성바오로출판사, 1977.

『오월제』, 태창출판사, 1978.

『구혜영창작집』, 서음출판사, 1978.

『요가를 하는 女子』, 일신서적공사, 1979.

『바람으로 오는 사람』, 지인사, 1980.

『불뱀의 집』, 자유문학사, 1980.

『혼자 가는 아이』, 여학생사, 1980.

『한국베스트셀러전집』 9, 서음출판사, 1981.

『유라의 密室』, 행림출판, 1982.

『해바라기 소녀들』, 성바오로출판사, 1986.

『정통한국문학대계』 60, 어문각, 1986.

『한국문학전집』 24, 삼성출판사, 1986.

『고래의 노래』, 한벗, 1989.

『광상곡』, 일신서적출판사, 1994.

『해결되지 않은 불꽃』, 지혜네, 1996.

에세이

『한국수필문학전집』 10, 선구문화사, 1974.

『젊은 벗과의 對話』, 범문사, 1976.

『어여쁨을 위하여』, 학원사, 1986.

『구혜영의 사랑만들기』, 햇빛출판, 1989.

『사랑을 아느냐고 내게 물으면』, 신원문화사, 1990.

구혜영의 창작세계는 작품의 주제에 따라 다섯 시기로 구분된다. 1950년대에는 '계몽성'을 바탕으로 젊은이들의 자기 주도적 삶을 보여주고 있다면, 1960년대 이르면 일상적 인간의 내면에 존재하는 '욕망과 모반의 서사'를 보여준다. 1970년대에 이르면 '남녀 간 사랑과 휴머니즘의 문제'를 천착한다. 1980~2000년에 이르기까지 단·장편소설을 지속적으로 발표하는데 1980~90년대에는 여성의 욕망과 한국전쟁 등을 기억해 낸다면, 2000년대에 이르면 작가 자신의 신변담과 일상의 에피소드를 소설화한다. 구혜영은 소설세계 전반에 걸쳐 현실 비판의 의지를 견지하되 감성이 풍부한 인물을 통해 순수 휴머니즘을 추구한다. 그녀는 역사의 현장을 탐색하기보다, 인간 내면에 존재하는 생명력에 천착하여 전후의 새로운 인간은 물론 인간의 순수한 휴머니티를 탐구해 나간다.

　일련의 시기를 총괄해 볼 때, 구혜영은 다양한 소재와 사건을 다루고 있는 1955년 등단작에서부터 1960년대 소설이 가장 두드러진 문학적 성과를 보인다. 뿐만 아니라 이 시기에 전후 문학 판에 새롭게 등장한 여성 작가로서 문단의 주목을 받는다. 한국전쟁 이후 등단하여 문단의 주목을 받았으며, 많은 양의 작품을 통해 대중적 지평을 넓힌 작가임에도 불구하고 구혜영의 문학세계는 문학연구자는 물론 일반 독자들에게 널리 조명을 받지 못했다. 이 저서에서는 구혜영의 초기소설을 이 작가의 문학사적 구심점으로 삼아, 구혜영 소설세계 전체를 조망하고 가치를 평가함으로서 한국전쟁 이후 지성인 여성의 글쓰기가 거둔 성과와 의의를 밝혀내려 한다.

이 책의 방향과 의도는 다음과 같다. 첫째, 한국전쟁 이후 활발한 창작 활동을 해 왔음에도 주목받지 못한 '지성인 여성 작가'의 문학세계 전반을 소개하려 한다.

둘째, 구혜영은 섬세한 감수성으로 '학원소설', '청춘소설', '여성소설'을 창작했다. 구혜영은 여성 작가 특유의 세밀한 관찰과 포용적인 시선으로 여학생과 소녀, 여대생과 여성의 일상과 삶을 소설의 화두로 삼았다. 일련의 소설을 분석함으로써, 지성인 여성작가의 정체성을 규명하려 한다.

셋째, 학원소설, 청춘소설, 여성소설을 통해 드러나는 구혜영의 여성에 대한 인식을 살펴보려 한다. 구혜영은 여성성을 어떻게 인지하고 있는지 분석하려 한다.

넷째, 구혜영은 두 편의 장편 전쟁소설을 창작한 바 있다. 식민지 시기 소녀기를 보내고, 한국전쟁 당시 대학 시기를 보낸 여성 작가의 한국전쟁에 대한 시선과 입장을 살펴보려 한다.

4. 선행연구자들의 평가

선행 연구자들은 구혜영 소설을 어떻게 평가하고 있는가. 등단 시절부터 구혜영의 소설은 우호적인 평가를 받았다. 1956년 백철은 신인작가 구혜영을 다음과 같이 평가했다. "금년 들어서 또 한 사람 특히 진전했다고 보여지는 작가는 구혜영 양이다. 그의 작품 「봄은 鳥籠처럼」(『문학예술』 6)은 그의 입선작과 대비하여 괄목할 만한 약진을 느끼게 하는 작품이다."[12] 이후에도 백철은 최상규, 박경리, 정연희, 한말숙 등의 신진 작가군과 더불어 구혜영을 기대되는 신예 작가로 호명하곤 했다.[13] 1958년 5월 1일 국제 펜클럽 한국본부에서는 작품 합평회를 문총회관에서 이무영의 사회로 개최하는데 토의 작품으로 구혜영의 「전신」을 선정했을 만큼,[14] 당시 문단의 주목을 받았다.

신예작가로서 주목의 대상이 되면서 상찬도 받았지만, 소설의 한계도 지적되었다. 1959년 백철은 구혜영 소설의 문제점으로 주제와 연동되지 않는 수사학 과잉을 지적했다.

센티멘탈의 과장과 수사학적인 장식이 말이 나온 차에 같은 젊은 여성 작가인 구혜영씨의 作品들에 대해서 몇 마디를 言及한다. 구씨는 이번에 「魔女의 回想」(『자유공론』)과 「白晝의 孤獨」(『자유문학』)의 첫 面의 "심장이 갈빗대를 부숴지라 치받으며 정신없이 뛰고 있었다. 기

관차의 화통같이 달아오른 목줄기로 거센 숨결이 연기발처럼 토해서
나왔다."등 修辭學은 결국 意味學이 돼야 할 터인데 重要한 意味의 强
調와 相應되지 않는 수사는 장식에 그치게 될 수밖에 없다. 그렇기 때
문에 作品에 있어서 主題的인 意味와 內容性이 重視돼야 하지 않나 느
껴지는 것이다.[15]

  백철은 여성작가 특유의 감수성이 주제와 연동되지 않음으로
해서, 수사학 과잉을 낳았다고 지적한다. 반면 이러한 감수성은
다루는 대상의 특성에 따라 소설에서 다른 성과를 보이기도 했
다. 이른바 여학생소설이라 분류되는 작가의 1970년대 소설에서,
감수성은 작중 주인공 소녀의 성격 창조에 일조했다.
  1955년 등단 이후 1990년대 이전까지 구혜영 소설에 관한 논의
를 다음과 같이 세 가지로 소개할 수 있다. 『사상계』에 발표된 작
품에 대한 단평, 창작집 말미에 수록된 작품해설이 주종을 이루
며, 작품론으로는 『광상곡』(문예출판사, 1986)을 전쟁소설로 조명
한 논문과 서평이 있다.

단평
이무영, 「選評」, 『사상계』, 1955.7, 140면-145면.
손우성, 「如流와 新人 作品의 比重 — 7·9월 合作評」, 『사상계』, 1955.9,
     189면.

작품해설

홍기삼, 「구혜영 여사의 작품세계」, 『銀빛깔의 작은 새』, 창원사,
　　　 1975, 335-344면.

구중서, 「人間存在에 대한 原初的 물음」, 『한국대표문제작가전집』 8,
　　　 서음출판사, 1978, 385～390면.

_____, 「이 작가를 말한다」, 『오월제』, 태창출판사, 1978, 1～2면.

김양수, 「질곡 속의 인간 구원을 추구」, 『우리 시대의 한국 문학』 7,
　　　 계몽사, 1986, 154～157면.

신동한, 「愛情小說의 새로운 境地」, 『한국문학전집』 24, 삼성출판사,
　　　 1986, 394～402면.

김양수, 「執念이 信仰化된 여인상」, 『狂想曲』, 문예출판사, 1986, 350～
　　　 356면.

윤병로, 「具暳瑛의 작품세계 – '피멍든 상처'를 동족애로 쓰다듬어」,
　　　 『광상곡』, 일신서적출판사, 1994, 334～340면.

논문과 서평

조미숙, 「전쟁소설로서의 「광상곡」, 그 의의와 한계」, 『한국문예비
　　　 평연구』 제2집, 한국현대문예비평학회, 1986.6, 329～349면.

임헌영, 「불꽃, 상처, 그리고 기다림」, 『현대문학』 505, 1997.1, 306～
　　　 310면. (창작집 『해결되지 않은 불꽃』(지혜네, 1996)에 대한
　　　 서평)

『광상곡』(1986)을 대상으로, 윤병로의 "6·25의 전란이 종식되고 휴전과 함께 비롯된 전후 문단에 누구보다도 선두에 뛰어든 여류작가"라는[16] 평가는 구혜영의 문학사적 입지를 짐작하게 해준다. 당시 이 작품은 제6회 한국 펜문학상을 수상했으며 윤병로는 이 작품의 해설을 썼다. 윤병로에 의하면 전후 문학은 1953년 7월 휴전과 함께 시작되지만, 환도를 계기로 활기를 띤 문단 생활은 1955년을 지나 1959년에 이르기까지 50년대 후반기에 그 모습이 뚜렷해지며, 『사상계』·『현대문학』·『문학예술』지 신인의 등장과 더불어 질적 성취를 거둔다.

2000년대 이후 구혜영 소설에 관한 연구는 다음과 같다. 연구 대상 작품의 다수가 1950년대 등단 시기 직후 작품으로 국한되어 있다.

이인복, 「小說과 救援意志─사랑과 이별과 죽음의 美學」, 『우리 작가들의 번뇌와 해탈』, 국학자료원, 2002, 483~488면.

송경란, 「1950년대 한국소설의 여성인물 연구─현실수용양상을 중심으로」, 숙명여대 박사논문, 2000.

안미영, 「'계몽성'과 '감성'이 착종된 세대의 의의와 한계─구혜영의 초기소설 연구」, 『국어국문학』 150호, 2008.12.

정혜경, 「『사상계』 등단 신인여성작가 소설에 나타난 청년표상」, 『우리어문연구』 39, 2011.

김양선, 「195,60년대 여성-문학의 배치─『사상계』 여성문학 비평과

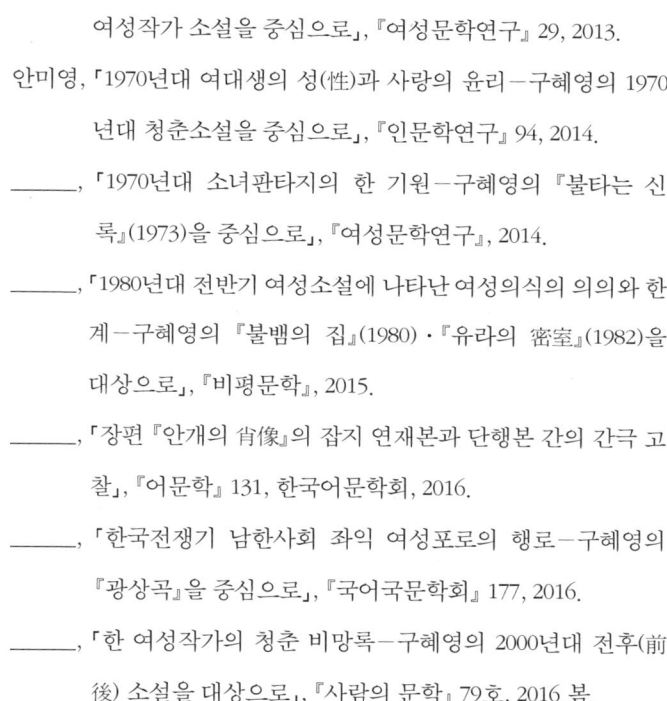

여성작가 소설을 중심으로」, 『여성문학연구』 29, 2013.

안미영, 「1970년대 여대생의 성(性)과 사랑의 윤리—구혜영의 1970
년대 청춘소설을 중심으로」, 『인문학연구』 94, 2014.

_____, 「1970년대 소녀판타지의 한 기원—구혜영의 『불타는 신
록』(1973)을 중심으로」, 『여성문학연구』, 2014.

_____, 「1980년대 전반기 여성소설에 나타난 여성의식의 의의와 한
계—구혜영의 『불뱀의 집』(1980)・『유라의 密室』(1982)을
대상으로」, 『비평문학』, 2015.

_____, 「장편 『안개의 肖像』의 잡지 연재본과 단행본 간의 간극 고
찰」, 『어문학』 131, 한국어문학회, 2016.

_____, 「한국전쟁기 남한사회 좌익 여성포로의 행로—구혜영의
『광상곡』을 중심으로」, 『국어국문학회』 177, 2016.

_____, 「한 여성작가의 청춘 비망록—구혜영의 2000년대 전후(前
後) 소설을 대상으로」, 『사람의 문학』 79호, 2016.봄.

한국전쟁 이후부터 2000년에 이르기까지 지속적인 창작 활동에도 불구하고, 연구자들이 주목한 시기와 작품이 제한되어 있는 것은 구혜영의 소설이 본격문학이면서도 상당 부분 대중문학의 요소를 지니고 있기 때문이다. 작품의 양적 질적 성과에 비해 연구물이 없다는 점에서 구혜영의 작품세계 전모를 알릴 수 있는 연구서를 기획하게 되었다. 시대별로 구혜영의 작품세계를 일별하여 분석하고 각 시기별 특징을 논문으로 발표한 바 있다. 본 저

서는 그간의 연구논의를 바탕으로 조금씩 살을 보태어 기술한 것이다. 2013년에 이르러 한국 여성문학인회에서 작고 여성문인 재조명으로 구혜영에 대해 다음과 같은 집중 세미나를 했다. 자료집에 수록된 글들은 다음과 같다.

> 홍기삼, 「구혜영 소설론」(한국 여성문학인회, 2013).
> 이명재, 「구혜영 소설문학 서설」(한국 여성문학인회, 2013).
> 서정자, 「평생 동안 추구한 '안개'의 초상」(한국 여성문학인회, 2013).
> 김후란, 「시인이 되고 싶었던 구혜영 소설가」(한국 여성문학인회, 2013) .

등단 이후부터 1990년에 이르기까지 꾸준히 창작 활동을 지속했음에도 연구자들로부터 주목을 받지 않은 데에는, 작가가 시대와 조응하는 주제를 포착하지 못했다든지, 작품의 형상화 능력이 부족하다든지 여러 가지 이유가 있다. 그러나 면밀히 읽어보았을 때 구혜영의 소설은 형식적인 완결성을 유지하고 있으며, 주제의 측면에서도 다양한 사회 현실을 다루고 있다. 특히 1950~60년대 구혜영의 초기 작품들은 동시대 문학의 특징을 반영하면서, 새로운 세대로서 앞선 세대에 대한 반항의식을 담고 있다. 식민지 과거의 잔재, 한국전쟁의 경험, 전후 현실의 재건, 감성적 인물을 통한 삶의 구원 모색 등 구혜영의 초기 소설에 나타난 일련의 주제들은 전후 한국사회를 두루 조망하고 있다.

『사상계』에서 주목한 신인 여성 작가의 입지 그리고 여성문학
사의 사적 맥락을 고려해 보더라도, 한국전쟁 직후 등장한 20대
여성작가의 성실한 창작 행보는 눈여겨 그 의미가 규명되어야 할
것이며, 문학사적 가치 매김이 필요하다.

제2장

전후(戰後) 여성작가의 세대 특수성

1. 동시대 여성작가와 비교

대학 졸업과 더불어 시작된 창작생활은 동시대 여성 작가에 비해 빠른 편이었으나, 이전부터 활동하던 여성문인과 이후부터 활동하던 여성문인들 사이에서 뚜렷한 입지를 확보하지 못한다. 동시대 활동하던 여성 작가의 등단 시기 및 그들의 활동경로를 살펴보면 그 이유를 알 수 있다.

구혜영(1931~2006)은 1955년 등단 직후부터 왕성한 창작 활동을 보이지만, 식민지 시기 등단한 박화성(1904~1988), 최정희(1912

선배 문인들과 함께(왼쪽 최정희)

~1990) 등은 말할 것도 없고 해방기 등단한 손소희(1917~1987), 한
무숙(1918~1993), 강신재(1924~2001) 등과 비교했을 때에도 문단
내 입지는 훨씬 미약하다. 근대에 등단한 선배 문인 최정희, 박화
성 등은 1930년대 등단하여 전후에 이르면 중견작가로서 안정된
입지에 있다.

박화성은 이광수의 추천으로 1925년 『조선문단』에 「추석전
야」를 발표하면서 문단에 데뷔하여 이후에도 활발한 창작 활동
을 해 나간다. 최정희는 1930년대 『삼천리』와 『조선일보』에 입사
하여 일찍이 문단 활동을 시작했으므로, 전후에는 『사상계』가 주
최하는 제1회 동인문학상의 심사위원으로 활동하는 등 문단의
지도자의 반열에 들어선다. 근대에 등단한 여성문인들은 일찍부

터 문명(文名)을 알리면서 작고하기까지 문단의 주목을 받는다.

해방기에 등단한 여성작가들 역시 한국전쟁을 거치면서 전후에 이르러 이전의 인맥과 활동지면을 토대로 창작지평을 넓혀나간다. 손소희는 식민지 시대 『만선일보』 기자로 근무했으며 해방 후부터 본격적인 창작 활동을 보인다. 강신재는 김동리의 추천으로 1949년 『문예』지에 「얼굴」과 「정순이」를 발표하면서 문단에 데뷔한다. 이후 그녀는 『사상계』(1960.1)에 「젊은 느티나무」를 발표하는 등 다양한 지면을 통해 입지를 굳힌다. 한무숙의 경우 1942년 『신시대』에 「등불 드는 여인」으로 데뷔하고, 1948년 『국제신문』 장편소설 모집에 「역사는 흐른다」가 당선되면서 자신이 추구하는 창작세계를 자유롭게 모색하는 등 이후에는 "한무숙문학상"이 제정되기도 한다.

구혜영(1931~2006)은 연령 면으로나 등단 시기로 보아 전후 등단한 박경리(1926~2008), 한말숙(1931~)과 동일한 세대이지만, 이들에 비해 그녀는 독자와 문단의 관심을 두루 받지 못한다. 구혜영과 같은 시기 등단한 박경리는 『현대문학』에 1955년 8월 「계산」과 1956년 8월 「흑흑백백」으로 김동리에게 추천되어 등단한다. 김동리의 두 번째 추천사에서 특기할 만한 점은 박경리가 강신재와 비교되고 있다는 점이다.

　朴景利氏는 昨年度에 『計算』을 推薦 받았던 사람이다. 이로써 朴氏는 康信哉氏가 『얼굴』 『정순이』 等으로 『文藝』誌 에 登場(推薦)한 이래

八年만에 처음으로 文壇的 關門을 通過한 如流新人作家이다. 앞으로 더욱 精進을 거듭함으로써 自己 世界를 完成시키기 바란다.[17]

주지하다시피 박경리는 독자는 물론 문단의 주목을 받으며, 자신의 창작지평을 넓혀나간다. 구혜영과 동년배인 한말숙 역시 『현대문학』에 1956년 12월 「별빛속의 季節」과 1957년 6월 「신화의 단애」로 김동리에게 추천되어 등단한다. 당시 김동리는 한말숙에 대해 다음과 같이 평가했다.

첫 번째 추천평

이 작품의 작자 韓孃은 일찍부터 내가 屬望을 가져 오던 女子다. 그러나 五六年間 소식이 없기에 이제 아주 文學을 집어치웠나하고 있었더니 突然히 이 作品을 가지고 왔다. 보니 좋다. 대단히 進步했다. 이만하면 틀림없겠다 생각하고 이번달 薦에 넣는다, (…중략…) 淸新한 感覺과 生動하는 詩情은 이 作品의 藝術的 品格을 確保시켰다.[18]

두 번째 추천평

이 작품은 먼젓번에 「별빛 속의 季節」로서 많은 稱讚을 받은 韓末淑 孃의 두 번째 作品이다. 이로써 韓孃은 내가 文壇에 내보내는 세사람째의 女流作家가 된다.[19]

첫 번째 작품 「신화의 단애」에 대한 추천평에 의하면 한말숙은

오래전부터 김동리로부터 창작수업을 사사받은 것으로 나타난
다. 두 번째 작품 「별빛속의 季節」의 김동리 추천사에 의하면 한
말숙은 강신재, 박경리 다음으로 김동리가 추천한 여성작가임을
알 수 있다. 그녀는 구혜영보다 늦게 등단했지만, 현재에 이르기
까지 지면과 직위를 얻으면서 비교적 순탄한 창작 활동과 문단의
평가를 받고 있다. 동시대 활동하던 여성 소설가들의 연령과 그
들의 활동 시기와 문단 데뷔 등을 고려해 볼 때, 구혜영의 창작 활
동은 외롭고 거칠어 보인다.

1980년대 발표된 구혜영 소설의 주인공은 외롭고 고독한 문필
가로서, 작가의 노년이 투영되어 있다. 「落木寒天」(『현대문학』, 1983)
에서 출판사 일을 하는 장년의 여주인공은 결혼도 하지 않고 고
희에 접어든 노모와 외롭게 산다. 젊은 시절 사랑했던 남자를 만
나 실망하고 집으로 돌아온 날, 노모는 병원에 실려 갔다. 「외로
운 대기」(『현대문학』, 1984)에도 장년의 여주인공은 혼자 살면서
"푼푼치 못한 네모진 칸 메우기",[20] 글쓰기로 겨우겨우 생계를 유
지해 나간다. 막내 남동생의 경제적 어려움을 걱정하지만, 보잘
것 없는 원고료는 자기의 생계유지에도 벅차다.

물론 일련의 소설은 소설가로서의 어려움을 보여주기보다, 노
년의 고단한 삶을 보여주는 것이기도 하다. 그러나 문필가로서
주인공에게 자리 잡은 고독의 기저에는 문우를 비롯 문단으로부
터 지속적인 주목을 받지 못한 작가의 고독이 내재해 있다. 그녀
는 유수한 문인의 추천을 받은 것도 아니고 화려한 문단 활동을

하지 않았던 데 그 이유가 있을 수 있는데, 무엇보다도 그것은 그녀의 등단 매체가 『사상계』라는 사실에 주목하지 않을 수 없다. 『사상계』는 전후 한국 지성계와 문단을 풍미한 저력을 지녔으나, 폐간된 이후에는 역사적 기억으로 남을 뿐 현실적으로 지면을 비롯한 동질감을 더 이상 제공해 줄 수 없었기 때문이다.

『사상계』는 '문화적 민족주의' 노선의 산실로서 해방 후 월남한 지식인 엘리트들이 계몽의 주체가 되어 전후 현실 재건에 앞장선 교양지이다. 종합 교양지 『사상계』를 통해 등단한 구혜영과 순수 문예지 『현대문학』으로 등단한 한말숙·박경리 간의 거리는 시간이 흐를수록 더 커진다.[21] 이는 『사상계』가 강력한 이념을 바탕으로 한 종합 교양지라는 사실만이 아니라, 김건우의 지적처럼 『사상계』가 전통 옹호론을 지향하는 『현대문학』과는 출발부터 대립해 있었다는 점을 지적할 수 있다. 지식인의 현실 참여를 비롯 문인들의 적극적인 현실 참여를 지향하는 『사상계』의 방향성은 문학을 다른 영역과 구분되는 독자적이고 독보적인 영역으로 구분하는 조연현·김동리 주도의 『현대문학』과 매우 상치되고 있다. 『현대문학』(1955.1) 창간사를 참조해 보자.

文學은 確實히 獨立된 한 學問이요 藝術이면서도 哲學이나 政治나 音樂이나 美術과 같이 分明히 獨立的인 것은 아니다. 文學은 어떤 境遇에 있어서는 하나의 哲學이요 宗敎며 또 어떤 境遇에 있어서는 音樂이며 美術일수도 있다. 俠義에 있어서의 文學은 一種의 言語藝術에 그칠수도 있으나 廣義에 있어서의 文學은 哲學 政治 經濟等 一切의 學問을 代表할 수도 있다. 이는 文學이 人生의 總體的인 한 學問인 까닭으로서 다른 어떠한 藝術보다도 思想的인 偉力을 發揮할 수 있는 所以이기도 하다.[22]

1955년 『현대문학』이 표방하는 "현대"는 새로운 것이 아니라 전통적인 것의 현대적 복원을 의미한다. 창간사에 의하면 그것은 "瞬間的인 時流나 枝葉的인 尖端意識과는 嚴格히 區別"된다. "本誌는 現代라는 이 歷史上의 한 時間과 空間을 언제나 傳統의 主體性을 通해서만 理解하고 認識"한다고 선포한다. "過去는 언제나 새로이 解釋되어야 하며 未來는 恒常 傳統의 結論임을 잊어버리지 않겠다는 것"이다. "古典의 正當한 繼承과 그것의 現代的 止揚만이 恒常 本志의 具體的인 內容이며 方法"[23]이라는 것이다. 구혜영은 창작 입문기부터 동시대 『현대문학』은 물론 김동리의 문학적 자장권을 벗어나 있었으며, 오히려 그와 배치된 지점에 놓여있었다.

2. 역사와 개인 간의 거리

구혜영의 개인적인 특수성과 더불어 간과할 수 없는 부분이 그녀의 세대가 지니고 있는 역사적 특수성이다. 가장 빛나고 찬란한 시기 식민지의 종지부와 한국전쟁을 경험한 세대로서, 그녀는 한국전쟁을 어떻게 기억하고 있는가.

> 이윽고 터진 6·25는 나의 모든 좋은 것들을 깡그리 앗아간 대신 사춘기에서 지금 다다라 있는 청춘의 문턱까지 수년간이나 나를 옥죄며 지배해온 이른바 이데올로기라는 설익은 거대한 환상과 망상에서 제 풀로 깨어나게 했다. 나는 내 인생의 화두가 혁명이 아님을 절감했다. 그리고 나는 맨 몸으로 던져진 폐허의 잿더미 위에서 납치당한 아버지 뒤에 남은 부양가족을 거느리는 무력한 가장으로 서 있음에 당황했다. 나는 갓 스물 대학생이었다.[24]

주목할 부분은 그녀가 1930년대 출생하여 해방기에 10대를 보냈으며, 한국전쟁을 비롯 1950년대 20대 청춘을 맞이한다는 사실이다. 그녀는 식민지 시대의 문제성을 절감하지 못하고 일본어로 수학한 세대이다. 식민지 시기에 태어났으므로 식민지 이전과 이후라는 '상실'의 경험 없이, '해방'의 기쁨만을 선취한 세대이다. 그녀는 해방기에 이르러 반항과 기분에 젖어 이데올로기에 심취했을 뿐, 이데올로기를 이성적으로 탐구한 세대가 아니다. 한국전쟁을 경험하면서, 그녀는 감상적 차원에서 수용한 이데올로기와 결별하고 당면한 생활에 눈을 뜬다. 그녀는 역사와 민족의 자유를 탐구하기보다 그 또래 소녀가 감상할 수 있는 개인의 자존감을 지각한다.

이러한 사실은 한국전쟁에 이르러서도 동일하게 나타난다. 그녀는 식민지 체험·한국전쟁을 통해 남북을 가로지르는 이데올로기의 역사적 층위에 눈을 뜨기보다, 활짝 피어나지 못한 청춘의 고통에 눈을 뜬다. 반면 부모세대는 자신과 민족의 운명을 동일하게 놓고 일제에 대항했다. 구혜영의 회고에 따르면 부친은 일제와 충돌 속에서 관료직에서 물러났으며, 모친은 젊은 시절 일제에 항거하는 가운데 투옥되기도 했다.

모친은 경성여자상업학교 졸업반으로 광주학생운동에 학생대표로 연루되어 서대문형무소에 갔다가 기소유예로 풀려난 경력을 가지고 있다. 일제 시대 강원도 관료였던 부친은 이천에서 배급을 둘러싸고 일본인 경찰서장과 정면 대결한 결과 관료직을 떠나게 된다.[25] 반면 그녀는 역사적 상흔과 개인 간에 거리를 두고 있다. 임헌영 역시 1996년대 발간된 구혜영의 작품집『해결되지 않은 불꽃』(지혜네, 1996)을 평가하면서 한국전쟁에 대한 작가의 의식이 개인적인 차원에 있음을 지적하고 있다.

구혜영은 6·25를 역사와 개인의 변화와 전개과정에서 하나의 「불꽃」으로 보지만, 그렇다고 그 불꽃은 변혁과 혁명의 그것이 아니라 개인사에서의 애정과 윤리의식으로부터의 탈출을 향한 출발점으로 파악한다.[26]

이러한 작가의 성장기 체험과 감수성을 잘 보여주는 작품이 「벽지에서」, 「눈 내리는 날」, 「목소리」(원제 「메기의 추억」, 『사상계』, 1961.11. 이후 「목소리」로 개제)이다. 일련의 작품에서 '일제 식민지', '한국전쟁'을 재현해내는 작가의 '기억'에 주목할 필요가 있다. 작가 구혜영의 기억은 그녀가 선택한 작중 인물과 사건을 통해 재현된다. 작중 인물이 경험하는 일제 식민기, 한국전쟁은 인물의 성격 창조는 물론 특정 역사에 대한 작가의 대응과 입장이 나타나 있다. 우리는 특수한 역사적 시기, 특수한 사건을 주제로 한 일련의 소설에서 작가가 기억을 소환해 내고 재현해 내는 방식을 통해 표상되지 않는 '사건'의 잉여분들, 작가의 입장을 읽어낼 수 있다.[27]

「僻地에서」는 일제강점기 강원도에 살고 있는 순수한 소녀 화선에게 가해지는 이데올로기가 소녀의 삶을 얼마나 황폐하게 만드는지 보여준다. 구혜영이 소녀 시절을 보낸 시공간이 일제강점기 강원도이니만큼, 이 작품은 자신의 성장기를 반영하고 있을 뿐 아니라 일제강점기를 바라보는 작가의 시선이 드러난다. 작가는 이데올로기로 인해 '자유'를 잃은 어린 소녀 화선의 불우한 죽음을 조명한다. 무조건적인 배일, 관료에 대한 불신은 자의식이 형성되기 전 소녀의 내면을 부자유스럽게 구속한다. 화선은 군수의 딸과 친해지고 싶었지만, 친해지기는커녕 기이한 행동과 성격파탄을 보인다. 작중에서 화선이 물에 뛰어 들어 죽자, 그녀의 엄마는 다음과 같이 자탄한다.

> 저는 제 나름대로 분수껏 항일(抗日)해 왔다고 할까요. 더구나 그것을 딸아이에게까지 엄격히 강요했습니다. 저의 강요는 화선이의 돋아나는 새싹같은 감수성을 난도질한 겁니다. (…중략…) 저의 맹목적 항일 정신의 희생물이라고나 할는지요. 저는 덮어놓고 군수 및 그 일족에 대해 무작정 증오심을 가지라고 강요했습니다.[28]

엄마가 주입해 놓은 강압적 항일의식은 화선의 자유를 억압해 왔던 것이다. 작가는 기성세대의 완고한 이념과 도덕적 잣대에 의해 내면의 억압부터 경험해야 하는 당대 젊은이들의 상처받은 내면을 조명하고, "돋아나는 새싹같은 감수성"은 자유롭고 건강하게 발산되어야 함을 보여준다. 구혜영은 이 작품에서 일제강점기 농촌의 궁핍상도 보여주지만, 무엇보다도 순수한 소녀의 상처 입은 내면에 주목한다.

미령은 죽은 화선의 일기를 보고 다음과 같이 생각한다. "사람의 마음은 무엇일까 하고 생각했어. 말이나 행동을 가지고는 설명할 수 없는 것이 마음이 아닐까."(298면) 해방기를 배경으로 하는 작품에서, 구혜영은 식민지 현실이 아니라 순수한 소녀의 마음에 주목한다. 이러한 인식의 근저에는 해방기, 강원도에서 소녀기를 보낸 작가 구혜영의 순박한 감성이 자리 잡고 있다. 그녀는 일제 강점에 저항하면서 성장한 세대가 아니라, 해방된 현실 앞에서 개인의 자유를 감지한 세대이다.

이러한 작가의 시선은 한국전쟁을 배경으로 한 「첫눈 내리는 날」(1963)에서도 동일하게 견지된다. 전쟁의 급박함 속에서도 20대의 젊은 청춘은 열정과 감성으로 충만해 있다. 1931년생인 구혜영이 한국전쟁 당시 20대 초반이었음에 비추어, 이 작품은 자신의 경험을 기반으로 한 한국전쟁에 대한 시선이 투사되어 있다. 작가가 주목하는 바는 생존의 문제가 급박한 전란 중에도 살아있는 생명은 그 스스로 자생적인 생명력으로 꿈틀댄다는 것이다. 9·28서울 수복 이후 1·4후퇴를 앞둔 11월 하순 다시 서울을 떠나야 할 시점에서, 명희는 첫눈을 맞는다.

철학교수 아버지는 납치당하고, 음악을 전공하는 오빠는 행방불명된다. 호구지책으로 남은 가족들은 거리로 나선다. 어머니는 감장사를 시작하고, 동생은 신문배달부, 명희는 남상회의 여점원이 된다. 명희는 상회에서 추파를 던지는 홍선생, 젊은 기운을 발하는 이찬세, 이성적 매력을 물씬 풍기는 태웅기, 일련의 사람들 틈에서 첫눈을 맞는다. 20살의 여자는 매력적인 이성에 대한 매혹으로 가슴 설렌다. 숨 막히는 한국전쟁의 고통 속에서 젊은 여성은 그 어느 때보다 사랑을 갈망한다.

일제 강점기와 한국전쟁이라는 역사적 상흔을 반추하면서 구혜영은 역사적 문제보다 개인의 문제에 천착한다. 「목소리」(원제 「메기의 추억」, 『사상계』, 1961.11)에서도 작가는 일제강점기 독립운동을 하던 남녀의 로맨스를 환기시킨다. 이미 고인이 된 남녀는 조국의 독립이라는 거국적 목적을 위해 자신의 욕망을 드러내지 않는다. 그들은 결혼 후 다른 사람의 남편·다른 사람의 아내가 되었지만, 죽을 때까지 서로에 대한 애정을 간직한다. 조카 수란이 임종을 앞두고, 나는 수란의 녹음기에 녹음된 남편의 목소리를 들으며 남편과 조카 수란 간의 내밀한 애정을 알게 된다.

구혜영은 한국역사의 상처를 조명하기보다, 역사의 상처 속에서도 감성적인 인간이 존재해 왔음을 보여준다. 그것은 상처로 점철된 한국의 역사 속에서 강요되었던 이데올로기에 대한 반항이기도 하고, 그녀가 전후에 내세우는 새로운 세대의 감성이기도 하다. 해방기에 소녀기를 맞으며 전쟁과 더불어 청춘에 눈을 뜨는 과정에서, 역사의 상처보다는 자기 내부에 존재하는 열정과 생명력을 감지한다. 역사의 상처에 매몰되기보다 발랄한 청춘의 감수성으로 역사와 개인 간의 거리를 유지한다. 이러한 세대 체험과 현실인식으로 말미암아, 구혜영은 1960~70년대 감성적인 여성 인물을 형상화할 수 있었던 것이다.

3. 감성적 개인의 출현

35세의 구혜영

전후의 작가들은 식민지 상처가 아물기 전에 발발한 한국전쟁의 상흔으로부터 자유로울 수 없다. 그들은 다양한 양태로 전후 사회의 재건을 모색한다. 가깝게는 한국전쟁의 현장을 재조명하는가 하면 멀게는 식민지 상처를 보다 객관적인 관점에서 천착하기도 한다. 전후 상처를 치유하는 작가들의 노력은 크게 두 가지로 나눌 수 있다.

첫째, 일군의 작가들은 한국의 역사를 통해서 역사적 사실을 재현하고 당면한 현실의 상처를 극복하기 위한 사회적 방안을 모색한다. 둘째, 또 다른 작가들은 인간에 내재해 있는 근원적인 힘과 그 에너지를 통해 전후 무기력에 빠진 전재민들에게 재활을 모색할 수 있는 자생적인 방안을 모색한다.

이러한 구분은 작가의 성별에 따른 구분이기도 하지만, 전후

소설에 등장하는 여성인물의 역할과 위상이기도 하다.[29] 전후 다수의 여성작가들은 후자에 속한다. 그들은 인간의 내면에 존재하는 다양한 양태의 성품을 규명해 냄으로써, 전재민들의 내면을 치유해 나간다. 예컨대, 박경리의 「불신시대」(『현대문학』, 1957)에서 영주는 남편과 자식을 잃고 종교와 사회에 대한 불신으로 팽배해 있지만, 빈민촌 사람들의 벌거벗은 '생명'에서 자신에게 항존해 있는 생명을 발견해 낸다. 같은 맥락에서 「영주와 고양이」의 민혜 역시 딸아이 영주와 고양이의 때 묻지 않은 순수한 동심에서 상처를 치유해 나간다. 구혜영의 초기 소설도 여기에서 벗어나지 않는다.

　전후 여성작가 연구는 강신재, 박화성, 손소희, 한말숙과 한무숙, 최정희, 박경리 등을 중심으로 진행되었다. 전후 여성작가들의 자의식을 다룬 대표적인 논의로 박정애의 「전후 여성 작가의 창작 환경과 창작 행위에 관한 자의식 연구」(『아세아여성연구』 41, 2002)와 김미영의 「戰後 여성작가의 작품에 나타난 여성주인공의 성의식(性意識) 연구」(『우리말글』 30, 2004)를 들 수 있다. 박정애는 여성작가의 사회적 특수성을 고려하여 그들의 글쓰기가 지닌 특수성을 고찰하고 있다. 임옥인, 한말숙과 한무숙 등 부르주아 여성작가들이 정치적 보수주의를 체화하고 가부장제 검열을 의식하면서 자기 위장의 가면 쓰기로서 창작에 임했다면, 강신재는 가면과 맨얼굴 사이를 교차하고 있으며, 박경리는 맨 얼굴의 나르시시즘을 보여준다고 밝히고 있다.[30]

이와 유사한 맥락에서, 김미영은 전후 여성작가들이 성(性)의
식을 중심으로 전후 현실의 환멸을 극복해 가는 과정을 고찰하고
있다. 한말숙과 한무숙, 최정희 손소희가 대상화된 성의식으로
성적 타락과 피해의식을 지닌 여성을 재현해 내는 반면, 박경리
와 강신재는 모성적 자아와 여성적 자아의 정직한 대결을 통해
주체적이고 건강한 여성상을 제시하고 있다고 본다.[31]

　이러한 여성작가를 제외한 그 밖에 다른 여성 작가들에 관한
논의는 미비하다. 그것은 기존의 문학사 평가가 동시대 이데올
로기를 수렴하고 있는 여성 작가들 위주로 논의되었기 때문이다.
구체적으로 그것은 '성녀(聖女)' 혹은 '악녀(惡女)'로 양분화된 여성
이미지에 주목하여 여성을 파악하고, 이분법적 도덕의 잣대를 들
이대던 동시대 문학사가들의 정형화된 문학담론에서 기인한 것
이다. 일련의 여성작가와 구분되는 구혜영의 특징은 여성작가
특유의 감수성으로 전후 사회 대중의 감정(feeling) 유로를 읽어내
고 있다는 점이다. 전후의 여성작가들이 성녀(聖女) 혹은 악녀(惡
女)의 형태로 전후 사회가 요구하는 윤리담론을 내면화하고 소설
에 재현해 내고 있는 반면, 구혜영은 감수성 풍만한 개인의 눈으
로 전후 사회에 존재하는 근대적인 요소를 소환해 내고 있다. 요
컨대 구혜영은 전후 사회의 현실 복구와 전쟁의 상처를 그리기보
다, 근대적 개인의 모습을 탐색하고 있다.

　구혜영은 선(善)과 악(惡)이라는 규범적인 틀에서 벗어나 '감성
적 개인(sensitive individual)'에 주목한다. '감성적 인간'은 '감각적 인

간', '감상적(sentimental) 인간', '감수성이 풍부한 인간', '감동이 많은 인간'과 구분된다. 감성적 인간은 "마음이 여리고 눈물을 잘 흘리는 사람이 아니라, 다른 사람들이 무관심하게 보아 넘기는 바로 그것에서 감각을 받아들이는 사람이다." "마음이 동요되는 대로 내버려두는 사람이 아니라 보다 월등하고 예민한 지각력을 지니고 있으며 받아들인 지각을 체계화하는 사람이다."[32] 요컨대 그들은 감각에 의한 관찰에 전념하면서 그러한 인식과 지각 행위를 조직화한다. 1955년 등단한 여성 지식인 작가 구혜영의 두드러진 특징은 이러한 감수성에 있다. 이후 구혜영 소설에서 감수성은 여학생과 소녀, 여대생 등 동시대 여성의 여러 층위 인물의 입장과 목소리를 전달하는 데 기여한다.

구혜영은 전후 사회의 현실 복구와 전쟁의 상처를 그리기보다, 자신의 풍부한 감성으로 전후 사회에 새롭게 존재해야 할 인간의 모습을 모색한다. 1931년생 구혜영의 감성은 1941년생으로 4·19세대이며 불문학을 전공한 김승옥과 달랐을 뿐 아니라, 1936년생으로 한국전쟁 때 월남하여 피난민수용소를 거쳐 서울대를 중퇴한 최인훈과도 달랐다. 전후 세대를 대표하는 1922년생 손창섭과 1921년생 장용학의 경험과도 구분된다. 구혜영은 해방기 강원도에서 소녀 시절을, 전쟁기 서울에서 청춘기를 보냄으로써, '해방'과 '전쟁'을 초래한 전대 식민지의 상실감으로부터 자유로웠던 것이다. 그녀의 감수성은 한국 역사의 격동기와 동행했다기보다 개인적이었으며, 체계적으로 학습되어 수용된 것도 아니었다.

순수한 인간으로서 그녀는 현실을 정직하게 응시한다.

구혜영이 창조한 감성적 인간은 전후 현실, 전후 소설에 등장하는 상처받은 상실자의 모습이 아니라는 점에서 이채를 보인다. 『사상계』가 폐간된 1970년대 이르면, 구혜영의 감성은 다음과 같은 특기할 만한 이력으로 나타난다. 첫째, 구혜영의 감성은 1970년대 상당량의 청춘소설 창작에 기여한다. 『불타는 新綠』, 『언덕에 부는 바람』, 『해바라기 소녀들』, 『五月祭』 등에는 남녀 청소년들의 젊고 발랄한 꿈과 방황이 잘 나타나 있다. 일련의 소설에서 구혜영의 감성은 건전한 모럴 의식과 조화를 이루어 당대 청소년들의 정서적 자양분이 되었다.

둘째 그녀는 청소년들을 위한 '순결교육 교양서'를 발간했다는 점이다. 그녀는 출판사에 근무하면서 청소년들의 고민을 들어주었고 그들을 위한 책도 발간한다. 『진아의 편지』(창원사, 1974), 『진아 엄마에게』(창원사, 1975), 『젊은 벗과의 對話』, 『사랑의 편지, 고뇌의 편지』 등이 그 산물이다. 『진아 엄마에게』(창원사, 1975)는 『진아의 편지』(창원사, 1974)에 이어 『일간스포츠』 지면에서 50여 회 공개 상담한 것을 토대로 만들어진 것이다.

1970년대 이후, 구혜영의 감성은 자신의 창작 방향을 '사랑을 통한 구원'으로 유연한 선회를 보인다. 1978년 출판사가 바뀌어 다시 발간되는 책의 후기에서 구혜영은 자신의 창작 모토를 '사랑'이라고 밝힌다.[33]

나는 모든 사람이 남용함으로써 휴지쪽처럼 더럽혀지기는 했지만, 그러나 진정한 '사랑'만이 이 세계를 구원하는 유일한 힘이라고 믿고 있다. 그것의 참모습을 여러 가지 상황 속에서 조명하여 그려 내는 것이 내 문학적 임무라고 생각하고 있다. 그런 의미에서 이 사회에 던지고 싶은 내 발언이 좀 더 평이하고 효과적으로 많은 독자들에게 전달되기를 바랐던 것이다.

1970년대 청춘소설과 청소년 상담서적은 구혜영의 감성이 잘 발휘되어 일반 독자를 비롯 대중의 사랑을 받을 수 있었지만, 역설적으로 일련의 작업으로 인해 1970년대 이후 구혜영의 소설은 온건한 휴머니즘으로 고착된 점 또한 간과할 수 없다.

제3장

1950~60년대 여성지식인 소설

1. 지식인 여성의 소명 의식

등단작 「안개는 거치고」는 지성과 계몽성이 교차하고 있다. 구혜영은 전후 젊은이들의 의식을 조명하기 위해 세 여인과 한 남자를 등장시키고 있다. 이진수라는 한 남자를 주축으로, 젊은 과부 이순우, 화장품 장수 최문경, 그의 약혼자 강수옥 세 여자가 모두 그를 사랑한다. 세 여성 인물의 행로가 한 남자에게 집중되어 있는 만큼, 이 소설에서 남자 주인공 이진수가 차지하는 비중은 크다. 그는 전쟁의 상처로 실의에 빠진 무기력한 젊은이로 등장한다.

육이오는 그를 고아로 하였고 재산이라고는 자기의 공부한 머리 하나 밖에 남지 않았다. 지나친 허무감은 그를 '수절로객'으로 변화시켰고 지나친 타격은 될 수 있는 한 고생스럽지 않은 방향으로 생활을 이끌어 갔고 만사에 무성의한 태도를 갖게 하였다.[34]

이진수를 둘러싼 여성 인물들의 성격은 다음과 같다. 이순우는 전쟁미망인이며, 최문경은 홀어머니와 남동생을 부양한다. 강수옥은 이진수 은사의 딸로서 약혼자이다. 그는 은사의 딸 강수옥과 약혼하기로 했으나, 그 결정은 자발적이지 않고 충동적이었다. 그는 화장품 장수 최문경을 만나면서 자신의 삶을 돌아보고 자기 삶의 주도권을 되찾게 된다. 이진수는 지금까지 해 오던 대로 대학의 시간강사로 전전할 것인가, 미국에서 무역업으로 돈을 벌 것인가를 고민한다. 약혼자 강수옥은 진수의 방향전환을 적극 찬성하는 반면, 최문경은 진수로 하여금 주체적 삶을 독려한다.

특히 이 작품에서 최문경은 작가가 지향하는 진취적 젊은이 상을 대변하고 있다. 구혜영에 따르면 최문경은 "기계가 가진 정확성과 인간정신의 가능성"을 "익숙하게 몸에 지니고 있는 사람"(53면)이다. 작가는 허무에 빠진 전후의 젊은이들에게 최문경과 같은 삶의 자발성을 강조한다. 구혜영은 이 작품에서 젊은 세대의 적극적인 삶의 자세를 지향한다.

현대인이란 항상 새로운 시대감각의 대변인임에는 틀림없으나 요즘의 현대인이란 흔히 어떤 근치(根治)될 수 없는 병든 일면을 내포하고 있는 것이다. 안이(安易) 교활(狡猾), 타협(妥協) 등은 그것의 대표적 병명들이다.(53면)

이진수는 과부 이순우를 통해 정감과 안정을 얻었던 데 비해, 최문경을 통해서는 사랑에 눈을 뜨고 현실과 자아 간 낙차를 메운다. 그는 술을 마시지 않으며, "자의식을 갱생시키기 위하여 자기의 타성으로 굳어진 몸을 어떤 규측과 제약 안에 집어넣고 그것으로 절제하려고 노력"(52~53면)한다. 고행과 다를 바 없는 그의 노력은 "선명하고 투철한 생활의욕의 근저"가 되어 주고 "숨가쁜 생명감"을 주었다. 그는 "가능한 한도 내의 모든 새로운 지식을 주입 소화시켜야할 필연을 통감"(53면)하고 밤을 새워 독서한다. "정신에 끼어 있든 안개같이 텁텁하고 불투명한 지방분이 모조리 씻기워 나"간다. 이제 그는 주체적 삶에 눈을 뜨고 "올바른 지식인"의 삶으로 귀환한다.

이러한 작가의 지적에서 알 수 있듯이, 구혜영의 데뷔작은 계몽적인 속성을 지니고 있다. 이 작품은 전후의 상처와 무기력에 빠져있는 젊은이들의 재활과 갱생을 호소하는 청춘 드라마의 성격을 지니고 있다. 그래서 인지 인물의 성격 창조에는 일정 부분 작위성을 노정하고 있다. 작가가 지닌 계몽성은 주제 구현에는 명징성을 보이는 반면, 작중 인물의 성격 형상화에 있어서는 불투명성을 초래했다. 작중에서 주도적 인물은 모두 여성이다. 행위의 주체로서 남자 주인공의 의식을 주도하는 인물이 최문경이라면, 작중 서술의 주체로서 상황과 사건의 형상화에 기여하는 인물은 이순우이다. 약혼자 강수옥은 속물적인 성품을 보임으로써, 앞서 두 여인과 대조적인 성격으로 여성들 간의 갈등에 입체성을 부여한다. 반면 남자 주인공 이진수는 무성격자로서 작중에서는 성격 변화의 입체성을 보여주지 못하며 결말에 이르러서야 자신의 성격을 지니게 된다.

이와 관련하여, 손우성은 「如流와 新人 作品의 比重－7·9월 合作評」(『사상계』, 1955.9)에서 구혜영의 등단 작품에 대해 "필력도 상당할뿐더러 풍부하고 多彩로운 감수성"의 "현대감각을 포근하게 짜넣은 새경향의 작품"으로 높이 평가한다. 그러나 "이 작가는 여기 현대여성들의 한 色다른 분위기를 創造하기에 成功"한 반면, "신인의 未熟한 흠"으로 "작품 속에 단 하나 나오는 男性이 女性들의 사랑경쟁의 대상인 데도 불구하고 전혀 성격 없는 無色한 人物로 되어있는 것이다. 그것은 아마도 젊은 작가로서 인물의 관찰안이 충분히 男性에게까지 미치지 못한 탓일 것이다."[35]

그 이듬해 구혜영은 「상록의 지층」(『사상계』, 1956.6)에서 기혼남자 중화와 미혼여자 순실의 도덕관 충돌을 보여준다. 두 사람은 서로 사랑하지만, 기혼 남자는 전통적인 도덕관을 되새기며 자기 욕망을 절제한다. 그는 "속박보다 질긴 가족제도의 기반에 묶여서 깡마른 자기의 일생에서 단 한번 느껴보는 이 충만한 생명감과 흐뭇한 도취를 깡그리 잊어야 한다는 일이 과연 자기를 위해서 옳은 일인가"[36]를 생각하면서도, "어떤 기존관념적 견지에서라기보다도 자기가 뿌린 씨는 자기가 마땅히 걷워야 한다는 업보적(業報的)인 입장에서" "엄연한 선(線)"(301면)을 견지한다. 중화는 아내와 자녀들에 대한 죄책감, 순실의 미래를 위해 선뜻 자신의 욕망을 표출하지 않는다.

반면 순실은 자신의 욕망에 충실하며 중화에게 적극적으로 애정의 자유를 주장한다. "우린 서로가 다 정신적으로 자유이여야 해요."(303면) 순실은 중화에 대한 애정을 적극 표명하지만, 중화는 받아들이지 않는다. 이에 순실은 그녀를 좋아하는 황모와 여행을 다녀온 후, 수면제를 먹고 자살을 기도한다. 중화는 목숨이 경각에 놓여있는 순실을 보고 자탄한다. 이 작품은 중화가 다시 살아난 순실을 대하며 환희에 젖는 것으로 끝을 맺고 있다. 구혜영은 이 작품에서 중화의 구도덕을 더 밀고나가지 않으면서, 순실의 자유로운 열정에도 적극 손을 들어주지 않는다. 전통적인 도덕관이 안고 있는 모순을 지적하고 있으나, 이를 밀고 나가는 추진력은 보이지 않는다.

그 결과 구혜영은 기성모럴과 정면대결하기 보다 '가정'과 '가족제도'가 안고 있는 형식적인 문제를 제기하는 것으로 방향을 선회한다. 작중 여성 주인공의 세밀한 심리묘사를 통해[37] 작가는 미혼 여성의 이미지, 그들이 일생을 거는 결혼이 얼마나 허구적인 것에 지나지 않는지 냉소한다. "그네의 그 영롱하리만큼 해맑은 눈빛. 그 거리낌 없이 용솟는 웃음. 해바라기처럼 풍성스런 표정. 그리고 그 청순한 애티"로 표상되는 "여자의 미혼시대라는 것"은 "어디까지나 하나의 외견(外見)에 지나지 않으며 동시에 일종의 편견일 수밖에 없다." "솔직한 얘기가 여자의 미혼시대라는 것이 그렇게 완전히 자유로운 입장에서 완전무결하게 즐길 수 있는 것인가?" "그네들이 대담하고 용감하고 무척 자유로워 보이는 것은 그네들이 아직 한 번도 위축당함이 없는 까닭이며 그것은 그네들의 참신(斬新)한 젊음이 풍기는 건강한 하나의 성적(性的) 매력"에 지나지 않다는 것이다.(299~300면)

> 특유한 예를 제외한 그네들이란 항상 행복하고 보람있는 결혼이라는 것으로 머릿속이 꽉 차 있는 것이다. 모든 운명을 거기에다 걸고 언제나 사랑을 생각하고 애인을 생각하면서 되도록 개성을 잃지 않는 범위안에서 무엇엔가에 노상 속박 당하고 있는 것이다.(299~300면)

구혜영은 미혼 여성은 표피적인 미로 포장된 상품에 지나지 않으며, 그들에게 자발성과 자유는 없다고 본다. 이들은 결혼 후에야 남편과 가정을 통해 자신이 얼마나 부자유스럽고 비독립적인 존재인지를 자각한다는 것이다.

구세대와 신세대 간의 모럴 충돌을 보여주는 또 다른 작품으로 「暗礁」(『사상계』, 1959.9)를 꼽을 수 있다. 잡지사를 경영하는 권태악(權泰岳)은 확고한 도덕적 성품을 지니고 있다. 아무리 능력 있는 사원일지라도 그는 사원의 일탈적인 애정행각을 용납하지 않는다. "그는 끝내 인간 사회의 질서를 통한 미(美)의 구현을 표방하고 옹호하는 마지막 기수(旗手)이기를 원했다."[38] 권태악의 애제자 '의정'은 그와는 대립된 청춘의 열정을 소유하고 있다. 의정은 약혼자가 있음에도 알코올 중독자인 유부남을 헌신적으로 사랑한다. 이 작품은 사회의 안녕과 안정적 토대 구축을 지향하는 권태악과 내부의 본능과 자유분방한 열정을 지향하는 의정 간의 세대 대립을 다루고 있다.

작가는 양쪽 어디에도 손을 들어주지 않는다. 권태악은 의정의 일탈을 막기 위해 사무실로 불러 그녀에게 일을 시키지만, 의정은 오래지 않아 사무실을 나오지 않는다. 의정은 권태악에게 다음과 같은 편지를 남기고 자신이 사랑하는 남자의 품으로 간다. "저는 모든 상식적인 실사회의 법규에 저항하고 있습니다. 제 행복은 그런 것에 항거하려는 저의 분방한 본능과 직접 연관이 있는 것인지도 모릅니다."(132면) 이 작품은 의정의 단호한 입장이 담겨있는 편지와 함께 종결된다. 구혜영은 등단작에 보인 계몽성보다는 오히려 인간 내부에 내재해 있는 순수한 본능과 에너지를 자각하고 이를 실현하려 한다.

작가는 시대의 추이, 세대 간의 변화를 감지하고 있다. 도덕으로 무장하여 사회의 재건에 앞장서야 했던 세대와 달리, 구혜영을 비롯한 새로운 세대는 내부에 꿈틀대는 열정과 본능의 기운을 감지하고 적극적으로 그것을 수용한다. 새로운 세대에게는 '사회의 규범보다 오히려 자기 내부에서 일렁이는 욕망을 어떻게 발산할 수 있을 것인가'가 삶의 지향점으로 전환된다. 이미 구혜영은 등단작 「안개는 거치고」에서 '최문경'을 통해 새로운 세대 의식을 조명한 바 있다. '최문경'은 '이진수'라는 전후 무기력한 젊은이를 각성시키기 위한 존재로서 구혜영이 내세운 여성 캐릭터이다.

젊은 과부 '이순우'가 구세대의 모럴을 내면화하여 보수적이고 안정지향적인 삶을 보여주고 있다면, 최문경은 홀어머니와 남동생을 위해 화장품을 팔며 경제전선에 적극 뛰어들 뿐 아니라 자기감정에 충실하다. 오호(惡好)가 분명하여 하고 싶지 않은 일, 만나고 싶지 않은 사람에 대해 단호함을 표출하는 반면, 해야 한다고 하는 일에 대해서는 어떤 어려움도 가리지 않고 과감하게 그 일에 뛰어든다. 최문경은 이진우가 대학 강사의 일을 버리고 미국에서 무역업에 종사하려는 데 대해 분명한 어조의 편지로 반대 입장을 전달한다. 뿐만 아니라 이진수의 집에 불이 났을 때, 단신 불 속으로 뛰어들어 이진수의 가재도구와 책들을 꺼내고 수레에 싣는다. 자신의 주관에 충실하고 자기 주도적 삶을 실현하는 최문경으로 말미암아 이진우의 무기력은 안개가 걷힌 듯 사라지고, 적극적인 지식인의 입장으로 귀환한다.

그러나 젊은이들의 열정이 이 사회의 전통 및 견고한 제도와 부딪힐 때, 구혜영은 작중 인물의 자살을 통해 내면의 열정을 말소하고 만다. 구혜영은 「바람 일렁이는 풀섶 속에서」(『자유공론』, 1967)에서 개인의 내면에 존재하는 열정을 발견하고, 현실에 소환해 낸다. 그것은 규범을 벗어난 것이며, 일탈을 종용한다. 나는 내면의 열정을 소중히 여기지만, 열정과 규범 간의 갈등으로 괴로워한다. '내 내부의 것과 사회가 요구하는 것을 어떻게 조율할 수 있을 것인가'가 1960년대 구혜영 소설이 안고 있는 과제이다. 사회적 규범을 일탈한 열정의 분출에는 '고통'이 뒤따른다. 왜냐하면 작중 주인공들은 사랑하는 남녀 두 사람만을 생각하는 것이 아니라, 그들 주변에 있는 다른 사람의 일상을 염두에 두고 있기 때문이다.

이 작품에서 나는 유인희 선생님의 제자로서 그분을 존경하고 그분의 집에서 그분의 일을 돕는다. 유인희의 남편 목증소(희곡작가)는 집에 돌아오지 않고 여러 여자와 염문을 뿌리고 있으므로, 나는 목증소 씨를 집으로 불러들이고 두 부부의 일상을 돕는다. 그러나 어느덧 나와 목증소 씨는 서로 사랑한다. 나는 목증소 씨에 대한 사랑에 앞서 존경하는 유 선생님에 대한 죄책감으로 자살을 결심한다. 내부의 열정을 발견하는 순간, 나는 사회적 죄책감으로 생존의 두려움에 빠진다.

나를 얻은 목증소씨는 사람이 변한 것처럼 일에 힘이 오르고 능동적이 되었지만, 나는 환희와 오뇌의 양극을 오락가락하며 안절부절의 매일을 보내게 되었다. 더구나. 괴로운 것은 유인희 선생님의 변함없는 태도였다. 그 분은 내 내부의 아무런 비밀에도 상관없는 초연한 존재 같으시다.(150면)

구혜영이 전세대의 모럴이 아니라 후세대의 모럴을 자각하기 시작했다면, 그녀가 감지한 후세대의 모럴은 어디쯤 위치해 있는지 검토해 보아야 할 것이다. 감정적 차원의 것인지, 본능적 차원에 그치고 마는지, 사회와 자아의 적극적인 모색을 실현하는지 등에 주목해야 할 것이다. 이와 동시에 그렇게 축적된 개인의 에너지는 개인의 자기실현에 그치고 마는지, 혹은 개인과 사회의 접점을 모색하는 정도에 그치고 말았는지, 그렇지 않으면 자기실현을 통해 사회의 변화를 견인할 수 있는 역량을 지녔는지 살펴보아야 할 것이다.

그런 의미에서 구혜영은 전전 세대와 전후 세대의 중간에 놓여 있는 '낀 세대'라 명명할 수 있다. 작가는 '권태악'의 편에 서지 않지만, 온전히 '의정'의 편에도 속하지 못한다. 그녀들은 외부의 도덕을 온전히 쫓지 못할 뿐 아니라 자기 내부의 열정에도 충실할 수 없으므로, 스스로 자멸의 길(자살)을 선택한다. 이를 통해 다음과 같은 사실은 알 수 있다. 구혜영은 '낀 세대'로서 전대의 도덕을 돌아보면서 새로운 도덕의 기운을 전달하지만 종국에는 주변의 반응을 의식한다. 그 결과 이후 구혜영은 '가족제도의 내부에 곪아 있는 남녀 간의 상처'를 들추어내고, 나아가 '결혼이라는 형식과 무관한 순수한 청춘 남녀의 지고지순한 사랑의 실현과정'에 주목한다.

2. 현대인의 자존감 상실과 스위트 홈 판타지의 허실

구혜영은 현대인들의 자존감 상실에 주목한다. 그들의 내부에는 그들이 처해있는 환경과 조화를 이룰 수 없는 억압된 자아가 비현실적인 이명(耳鳴)을 만들어낸다. 그들은 산업사회, 자본주의 구도, 남부러울 것 없이 행복한 가정의 구도에 처해 있지만, 실상 소속한 공동체에서 분리되어 스스로 곪아간다. 내면의 목소리를 인정하려 하지 않을 뿐, 그들 모두는 병들어 신음하고 아파하고 있다. 구혜영은 1960년대 산업사회 도시인의 삶을 염세적으로 바라본다.

작가는 「어떤 平日」(『사상계』, 1967.6)에서 도시인의 일상성이 얼마나 피폐한 것인지 주목하고 있다. 갖고 싶은 것, 하고 싶은 일을 쉽게 할 수 있는 데 비해 마음은 더욱 황량하고 쓸쓸하다. 샐러리맨 미스터 현은 월부 인생이다. 월급을 받기도 전에 사고 싶은 것은 무엇이든지 산다. 트랜지스터라디오를 월부로 사고, 세탁소에 맡긴 양복을 찾기 위해 라디오를 전당포에 맡긴다. 필요한 건 월부로 장만하고, 또 다른 물건이 필요해 지면 월부로 산 물건을 다시 전당포에 맡기고 돈을 마련한다. 월부금 독촉자의 전화와 방문은 자리를 피하기만 하면 해결된다. 그는 다시금 양산을 월부로 사고, 다방레지에게 그것을 선물한다. 그렇다면 그는 행복한 현대인인가. 그의 동서녀 은숙은 집을 나간 지 오래이고,

그는 항시 가슴 속에 이명의 북소리를 듣는다.

구혜영은 「미스 零의 행방」(『國稅』, 1967)에서 1960년대 자본주의적 인간의 욕망을 '미스영'이라는 인상적인 캐릭터로 입체화하기도 한다. 작품의 서두는 다음과 같이 시작된다.

> 나는 편의상 그녀의 이름을 영(零)이라고 표기했지만 그것은 내 친구인 T의 의견을 좇았다는 것뿐이고, 사람에 따라서는 YOUNG이라커니, 혹은 永이라커니 하면서 제 나름의 군색한 의미를 그녀의 호칭에 붙이려고 하는 모양이다. 하지만 나로서는 그저 여-ㅇ 하고 저항 없이 울리는 순수한 그 무의미한 음향인 채가 더욱 좋다. 그것은 마치 무궁한 여운(餘韻)의 샘소리 같이 내 귀에는 은은하다. 그리고 그 음향의 메아리를 뒤좇고 있노라면 내 망막에는 어느 새 칠흑의 허무 속에서 의미없는 생명이 훨훨 타는 그 찬란한 황금색의 빛무리가 투영되는 황홀한 열락(悅樂)의 한때가 되기도 한다.(53면)

미스영은 "언제나 정체 불명인 오리무중 속에서 선악의 차원을 멀리 초월하여 오로지 존재를 위해 존재하는 탐욕할 만큼 쾌락 지상의 마물적(魔物的)인 존재"(54면)이다. 요컨대 그녀는 우리 내면에 존재하는 욕망의 대명사이다. "미스영 같은 여자의 사고방식은 윤리 이전의 순수 위에서 영위되기 때문에, 도시 어떤 기존의 제약을 내걸고 호소해 봤자 승산이 없다." "그녀에게 있어서 문제되는 점이란 오로지 자기 자신의 호오(好惡)의 감정과 스스로의 내면에서 자동적으로 폭발하는 천연 욕구의 유무로써 결정될 뿐이니, 양심이니 모랄이니 해봤자 무슨 소용이겠는가 말이다."(64면) '미스영'은 여성도 아니며 남성도 아니다. '미스영'은 여성과 남성을 초월하여 자본주의 시대 욕망의 자가증폭성을 대변하는 구혜영식 호명법이다. 요컨대 '미스영'은 구혜영이 간파한 1960년대의 현대성이다.

특히 구혜영은 기혼 주부들의 자존감 상실에 주목하고 있다. 「銀빛깔의 작은 새」(『사상계』, 1968.6)에서 기혼여성은 남편을 사랑하는 일에 자기 삶을 송두리째 헌신하지만, 그녀에게 돌아오는 것은 채워질 수 없는 고독이다. 구혜영 소설에서 중년에 접어든 기혼 여성의 정체성은 주로 성적 욕망의 충족으로 형성된다. 그러나 일상에서 그녀는 남편으로부터 욕망을 온전히 채울 수 없으므로 일탈을 감행한다. 작중 정요는 내면에 존재하는 정욕을 '은빛깔의 작은 새'로 명명한다.

그것은 "예지(叡智)의 광휘(光輝)없이 열락만 충동적으로 욕구하고 나대는 눈먼 조그만 은빛깔의 작은 새"이다. 남편은 첫 아내와 사별하고, 정요와 결혼하기 위해 두 번째 아내와 헤어졌다. 남편은 정욕이 충만한 사람으로, 집 밖에서 여러 여자를 만난다. 정요는 집 밖에서 여러 여자들과 관계하는 남편에 대해 사랑이라는 이름으로, 남편의 '자유'를 이해하려 한다. 그러나 그녀는 내부에 존재하는 욕망을 잠재우지 못해 김기사와 관계하면서 정욕을 발산한다. 정요는 내부에 존재하는 정욕을 발산하면서, '은빛깔의 작은 새'가 세상 밖으로 날아간다고 느낀다. 작가가 정요의 정욕을 '비상'으로 형상화하고 있는 만큼, 정요의 행로는 도덕적 잣대가 아니라 인간의 자유 의지를 표상한다.

구혜영은 「少姬」(『여류문학』, 1968)에서도 여성 주부의 자존감 상실을 보여준다. 중산층 가정의 중년 부인 소희(少姬)는 그녀의 이름처럼 그저 '작은 계집'일 뿐이다. 마흔을 앞둔 그녀는 어떠한 정체성도 남아있지 않으며, 소녀적 감수성을 지닌 여성에 불과하다. 소희는 남편 태산과 중학 3년인 아들 일표를 둔 가정주부이다. 그녀는 남편의 왕성한 활동력에 비해 존재감이 미비하다. 이미 아들도 엄마의 손길이 필요 없다.

그녀는 자신의 자존감 회복을 위해 '모성성'을 소환해 낸다. 개인성, 인간성, 사회성, 여성성 등 여러 가지 요인 중에서, 그녀는 지금까지 익숙해 있었던 '모성성'을 소환해 낸다. 39살의 그녀는 자신의 존재감을 회복하기 위해 다시 아이를 가지려 하지만, 남편의 정관수술로 실의에 빠진다. 그녀는 소아마비, 엄마의 재가로 열등 콤플렉스를 지닌 20살 지수를 만나면서, 그에게 '엄마'가 되어주기로 결심한다. 소희는 내부의 여성성을 소환해 내기보다 사회가 인정하는 모성성으로 지수에게 접근한다. 내부의 욕망과 사회의 모럴 간 절충과 타협이 현실에서는 '모성성의 귀환'으로 나타난다.

그렇다면 소희의 자존감 상실은 어디에서 비롯된 것인가. "그녀는 태산의 왕성한 생활력이 만들어 준 평온의 연못 속에서 앙

금처럼 부패해 가는 자신을 더 이상 버려둘 수는 없다고 막연히, 그러나 아주 진지하게 통감하는 것이었다."(89면) 그들이 안존해 온 가정으로 인해 그들의 부패가 시작된 것이다. 이른바 '스위트 홈'은 표피적이고 대중적 판타지에 불과할 뿐, 그 이면에서는 소외와 고독이 자리 잡고 있다. 그것은 일견 부부간의 갈등이기도 하지만, 당면한 사회의 병리현상이기도 하다. 이미 1959년 문화계의 추이를 소개하는 『사상계』 좌담회에서는 중산층 가정주부의 기능을 담당하는 식모, 유모, 가정교사로 인해 주부 역할이 축소됨과 더불어 자녀 교육이 제대로 수행되지 않음을 지적하는 등 중산층 가정의 분열 조짐을 지적하고 있다.[39]

미혼 여성은 결혼과 더불어 사랑에 인생을 걸면서, 사랑과 결혼에 대한 맹목적인 판타지의 늪에 빠진다. 자본주의의 생산과 소비의 현장에 나선 남자들은 굴곡이 심한 삶의 경쟁에서 선점하기 위해 '미스영'을 찾기도 하고, 그 스스로 '미스영'이 되기도 한다. 이러한 현실의 굴곡에 동참하지 못하는 가정의 주부들은 과거 소녀적 감수성에 젖어 '스위트 홈'이 안고 있는 부패와 불합리를 고독하게 감내해야 했다.

구혜영은 「音樂會」(『청파문학』, 1965)에서 남녀 간 부부생활이 지닌 위태로움을 지적하고 있다. 이 작품은 남편의 입장에서 서술되고 있다. 남편은 아내를 사랑하고 있지만, 그는 끊임없이 다른 여자에 대한 욕망을 발산한다. 나는 "아내에게 기울이는 계속적인 보호의식"(256면)을 다른 대상에게 쏟지 않지만, "아내 이외의 여자들에게 인력"을 느낀다. 그것을 그는 "미지의 오지(奧地)에 대한 끝없는 탐험심"(256면)이라 명명한다. 여기서 주의 깊게 볼 대목은, 남편이 아내에 대해 '동반자의식'을 갖지 않고 '보호의식'을 갖는다는 것이다.

요컨대 남편은 삶의 동반자가 아니라 아내의 삶을 책임져야 한다는 의무감을 지니고 있다. 그래서 인지, 작중 화자는 "누구보다 사랑하면서도 무엇보다 권태스러운 존재, 그런 것이 바로 인간들의 아내이며 남편들"이라고 본다. 나는 아내와 음악회에 가기로 약속했지만 표를 구하지 못한다. 나의 친구 남욱이 나타나 표를 구해서 내 아내를 데리고 음악회에 간다. 나는 불안과 질투로 괴로워한다. 구혜영은 1960년대 일상적이고 평온해 보이는 '스위트홈'을 조롱하고 있다. 이미 부부는 출발점에서부터 평등한 관계가 아니라, 종속적인 부양관계로 시작된 것이다.

구혜영은 「아침의 江」(「풀려나는 새아침」을 「아침의 강」으로 개제. 『자유공론』, 1969)에서 '가정'이 얼마나 남자의 삶을 부자유하게 옭아매고 있는지 보여준다. 평화는 가장된 것이며, 실재하는 가정에는 해체와 분열과 고통과 고뇌로 가득함을 보여준다. 평화로운 가정의 이면에는 상처가 가득하다. 남들에게 모범적인 명사의 가정으로 알려진 우락의 가정은 곪을 대로 곪아있다. 이 작품은 남편의 입장에서, 불우한 가정의 실체를 조명하고 있다. "누구 앞에 내놓아도 손색이 없는 가족을 거느리고 사는 남자가 누구보다도 처참한 가족관계로 신음하고 있다."(242면)

쉰아홉의 우락은 아내와 별거한 지 2년째이다. 우락은 결혼생활 내내 아내의 사랑을 받아보지 못한다. 이에 그는 여러 여자를 만났고, 이혼을 요구하지만 아내는 들어주지 않았다. 우락 자신도 외롭게 고혈압을 앓고 있지만, 자궁암에 걸린 아내의 병원비, 세 아이의 학비를 혼자서 충당한다. 외적으로 훌륭한 명사의 모범적인 가정으로 보이지만, 실상 우락은 그 가정을 지탱하기가 힘겹다. 이른 아침 하숙집으로 걸려온 전화는 아내의 죽음을 알린다. 이 작품의 원제는 '풀려나는 새아침'이다. 아내의 죽음을 알리는 새아침을 일컬어 '풀려나는 새아침'이라고 명명한 것에서 짐작할 수 있듯이, 구혜영은 이 작품에서 가계와 자식 부양으로 힘겨운 가장의 비애를 조명하고 있으며 그 남자가 가정으로부터 풀려나는 시점을 자유와 평화의 시작으로 본다.

　구혜영은 창작집 『은빛깔의 작은 새』(창원사, 1975)에서 '자존감을 상실한 여성'을 조명하고 있다. 작품의 표제 '은빛깔의 작은 새'가 남편으로부터 억눌려 있는 여성의 내밀한 성적 욕망을 명명하는 기표이기도 하거니와, 창작집의 첫 작품 「초가을」(『예술계』, 1969)에서 마지막 작품 「幸福한 여자」(1974)에 이르기까지 대다수 작품에서 주인공은 사회는 물론 가정으로부터 주체성을 상실한 중년의 주부들이다. 「초가을」은 40에 접어든 세 여자의 삶을 보여주고 있다. 세 사람은 표면적으로는 결혼하여 가정을 이루어 잘 살지만, 그 내막에는 남편(남자)로부터 아로 새겨진 상처를 가지고 있다.

「幸福한 여자」는 작품집 『은빛깔의 작은새』를 마무리하는 작품이자, 작품집의 주제를 잘 대변하고 있다. 「행복한 여자」에서 구혜영은 여자들의 행복이 얼마나 자기 기만적이고 폭력적인 것인지 보여준다. 이 작품은 여성의 관점도 아니고 남성의 관점도 아닌 객관적인 관찰자, '기자'의 시점에서 사건이 소개된다. S주간지 취재부 기자 주영태는 직장을 그만두게 되었다. 선배를 만난 그는 실직 이유에 대해 다음과 같이 설명한다. 그는 '행복한 부부', '우리집 만세'라고 알려진 사실이 얼마나 작위적인 허구에 지나지 않는지 토로한다. 잡지사 편집자들은 독자들의 반응은 물론 동시대 대중이 요구하는 '스위트 홈' 판타지를 본의 아니게 조작한다.

문제가 되었던 취재대상은 중산층의 주부 안미령이다. 그는 취재에 앞서 주부 안미령에 대해 "그저 상류에 가까운 중류층의 안정된 경제환경 속에서 아이들 시중이나 들고, 몸치장에나 골몰하는 귀여운 여인"(304면), "행복의 산실(産室)"이라는 기획을 대표하는 '미세스 해피니스트'라고 판단한다. 그가 잡지에 가족사진을 곁들여 그들의 가정을 행복의 산실로 소개하자, 이후 "행복의 산실" 코너는 많은 독자들의 관심과 인기를 독차지한다. 그러나 묘령의 여인이 그에게 찾아와, 기사를 쓰기 전에 안미령의 남편 "전해준"을 직접 만나 그의 가정생활담을 들어 본적이 있는지 묻는다.

안미령의 남편 전해준은 아내 이외 다른 여자를 사랑하고 있었고, 그 여자는 위증(僞證)의 기사 내용을 읽고 자살한다. 전해준은 오래전부터 아내와 관계하지 않고 다른 방을 쓰고 있었으며, 이혼을 요구했지만 아내는 그의 요구를 무시해 왔다. 사랑하는 여인이 죽자, 전해준은 회사를 그만두고 가정을 뛰쳐나왔다. 그는 기자로서 자기 직분을 회의하면서 잡지사를 나온다. 전후의 재건과 더불어 안정의 궤도에 진입한 1960~70년대 대중은 "행복의 산실"을 꿈꾼다. "행복"에 대한 판타지가 급증하는 시기이다. 반면 구혜영은 '스위트 홈'은 현실에서 철저히 인위적으로 조작된 것에 지나지 않음을 시사한다.

중산층 주부들은 '사회'와 '가정'으로부터 소외자의 입지에 있다. 구혜영은 그들이 남편으로부터 소외자로 전락했음을 부각시키고 있으나, 실상 그들은 그들 스스로 결혼과 스위트홈에 대한 판타지에 빠져들어 사회적 감각을 잃고 말았던 것이다. 실상 그들의 의식은 결혼 이전의 소녀적 감수성에 멈추어 있다. 그들은 자신이 받은 대학교육, 자신이 숨 쉬고 있는 사회를 자각하기 앞서, 낭만적인 결혼과 스위트 홈에 대한 판타지로 구체적인 현실 감각을 잃었다. 그들은 이성간의 사랑과 결혼에 대한 전적인 열정으로 말미암아, 주체적 인격체로서 사회적 자활성을 상실한 것이다. 재클린 살스비는 일찍이 낭만적 사랑의 이데올로기성을 지적한 바 있다. 그녀에 의하면 '낭만적 사랑'은 사회성원들을 일정한 방향으로 유도한다는 점에서, 일종의 문제적인 사회현상이다.[40] 그들은 안존해 온 가정에서 중년에 접어든 다음에야 자신의 무기력을 통감한다.

중년 주부의 자존감 상실이라는 문제는 1960년대부터 1970년대에 이르기까지 구혜영 소설의 화두로 지속적으로 나타난다. 「황장미부인」(1973)에서 구혜영이 시사한 바와 같이, 행복한 가정은 단순히 남편과 시가의 경쟁력만으로 형성되는 것이 아니다. 대학친구들 중에서 누구보다 일찍 결혼한 난설은 외관상 행복한 가정을 꾸려나가는 것으로 보인다. 유능한 대학강사인 남편과 경제력 있는 시가, 이 속에서 실상 난설이는 가난한 집 딸이라는 냉대와 무시를 받아왔다. 난설은 뒤늦게 강인한 생활의욕으로 미장원, 미술연구소, 목각, 일본어학원 등 여러 직업을 전전하지만, 현실의 생존감각이 없는 그녀는 이 사회에 부유할 뿐이다. 여성의 자활성은 가정은 물론 사회생활의 필수조건이다.

1960~70년대 여성들은 낭만적인 결혼, 스위트 홈이라는 판타지를 내면화하고, 소녀적 감수성에 매몰되어있다. 그들은 가정이라는 또 하나의 사회적 관계 속에서 뒤늦게 자신에게 부재해 있는 사회성과 자활능력을 발견하지만, 이미 그들은 사회의 경쟁력으로부터 너무 멀리 와 있다. 구혜영은 1960년대 사회활동에 편입되지 못한 수동적 존재로서 주체성을 상실한 여성의 문제를 보여준다. 그들은 스위트홈의 주체이면서도, 그들의 내부는 '스위트'하지 않다. 그들은 외부로 말할 수 없는 상처로 내부가 곪아 있다. 작가는 이 창작집을 통해 '스위트 홈'은 표피적인 판타지일 뿐이며, 실재할 수 없는 관념의 소치임을 지적하고 있다.

3. 계몽과 감성의 착종

구혜영 소설에 착종된 계몽성과 감성은 전후(戰後) 한국 여성문학사에서 다음과 같은 두 가지 의의를 지닌다. 첫째, 그녀는 신세대 여성 주인공을 통해 자기 주도적 삶을 보여준다. 등단작 「안개는 거치고」를 비롯한 일련의 작품에서 신세대를 대변하는 여성 주인공은 구세대의 모럴과 충돌한다. 구세대의 모럴로 말미암아 체제가 유지되어 왔지만, 개인의 자유는 통제되어야 했다. 구혜영은 신세대 여성 인물을 통해 자기 주도적 삶을 보여주고 있다. 그러나 여성작가 구혜영의 감성은 자신의 신념을 현실에 구현할 수 있는 역량을 거세시킨다.

둘째, 그녀는 현대인의 자존감 상실에 주목하는데 특히 중년 주부의 자존감 상실을 조명한다. 중년 주부의 위기는 스위트홈 판타지의 허위성 고발로 이어진다. 1960년 중반을 넘어서면서 한국사회의 경제적 성장과 더불어 중산층이 형성되고 '스위트홈'에 대한 판타지가 확산된다. 중산층에 접어든 중년 부인은 산업사회, 자본주의 구도, 남부러울 것 없이 행복한 가정의 구도에 처해 있지만, 실상 그들은 소속한 공동체로부터 분리되어 스스로 곪아간다. 남편은 경제 일선에서 피로로 찌들고 인간성을 상실해 가는가 하면, 아내는 집 안에서 자존감을 상실해 간다.

구혜영이 『사상계』를 통해 내면화한 계몽 담론은 이후 『사상계』의 폐간과 더불어 1960~70년대 현실에서 지면은 물론 실효성, 대중적 기반을 잃는다. 구혜영이『사상계』의 계몽담론과 거리를 두었을 때 그녀에게 남은 것은 여성적 감성과 순수한 생명에 대한 동경이다. 1970년대 구혜영의 여학생 소설은 이러한 맥락에서 출발했다. 여성적이면서 순수한 생명에 대한 애정은 청소년에 대한 당대의 시각이기도 하고, 작가가 시대와 조응한 인식의 산물이기도 하다.

작가는『진아의 戀人』(1974)에서 순수한 젊은이들의 사랑을 보여주고 있으며,『칸나의 뜰』(1974)에서도 주위 환경과 물질에 좌우되지 않는 젊은이들의 신념과 열정적인 사랑을 보여주고 있다. 두 작품 모두 전형적인 혼사장애 모티프를 근간으로 삼되, 작가는 낙관적인 해피엔딩이 아니라 남녀 인물 중 한 사람의 죽음을 통해 '이루어질 수 없는 사랑'의 지고지순함을 강조한다.

작가는 가정과 사회 내부에서 발생하는 갈등을 해소하고 정화하기 위한 방안으로 '남녀 간의 순수하고 자유로운 사랑'을 제안한다. 1970년대 구혜영 소설의 이러한 경향은 1970년대 상업성 및 대중성과 결합하여 구혜영에게 상당수의 독자층을 만들어 주었다. 그녀의 낭만적인 감성은 그 시대가 요구하는 대중성과 결합하여 드라마, 영화, 연극으로 새롭게 재구성되는 등 대중의 사랑을 받았다. 1970년대 대중소설은 물론 구혜영의 1950~60년대 초기소설은 전대 문학의 계승과 다음 세대 문학의 디딤돌이라는 측면에서 연구자와 독자들에게 의미 있는 평가를 받아야 할 시점에 이르렀다.

제4장

1970년대 학원소설과 소녀판타지의 기원

1. 학원소설의 의의

1) 학원소설의 미디어 변용

구혜영의 학원소설에서 『불타는 신록』은 문학사에서 주의 깊게 다루어야 할 작품이다. 이 장에서는 잡지 『여학생』(1971~1972)에 게재된 『불타는 신록』을 비롯한 학원소설을 대상으로, 1970년대 '소녀'라는 캐릭터가 창조되는 과정에 주목하고 이러한 캐릭터가 동시대 다른 장르로 변용되는 과정에서 어떠한 의미가 변화 혹은 추가되는지 살펴보려 한다. 잡지 『여학생』(1965.11~1990.11)은 서울시 종로구 소격동에서 발행 겸 편집인 박기세에 의해 창간되었다. 『여학생』은 여학생을 주 독자층으로 하는 만큼 여성의 성역할에 대해 보다 분명하게 얘기하고 있으며 그 논조는 상당히 보수적이었는데, 70년대 중반에 이르면서 진보적인 여성주의를 표명하는 글이 실렸다.[41]

『불타는 신록』은 게재된 이듬해 단행본(성바오로출판사, 1973)으로 출간되었으며, 1975년 삼영필름에서 김응천 감독에 의해 〈여고졸업반〉이라는 이름으로 영화화되었다. 1979년에는 어문각에서 재출간될 정도로 인기를 모았다. 1984년에는 김응천 감독이 같은 작품을 〈불타는 신록〉이라는 소설제명으로 리메이크했다. 소설이 영화화되면서 두 여배우가 대중 스타로 부상했다. 1975년 영화 〈여고졸업반〉에서는 임예진이, 1984년 영화 〈불타는 신록〉에서는 조용원이 그에 해당된다. 우선, 1970년대 구혜영 학원소설의 특징과 소녀 담론을 일별해 보자.

학원소설과 소녀담론을 살펴보기 앞서, 구혜영 창작세계의 특징부터 살펴 볼 필요가 있다. 1970년대 구혜영 창작세계의 두드러진 특징은 다음과 같다. 첫째, 많은 창작집이 출간되었는데, 다수의 작품이 여학생을 주인공으로 하는 학원소설이다.

　　『불타는 신록』(성바오로출판사, 1973)

『안개의 초상』(삼성출판사, 1973)

『칸나의 뜰』(창원사, 1974)

『진아의 편지』(창원사, 1975)

『진아 엄마에게』(창원사, 1975)

『은 빛깔의 작은 새』(창원사, 1975)

『요가를 하는 女子』(일신서적공사, 1977)

『상아의 꿈』(서음출판사, 1977)

『언덕에 부는 바람』(성바오로출판사, 1977)

『해바라기 소녀들』(성바오로출판사, 1977)

『오월제』(태창출판부, 1978)

1970년대 구혜영은 소설 외에도 다수의 서간집과 수필집을 출간한다. 당시 발간된 서간문집과 수필집은 다음과 같다.

서간문집

『진아의 편지』(창원사, 1974) : 서사적 구성을 갖춤

『진아엄마에게』(창원사, 1975)

수필집

『젊은 벗과의 대화』(법문사, 1976)

『사랑과 고뇌의 편지』(대종출판사, 1978)

『세월의 江물소리』(유아개발사, 1979)

『씨앗을 뿌리는 마음』(아카데미, 1979)

　서간문과 수필집 중에서, 앞의 세 권이 젊은이들을 대상으로 그들의 삶을 이해하고 선배로서 조언해 주기 위한 것이라면,『세월의 江물소리』(유아개발사, 1979)는 작가 개인의 일상과 사회에 대한 시선을 담고 있다. 『씨앗을 뿌리는 마음』(아카데미, 1979)은 박완서, 강신재 등 여러 작가들과 함께 엮은 에세이집이다.

　둘째, 작품의 상당 부분이 영화화된 점을 들 수 있다.『불타는 신록』(성바오로출판사, 1973), 『칸나의 뜰』(창원사, 1974), 『진아의 편지』(창원사, 1975) 등은 당시 영화로 만들어져 작가 구혜영의 전성시대를 구가하도록 만들었다. 이 시기는 구혜영의 소설이 영화뿐 아니라 TV드라마, 라디오드라마로 소개되어 작가와 작품에 대한 인지도가 한층 높아졌다.

　1974년『진아의 편지』(창원사, 1974)가 김응천 감독에 의해 소설 제명 그대로 〈진아의 편지〉로 동아흥행에서 영화로 만들어졌다. 한수경의 대중가요 〈진아의 편지〉 등이 영화의 삽입곡으로 들어가 있다. 여대생의 성(性)과 사랑 문제를 다룬 영화로서 흥행했으며, 그 여파를 이어 김응천 감독은 이듬해 1975년『불타는 신록』을 영화 〈여고졸업반〉으로 만들었다. 『칸나의 뜰』(창원사, 1974)도 1988년 김응천 감독에 의해 〈그녀와 마지막 춤을〉이라는 제목으로 동아흥행에서 영화로 제작되었다.

　이 작품은 애초에 영화 계약이 성사되었으나 영화사에서 제작을 미루는 동안, 1978년 3월 10일 TV드라마(금요드라마)로 먼저 만들어졌다. 드라마 〈칸나의 뜰〉은 박정난 각색, 정병식 연출로 만들어졌다. 당시 일간지에서 "〈칸나의 뜰〉은 여주인공이 꿋꿋하게 지켜나가는 사랑의 의지를 주제로 한 작품"으로 소개되며 정윤희, 한진희, 김형자, 이낙훈 등이 출현했다.[42] 뒤늦게 만들어진 영화는 드라마의 제목을 피해 다른 이름으로 개봉된 것으로 보인다.

1978년 TV드라마로 방영되면서 이 작품은 '금주의 베스트셀러'로 부상하는 등 새로운 인기를 몰았다.[43] 1974년에 창원사에서 발간된 이 작품은 1978년 유아개발사에서 재출간하며, 일간지에 다음과 같이 소개된다. "여류 소설가 구씨가 지난 74년에 발표했던 장편소설. 진정한 자기 사랑의 완성을 위해서 자기의 모든 것을 바치는 여주인공이 황금만능의 물신숭배자들의 집요한 방해와 도전을 극복한다는 줄거리다."[44]

이에 앞서 이 작품은 발간된 이듬해 1975년에는 동아방송 라디오 드라마로 방송되기도 했다.

연출 이길우, 출연 DBS 전속성우 김세한(홍일표 분), 김정미(석기옥 분). "내일 (30일)부터는 여류인기 작가 具曉瑛씨의 〈칸나의 뜰〉을 새로 방송한다. 石綺玉의 '사랑의 意志'가 전 작품에 면면히 흐른다. '상대방의 자유를 인정하고 확장하는 데 기여하는 능력' 이것을 저자는 石綺玉을 통해 完成시키려고 하고 이를 통해 하나의 女人像을 그려간다."[45]

2) 예비 시민으로서 여학생의 육성

1970년대 구혜영 소설의 주된 관심사는 청소년문제 탐색으로 요약할 수 있다. 그녀가 주목한 청소년은 중학생부터 대학생에 이르는 젊은이들이다. 특히 그녀는 청소년들의 방황과 이성문제에 주목했다. 무엇보다도 작가의 풍부한 감수성이 여학생을 주인공으로 한 일련의 소설 창작에 용이했다. 일련의 소설에서 작가는 때 묻지 않은 순수한 소녀가 그녀의 맑은 내면을 잃지 않으면서 외부 사회(학교와 이성 문제)에 적응해 나가는 과정을 보여주었다.

같은 시기 구혜영은 일간지를 통해 청소년들의 고뇌를 직접 듣고 함께 고민하는 일을 담당하게 된다. 1974년 신문사에서는 구혜영에게 하이틴을 위한 카운슬링을 맡아 달라고 제안했다. 처음에는 장편소설연재를 기대한 탓에 제안을 만류했으나, 제안을 수락하면서 작가는 당대 청소년이 직면한 상황과 문제에 대해 눈을 뜬다. 구혜영은 당시 자신의 심정을 다음과 같이 고백한다.[46]

처음에는 타의(他意)의 강권에 못 이겨 내키지 않은 상태에서 시작한 일이었으나 젊은이들의 편지가 백 통, 이 백 통씩 쌓여 가는 동안에 나는 그 안에서 내가 여지껏 알지 못했던 인간세계의 다양한 풍요함에 놀라게 되었다. 사람이란 이렇게도 같지가 않고 서로 각양각색의 세계 속에서 서로 연쇄(連鎖)의 관계를 맺으며 숨가쁘게 움직이고 있단 말인가. (…중략…) 그렇다. 우리 모두가 한 개 한 개의 고리가 되어 서로 굳건히 이어질 때 비로소 구제되는 것이라고 나는 생각하게 된다.

구혜영은 소년 소녀를 '젊은이'로 명명하는데, 그들을 통해 풍요로운 인간세계를 발견한다. 다양한 관계의 고리 속에 놓여 있는 인간과 삶에 대한 그녀의 고심은, 일련의 여학생소설 창작으로 이어진다. 구혜영이 소설에서 주목한 것은 크게 '여학생의 성장통'과 '여성의 삶'으로 나눌 수 있는데, 1970년대 대중이 적극 수용한 영역은 전자이다. 작가는 소설에서 여학생을 '소녀'라 명명하는데, 1970년대 소설에 호명된 소녀는 다양한 의미를 파생시킨다. 구혜영 소설에서 '소녀'는 여성이면서도 사회화되지 않은 순수한 이미지를 자아낸다는 점에서 '미완이면서도 무엇이든 가능한 존재', '사회의 때가 묻지 않은 맑고 깨끗한 존재'이다.

이처럼 순정한 작가의 의도와 달리, 구혜영이 호명한 소녀는 동시대 권력을 재현하는 수단이 될 수 있다. 1960년대 여성작가들의 문학사적 운명은 민족이라는 이름으로 국가권력이 개인을 동원하는 과정과 무관하지 않다는 이선옥의 지적처럼,[47] 문학작품 속에 재현된 여성은 동시대 권력의 특별한 대변인이 될 수 있다. 그런 의미에서 문학에 재현된 소녀성(少女性)은 정신적인 측면 그리고 육체적인 관점에서, 거대 담론과의 비판적 거리를 두고 논의되어야 한다.

정신적인 측면에서 예비 시민계층의 육성과 발전을 촉구하기 위해 소녀가 호명된다는 점을 지적할 수 있다. 김복순의 지적처럼,[48] 소녀는 '예비 여성시민'으로서 호명되었다. 소녀는 남성과는 물론 다르고, 여성 내에서도 '여학생', 또 일반 '여성'과도 구분된다. 소녀라는 개념은 여성을 미래로부터 역으로 절취해 분리하는 것이다. 즉 성인 여성을 전제한 후 그 이전 단계로서의 여성을 규정하는 개념이다. 이러한 소녀에 대한 개념 안착은 시민사회가 전제되어 있다. 1950년대 초등학교 의무교육령은 여성에게 대중적인 교육기회의 확대를 초래했으며, 예비 여성시민으로서의 자리매김 하에 가능한 개념규정이다.

육체적인 관점에서 문학을 비롯한 매체에서 재현된 소녀의 몸은 재현 주체와 이를 호명하는 소비자의 성(性) 권력을 반영한다. "나약함을 강요하고 강한 근육을 갖지 못하도록 하는 여성 미학은 신체적 학대에 저항할 수 없는 여자의 몸을 만들어 낸다"는 샌드라 리 바트키의 지적처럼,[49] 남성의 관점에서 볼 때 소녀의 미성숙한 신체는 그들이 욕망하는 이상적인 여성상을 대변한다.

여자가 자신의 평가 기준으로 삼고서 엄격한 훈련에 의해 달성하려고 노력해야 하는 몸은 가냘프고 미숙한 청소년기의 몸, 살이나 내용물이 없는 몸, 몸매 자체에 미성숙의 모습이 새겨진 그러한 몸이다. 여자가 매끄럽고 털 없는 피부를 유지해야 한다는 요건은 미숙함의 주제를 더욱 확장시킨다. 유아적인 몸에는 유아적인 얼굴, 즉 결코 늙거나 이마에 사고(思考)의 주름살이 패이지 않은 얼굴이 수반되어야 하기

때문이다.[50]

다양한 미디어에 재현된 소녀의 신체는 남성의 욕망이 투사되고 반영된 것이다. 이처럼 소녀 담론은 작가의 의도를 넘어서서, 정치사회의 권력 그리고 젠더의 욕망에 포섭될 우려가 있다. 구혜영은 소녀를 어떻게 보았을까. 다음 장에서는 구혜영의 학원 소설을 통해 그녀가 구현해 낸 소녀상을 구체적으로 살펴보도록 하겠다.

2. 소년 소녀의 성장 과정

1) 성장통으로서 이루어질 수 없는 사랑

『불타는 신록』은 여고생 유시내를 주인공으로 소녀의 순수한 사랑과 성장을 보여주고 있다. 병환 중인 어머니의 요양 차, 유시내는 엄마와 함께 호반도시 Q로 이사 온다. 시내의 엄마는 김광진 내과의사의 지시에 따라 병을 치료한다. 그녀는 담임선생님 현기목과의 관계, 그리고 반장 이옥경과의 갈등을 극복하는 가운데 성장한다. 이 글에서 '성장'은 '도달과 완성'을 의미하는 통과제의의 과정에 해당되며, 인간이라는 씨앗을 성숙시켜서 완성시켜 줌으로써 존재론적 위치를 변화시키는 과정을 말한다.[51] 작중 소녀의 성장은 '동료애 나누기', '이성애 눈뜨기'라는 두 가지 측면에서 이루어진다. 전자에서는 동급생들과의 대립과 충돌 그리고 화해를 통해 공동체에 적응하는 방법을 터득하는가 하면, 후자에서는 자신보다 우위에 있는 이성(異性)에 눈을 뜨면서 욕망을 발견하고 그것을 길들여 나가는 과정을 터득한다.

　소녀의 성장을 보여주는 두 가지 갈등은 구체적으로 다음과 같다. 우선 동급생 간의 갈등을 들 수 있다. 그녀는 흰샘고등학교로 전학 와서 고2C반에 배정받는데, 유시내와 급우들 간 갈등의 골은 점차 깊어 간다. 시내는 머리카락이 빠지는 엄마에게 가발을 만들어 주기 위해 머리를 기르지만, 친구들은 긴 머리의 시내를 질투하고 학칙위반을 경고한다. 특히 음악회에서 시내의 긴 머리와 이를 바라보는 김훈의 눈길을 질투한 옥경은 사건을 꾀한다. 이옥경을 비롯한 급우들은 학급회의를 거쳐 시내의 머리카락을 강제로 잘라버린 것이다. 이 사건을 계기로 담임 현기목은 학생들에게 실망을 느끼고, 학교를 떠나려 한다. 친구들의 사과로 시내와 급우들 간의 갈등이 무화되고, 학생 모두는 담임선생님의 사직을 막기 위해 나선다. 그들의 노력은 성과를 거두어 담임선생님은 학교를 떠나지 않는다.

　두 번째 갈등은 여고생 시내의 이루어질 수 없는 사랑의 고뇌이다. 시내는 담임 현기목을 좋아하여 여름방학에는 그가 자주 들르는 음악다방에서 죽치고 지낸다. 시내는 현기목의 생일을 축하하기 위해 일요일 다방에서 선생님과 만날 약속을 잡았는데, 현 선생은 약속을 지키지 않는다. 그는 산행을 하고, 늦게야 다방에 들어온다. 기다리다 지친 시내는 비 오는 거리를 배회하다가 의식을 잃는다. 시내는 사경을 헤맨다. 병실에서 현 선생은 시내의 병구환에 전념하는 김훈의 모습을 보며, 젊은이들의 사랑을 위해 자신이 어떻게 처신해야 할지 생각한다. 현기목은 시내와 김훈의 사랑을 축복하는 마음으로 자리를 떠난다.

시내는 이 두 가지 시련을 겪으면서 '소녀'에서 '여인'으로 거듭난다. 오세련의 말처럼 "하나의 소녀가 아름다운 여인이 되기까지에는 무수한 정신적 방황을 겪기 마련"이며, "그러는 가운데서 그들은 인생을 터득하고 인정을 배우"게[52] 된다. 이 두 가지 문제는 여고생의 갈등이기도 하지만, 여성의 보편적인 갈등을 대변하기도 한다. 동급생들 간의 갈등은 긴 머리카락을 휘날리며 남자의 시선을 받는 시내에 대한 여성들의 질투이며, 이루어질 수 없는 사랑에 대한 고뇌는 여성으로서 자신이 겪는 사랑앓이 이다. 방황과 갈등의 승화라는 뚜렷한 서사 메시지 덕택에, 이 작품은 청소년을 대상으로 한 소설이지만 여성의 섹슈얼리티는 물론, 대중의 눈높이에 맞게 영화화되었다.

이러한 사실은 같은 시기 발간된 여학생소설 『언덕에 부는 바람』(1975)과 비교해 보아도 잘 드러난다. 『언덕에 부는 바람』이

『불타는 신록』과 유사한 시기에 발간되었음에도 『불타는 신록』이 여러 차례 영화화되는 등 전폭적인 대중의 주목을 받은 데 비해, 상대적으로 주목을 덜 받은 이유는 섹슈얼리티의 부재에 있다. 『언덕에 부는 바람』이 여중생을 주인공으로 삼고 있는 만큼, 성(性)과 연애를 다루고 있지 않기 때문이다. 뿐만 아니라 작가는 청소년의 윤리교육에 집중한 나머지 소설의 의장과 문체, 그리고 시점 등에 있어서 형식적 완성도를 기하지 못했다. 이 작품은 통속적인 흥미도 갖추지 못했지만, 그에 앞서 소설로서 완성도도 떨어진다.

2) 소녀, 아름다운 마음씨의 소유자

『언덕에 부는 바람』에서 주인공은 중3 여학생 미진이다. 여중생 미진은 낯선 환경에서 어려움에 직면하지만, 꿋꿋하게 고난을 극복한다. 미진은 아버지를 여의고, 교수인 엄마가 외국으로 연구하러 가게 되어 외삼촌댁이 있는 울포로 전학 온다. 백합여중에 전학 온 미진은 모란반 급우들로부터 따돌림 받는다. 모란반의 규옥을 비롯한 급우들은 서울에서 온 미진에 대한 선입견을 가지고, 그녀를 모함한다. 미진은 러브레터를 비롯한 각종 모함에도 불구하고, 자신이 할 일을 꿋꿋이 해 나간다. 다른 사람에게 어려움을 토로하는 대신, 그녀는 어려운 이웃을 위한 선행을 아끼지 않았다. 결국 그녀가 도와준 이웃은 그녀를 모함했던 규옥의 가난한 가족들이었다. 미진의 묵묵한 선행은 규옥의 성품마저 바꾸어 놓았다. 담임인 육중관 선생은 다음과 같이 작가의 의도를 직접적으로 드러낸다.

> 사실은 말이야! 너희들이 선생님이라고 부르는 나 자신도 무척 부끄러운 일을 많이 저질러온 사람이야. 비단 나만이 아닐거야. 사람이란 실수 없이는 성장하지 못하는 건지도 몰라. 문제는 말이야, 우리가 저지른 실수를 부끄러워하는 마음, 이것이 있는 한 우리는 구원을 받게 되는 거야! 알았나? 규옥이가 의식 무의식적으로 저지른 실수, 그것은 지금 규옥이의 힘든 참회의 눈물에 의해서 말짱 씻겨 내려갔어![53]

작가의 윤리적 의도가 담임을 통해 다소 교조적이고 계몽적인 형태로 노출되어 있다. 그것은 소녀들이 성장과정에서 저지르는 잘못에 대해 스스로 부끄러워하는 마음을 가지고 참회하며 극복해 나가야 한다는 심성 교육이다. 작중 주인공 미진은 자신의 선함을 꿋꿋이 지켜나가고 있으며, 설령 다른 친구들이 선(善)에서 멀어졌다고 해도 다시금 참회의 눈물을 흘리며 성찰한다면 그것이 바로 구원이라는 것이다. 이것이 작가가 전달하려는 주제이다.

이 작품에서 구혜영은 주인공인 소녀에 대해 중학생의 반듯한 이미지를 부각시키면서 의도적으로 여성적인 섹슈얼리티를 경계한다. 주인공 미진을 맑고 순수한 성품의 소유자로 만들면서, 그 반대편에는 미진을 괴롭히는 규옥을 성장(盛裝)한 여성의 모습으로 묘사하여 어른 세계에 빨리 물든 것으로 등장시킨다. "모란 꽃처럼 웃고 서 있는 소녀인지 어른인지 분간할 수 없는 여왕처럼 당당하고 나무랄 데 없이 완벽한 규옥"은(27면) "유난히 얼굴이 희고 눈썹은 짙고도 길었고, 그 밑에 서늘한 눈매와 오똑한 코, 게다가 약간 큰 듯이 보이는 입술은 그린 듯이 정묘한 곡선으로 이루어졌으며 웃을 때 보이는 하얀 이가 여간 곱지 않다. 그것은 마치 한 송이 활짝 핀 모란꽃처럼 탐스러운 얼굴이다." 이어서 작가는 이러한 규옥에 대해 "소녀 같지가 않고 다 큰 어른 같"다고(10면) 진술함으로써, '여성'을 탐욕스러운 존재로 전제하고 그 반대편에 '소녀'를 순수의 표상으로 배치한다.

구혜영에게 있어서 소녀의 '순수'는 '아름다운 마음씨'에서 기인한다. 『불타는 신록』에서 구혜영이 제안하는 것도 '소녀'의 심성 육성이다. 작중 담임 현기목은 작가가 구현하려는 소녀 이미지를 구체적으로 진술한다. 현 선생은 시내의 머리카락을 자른 급우들에게 다음과 같이 훈계한다.

사람이 만물의 영장이라고 불리우는 것은 그들에게 마음이라는 것이 있기 때문이고, 그 중에서도 여성들이 사람들의 사랑을 받는 것은 그들이 가진 부드럽고 연하고, 눈물겨운 마음씨의 아름다움이 남성을 능가하기 때문이 아닌가. 아름다운 마음씨를 잃은 소녀는 아무짝에도 소용없고, 인간사회를 위해서는 희망과 광명이 되기는커녕 오히려 아무짝에도 쓸모없는 독버섯일 뿐이라는 것을 아는가 모르는가?(72면, 강조는 인용자)

구혜영은 현 선생의 목소리를 통해 소녀에게 있어서 최고의 미덕은 '아름다운 마음'임을 강조한다. 주목할 만한 부분은 현 선생이 '아름다운 마음'과 더불어 '건강한 생명력'도 강조한다는 점이다. "맘껏 자라고 싶은 생명력을 방해하는 규율 따윈 차라리 없는 것보다 못하다."(62면) "아무리 필요한 규율이라도 학생들의 자라나는 생명력을 짓밟고 구속하는 것이라면 모조리 철회해야 한다."(94면) "학생의 편에서 그녀들이 자유롭고 활달하게 자랄 수 있도록 도와주고 손을 써 주"는(101면) 현 선생의 이러한 태도는, 구속 대신 건강한 생명력을 인정해야 한다는 청소년들에 대한 구혜영의 입장을 대변한다. 요컨대, 구혜영은 소녀들에게는 '아름다운 마음'을 가질 것을 강조하면서 동시에 어른들에게는 소녀들의 건강한 생명력을 규제하지 말아야 한다고 제안한다.

소녀의 맑고 아름다운 성품은 작중에서 건강하게 살아있는 '자연물'과 상응한다. '불타는 신록'이라는 소설의 표제는 생장하는 신록의 건강한 모습을 뜻함과 동시에, 소설에 등장하는 여학생들의 건강한 아름다움을 표상한다. "현 선생의 눈 앞에는 젊은이들이 소중히 가꾸고 키운 크나큰 사랑의 나무가 보였다. 그것은 이글거리는 태양빛을 받아 불처럼 탄다. 목숨처럼 짙푸른 잎새가 삶을 맘껏 구가하며, 그것은 환희의 송가를 몸 전체로서 우렁차게 노래한다."(192면) 주인공 유시내는 '불타는 신록'의 대표격이다. 작가는 머리말에서 전달하고자 하는 소녀의 이미지를 다음과 같이 설명한다.

> 소녀가 아름다운 것은 그 샛별같은 눈동자 때문만은 아니다. 피어나는 장미같은 두 볼 때문만은 아니다.
> 그들이 높이를 모르게 치솟으려는 새순이기 때문이며, 언제나 새롭게 솟아나는 샘물이기 때문이며, 간여린 입김에도 흔들리는 촛불이기 때문이며, 두터운 얼음장마저 녹이는 봄바람이기 때문이다. 사람들이 소녀를 사랑하지 않을 수 없는 것은 그들이 주위 사람에게 소망을 주기 때문이며, 기쁨을 주기 때문이며, **창조의 능력**을 주기 때문이다.
> 나는 칡넝쿨처럼 완고한 세속의 관념을 헤치며, 소위 운명이라는 이름으로 어른들이 체념하고 비관하는 것에 도전하여 뛰어넘는 한 소녀의 모습을 발랄하고, 수다스럽고, 연약하고 감상적이면서도 저항적인 '유시내'를 통해 찾아보려 하였다.(머리말 작가의 소개, 강조는 인용자)

구혜영에게 소녀는 '새순', '샘물', '촛불', '봄바람'과 같은 건강한 생장과 가능성의 존재이며, 이들은 주위 사람들에게 '소망', '기쁨', '창조'의 근원이 된다. 작가는 '샛별같은 눈동자', '피어나는 장미같은 두 볼'과 같이 소녀의 맑고 아름다운 외양뿐 아니라 그들 안에 잠재해 있는 희망과 생명력을 소환해 내려 했다. 세속에

물들지 않고 운명에 체념하지 않는 무한한 가능성의 존재로서, '소녀'의 아름다운 내면 육성이 작품의 주제에 해당한다. 구혜영이 구현해 낸 소녀는 섹슈얼리티가 거세된 여성으로 존재함으로써 종국에는 여성의 성장보다 시민의 육성이라는 1970년대 계몽 담론 구현에 기여한다.

3) 경제성장과 청소년의 방황

구혜영은 '소녀'와 '여성'을 구분하지만, '소녀'와 '어른'도 엄격히 구분한다. 『불타는 신록』에서 화자는 "어른들이란 사람들은 모두가 불결하고 수수께끼 같은 존재들"(3면)이라고 말한다. 작중에서 어른을 대표하는 두 여성은 각각 '육체의 병을 앓는 사람'과 '마음의 병을 앓는 사람'으로 등장한다. 전자의 경우가 시내의 엄마 오세련이며, 후자의 경우가 내과의 김광진의 부인 신숙정이다. 특히 작가는 후자의 문제성을 더 심각하게 본다. 그것은 주부의 문제이면서 동시에 사회의 문제이기 때문이다. 작품 초반부터 신숙정은 남편과 아들에게 히스테리를 보이는가 하면, 자기 일신의 불행은 물론 가정의 불행 나아가 다른 사람들을 불행으로 몰고 가려한다.

그렇다면 어른, 부모 세대의 상처는 어디에서 왔는가. 구혜영은 같은 시기의 소설 『오월제』(『여학생』, 1970 연재)에서 부모세대의 문제점을 구체적으로 제시하고 있다. 그것은 한국전쟁에서 초래된 상처가 아니다. 그렇다고 해서 『언덕에 부는 바람』의 규옥처럼 알코올중독자 아버지와 시장 장사꾼 어머니에게서 초래된 가난 문제도 아니다. 그것은 1970년대 경제성장과 더불어 파생된 중산층 가정의 문제이다. 1970년대는 전후 사회의 재건에 이어 경제발전을 국시로 내 걸고, 이 땅의 어머니 아버지는 누구보다 부지런히 일했다. 작중 가장들은 산업 역군이 되어 소속된 현장에서 생산성 향상을 위해 매진한 결과, 일정 정도의 경제적인 부와 직위를 가질 수 있었다. 그러나 그것이 가정의 행복으로까지 이어지지는 않았다.

사회활동을 하는 남자와 달리 여성의 경우, 문제는 심각했다. 가정주부인 그들은 고여 있는 물처럼 더 이기적인 외골수가 되었다. 아내는 바깥일에 충실한 남편을 신뢰하지 못하고 끊임없이 괴롭히는가 하면, 남편의 노고와 어려움을 헤아리기보다 사치와 향락을 일삼는다. 그녀들은 내면의 빈곤에 시달린다. 남편 역시 외롭기는 마찬가지이다. 그들은 다른 여자를 사랑하면서도, 아내와 자녀를 부양하기 위해 경제 활동에 전력을 다한다. 남편은 고독하게 자신의 일에 매진하지만 아내와는 대화가 단절된 채 별거한 지 오래이다. 남편은 아내와 바깥일을 공유하지 않으며, 아내는 남편의 비즈니스에 관심을 쏟지 않고 애정만을 갈구한다.

『오월제』에는 1970년대 대표적인 중산층 가정의 두 부류, '사업가'와 '대학교수'가 등장한다. 한 사장은 전처를 버리고 비서와 결혼했지만, 가정생활은 행복하지 않았다. 한 사장은 새벽까지 일을 하는가 하면, 다른 여자를 만난다. 조 여사는 남편의 사랑을 받지 못한 채 편벽된 교육열로 딸 주엽이의 정서적 안정을 앗아 간다. 이시백 교수는 연구에 매진하지만, 아내는 남편 연구 활동의 협조자가 되기는커녕 남편을 의심하여 여 조교를 자살로 몰아 간다. 아내는 자신을 사랑해 주지 않는 남편에 대해 별거할지언정, 이혼하지 않고 남편을 괴롭힌다.

그들은 사업가의 열정과 학자의 연구열로 경제적 안정과 사회적 지위를 갖추었으나 가정의 안녕은 깨어진다. 남편들은 사회적으로 자신의 능력을 발휘하고 인정을 받으면서, 다른 여자에게 눈길을 돌린다. 아내들은 끊임없이 남편을 의심하는가 하면, 자식에게 편벽된 애정을 퍼 붓는다. 부모세대는 경제적 · 사회적으로는 성공했으나, 가정에서 아버지와 어머니의 역할을 제대로 수행해 내지 못한다. 그들은 내면의 공허와 상실을 자녀들에게 왜곡된 방식으로 투사한다. 자녀의 자유를 억압하고 공부만 강요한다. 그 결과 부모세대의 과오는 고스란히 자녀들의 고통으로 전이된다. 이러한 고통은 청소년들의 순수한 성장통이 될 수 없다. 왜냐하면 일찍이 『불타는 신록』에서 현기목 선생이 지적했듯이, 부모의 왜곡된 관심과 손길은 소녀의 건강한 생장을 저해하는 또 하나의 '규율'이기 때문이다. 그것은 오히려 소년소녀의 방황과 일탈을 초래한다.

구혜영은『오월제』에서 청소년의 '성장통'보다 청소년의 '방황'에 주목하고, 그 원인이 어디에 있는지 탐색했다. 그녀는 청소년의 갈등이 경제적인 문제에서 초래되기보다, 정서적이며 지극히 정신적인 요소에서 비롯됨을 보여준다. 당시 구혜영은 수필집에서 청소년 문제를 한국의 경제성장과 그것에만 눈을 돌린 부모세대의 문제로 진단한다.

　　　가난에 찌들다가 경제성장이라는 회오리바람에 휘말려든 그들의 부모는 홀연히 돈맛에 눈이 어두워 휘황한 황금밖에는 눈에 보이는 게 없었다. 자식을 집 안에 버려둔 채 복부인입네 땅투깁네 증권입네 무역이네 수출이네 수입이네 사업이네 장사네 하면서들 눈에 불을 켜고 나돌아 다니는 동안에 저희들 멋대로 저희끼리 자라난 우리 애들 아닌가.[54]

　　부모세대의 불신과 암울의 그늘에서 자라난 자녀들은 순수한 감수성에 멍이 들었다. 조 여사의 딸 주엽이는 정신질환증세를 보이며, 강은옥 여사의 딸 미송이는 순수하고 여린 감성에 상처를 받아 시름에 빠져 있다. 소녀들의 상처는 탐욕적이고 이기적인 어른들로 말미암은 것이다. 오히려 누나의 보살핌으로 자라는 영준이는 건강하고 학업에 출중한 모범생임에 비해, 남부러울 것 없는 부모를 둔 소년과 소녀는 질병과 상처로 찌들어 있다.
　　구혜영은 '가난'이 청소년 성장에 있어서 문제가 된다고 보지 않는다. 『언덕에 부는 바람』에서 규옥은 가난을 탈피하기 위해 악녀의 모습을 보이긴 했지만, 종국에는 수치심을 느끼며 자기 속에 깃들어 있는 선(善)을 되찾는다. 구혜영의 관점에서 가난은 오히려 정신의 수양을 가능케 함으로서 성장의 기폭제가 된다. 『언덕에 부는 바람』에서 가난한 고학생 세일이는 시장에서 떡을 파는 홀어머니를 도우며 자력으로 학비를 조달한다. 그는 가난하기 때문에 다른 사람보다 더 많이 노력한다. 신문을 돌리고 과외를 하는가 하면, 장학금을 타기 위해 학업에 더 열중한다. 구혜영은 1970년대 청소년의 방황과 일탈은 가난이 아니라 정서적인 빈곤에 있음을 시사한다.

『오월제』에서도 부모를 여읜 누이 영아와 동생 영준은 다른 아이들보다 성실하고 건강하다. 올드미스 영아는 일찍이 부모님을 여의고, 아버지의 빚까지 청산한다. 그녀는 생활전선에 충실하면서 동생 영준을 위해 헌신한다. 영준 역시 부모로부터 받은 미송의 상처를 치유해 준다. 경제적인 부와 버젓한 직위가 가정의 안녕과 자녀의 행복을 보장해 주지 않는다. 1970년대 이르러 중산층 가정의 허와 실은,[55] 현실에서 청소년 문제로 노출되었다. 작가는 특히 중산층 가정 문제의 중심에 어머니의 불건전성을 부각시켰다. 조 여사는 주엽의 과외교사 신동진을 사위로 삼을 흑심을 품고, 그녀의 동생으로 하여금 신동진의 약혼녀 유정희에게 접근하도록 만든다. 그녀는 자기 이익에만 눈이 먼 나머지, 타인의 삶을 파괴하기도 한다.

결국 신동진은 물속에 뛰어든 정희를 구하려다 죽는다. 일련

의 희생이 있고서야, 조 여사는 딸 주엽의 마음을 헤아린다. 강은
옥 여사는 앞서 동진이 소개한 아저씨와 더불어 새 삶을 시작하
게 되었으며, 나아가 딸 미송의 마음도 헤아리고 남편의 고충을
알게 된다. 젊고 건강한 청년, 동진의 죽음은 신록처럼 건강한 다
음 세대의 밝은 미래를 예고한다. 이 작품의 연재 당시 원제인
"오월제"는 동진의 희생에 무게가 실리는 데 비해, 훗날 단행본
출간 시 바뀐 제목 "오월의 축제"는 다음 세대에 펼쳐질 꿈과 희
망으로 중심이 전이된다.

　구혜영은 『불타는 신록』에서 어른의 불건전함을 다음 세대인
소녀들의 아름다운 마음으로 바로잡을 수 있음을 보여주었다.
작중에서 유시내의 아름다운 마음씨와 건강한 생명력은 어른인
부모 세대의 상처와 고통을 치유하는 기능까지 수행해 낸다. 유
시내는 엄마 오세련은 물론 김광진 부인 신숙정의 내면도 선하게
변화시킨다. 반면, 『오월제』에서 부각된 중산층 가정의 문제는
단순히 소녀의 아름다운 마음만으로 해결점을 찾기 어려웠다.
왜냐하면 그것은 소녀의 성장통이 아니라 산업화의 여파로 초래
된 사회의 질환이기 때문이다. 중산층 가정의 문제는 1970년대
한국의 심각한 사회 문제였던 만큼, 작가는 문제의 해결을 촉망
받는 고시생 신동진과 같은 전도유망한 젊은 청년의 살신성인으
로 귀결시켰다.

　구혜영이 소녀의 '성장통'만이 아니라 '방황'에 더 천착하는 소
설을 썼더라면, 그녀는 대중소설작가로 기억되기보다 본격소설

작가로 논의되었을 것이다. '성장통'은 소녀가 어른이 되는 내부적 발생 요인이라 한다면, 적어도 구혜영 소설에서 '방황'은 소녀가 어른이 되는 데 있어서 방해 요인으로서 사회문제가 개입되어 있기 때문이다. 구혜영은 80년대에 이르기까지 여학생소설을 쓰는데, 일련의 소설들은 소녀의 방황이 아니라 성장통을 보여준다. 이 성장의 계기는 '이루어질 수 없는 사랑'에 있으며 이러한 감정을 윤리적으로 승화시켜 나가면서 주인공은 성장한다.

『바람으로 오는 사람』(지인사, 1980)에서 작가는 여학생 리라를 통해 그녀의 순수한 눈에 포착된 주변인물의 모습, 순수한 소녀의 사랑과 따뜻한 감수성을 보여준다. 여고생 리라는 아버지와 이모의 사랑을 받으며, 건강하고 사랑스러운 소녀로 자란다. 어머니는 암으로 일찍 돌아가시고, 신문사 기자인 인텔리 아버지, 윤석진의 사랑을 받으며 자라고 있다. 게다가 올드미스 이모, 허동자가 엄마 이상의 사랑으로 리라를 돌보고 있다. 이 여고생에게 무엇보다도 가장 큰 이슈는 이성에 대한 발견과 그에 대한 사랑을 어떻게 승화시키느냐는 것이다. 작중 인물들은 모두 사랑의 열병을 앓고 있다. 이모 허동자는 형부 윤석진을 사랑하지만, 표현하지 못한다. 작가가 주목하여 보여주려는 것은, 여고생 리라와 대학생 신표 간의 순수한 사랑, 아버지 윤석진과 이모 허동자의 은근하고 조심성 있는 사랑이다.

종국에 이르면, 아버지는 이모의 사랑을 받아들이는 것으로 끝을 맺는다. 리라와 신표는 각각 자신의 아버지 윤석진과 어머니 주부형 두 사람을 결혼시키기 위해 그들의 사랑을 양보했으나, 리라의 아버지가 이모를 선택함에 따라 리라와 신표의 순수한 사랑은 지속될 수 있는 것으로 끝맺는다. 이 작품은 여학생 리라가 마음에 드는 이성에 눈을 뜨면서, 자기 주변의 일상과 자신의 사랑을 잘 조율해 나가는 과정을 보여주었다. 구혜영의 일련의 여학생소설은 흥미롭긴 하지만, 동시대의 시의성 있는 주제를 담지 못한 한계가 있다. 70년대 경제 성장과 청소년의 방황 간의 긴장관계를 더 깊게 천착하지 못한 아쉬움이 남는다. 그것은 현실에 대한 작가의 긍정적인 세계관도 개입되어 있겠지만, 작가가 소녀와 사회의 관계(방황)에 주목한 것이 아니라 소녀들만의 문제(성장통)에 주목한 탓이다. 청소년의 문제를 청소년 안에서 풀기보다, 청소년 문제를 동시대 사회문제의 맥락 속에서 풀어나가지 못했던 것이다. 그 결과 구혜영의 소녀 담론은 동시대가 요구하는 윤리를 견제할 수 있는 비판적인 거리를 가질 수 없었다.

3. 영화에 나타난 소녀판타지

1) 청춘남녀의 사랑과 섹슈얼리티의 강조

영화 〈여고졸업반〉은 전형적인 하이틴 연애물로서 나연숙 각색, 정하연 윤색으로 이루어졌다.[56] 영화에서 강조된 것은 '현기목과 유시내의 사랑'이다. 소설과 달리 영화에서는 현기목과 유시내의 만남과 사건 전개과정에 초점을 맞추어, 작품 초입부터 새로운 장면이 추가된다. 소설은 유시내의 전학과 함께 시작되지만, 영화는 봄날 진해 벚꽃축제에서부터 시작된다. 각종 퍼레이드와 벚꽃이 휘날리는 아름다운 봄날, 현기목은 상큼하고 발랄한 유시내에게 눈길을 준다. 시내 역시 처음 본 현기목에게 마음이 끌리며, 두 사람은 아이스크림을 사먹으려는 등 서로에 대한 호기심 가득 찬 대화를 나눈다. 시내는 자신이 대학생인 것처럼 보이려 했으며, 현기목은 그런 시내를 귀엽게 바라보았다.

첫 만남 이후 두 사람은 운명적인 두 번째 만남을 갖는다. 시내가 춘천으로 전학 와서 담임선생님께 인사드리는 순간, 두 사람은 서로 마주보며 운명적인 만남에 놀라워한다. 영화는 유시내와 김훈의 만남보다 유시내와 현기목의 만남에 초점을 두어 만들어졌으며, 그것은 필연적인 남녀의 연애공식을 보이고 있다. 영화는 유시내와 현기목이 학교에서 학생과 담임으로 만나기 이전부터 여자와 남자로서 만남이 시작되고 있음을 보여준다. 첫 만남에서 유시내는 자신을 대학생이라 속이는가 하면, 현기목 역시 유시내의 앳되고 미숙한 모습에 눈길을 거두지 못한다.

이에 비해 소설에서 시내가 현기목에게, 현기목이 시내에게 사랑을 느끼는 것은 전학 후 한참 지나고 나서이다. 친구들로부터 강제로 머리카락을 잘리고 상심에 처한 순간, 시내는 집으로 찾아와 준 선생님의 모습에서 새롭게 사랑이 싹트기 시작한다. 현기목 역시 전학 온 유시내와 일련의 학교생활을 경험하면서 연민과 또 다른 감정들을 느끼게 되었다. 영화는 사랑에 초점을 맞춘 나머지, 교사로서 현기목의 진보적인 교육관이 구체적으로 드러나지 않았다. 소설에서 현기목은 학생들이 강제로 유시내의 머리카락을 자르자, 다음과 같이 상심에 빠졌다.

> 그는 되도록 자유로운 인본교육(人本教育)을 하려고 노력하였으나 웬일인지 자기의 주장은 항상 현실에 맞지 않는 이상주의로서 배격을 받았으며 언제나 외면당한 채 내려오다가 지금에 와서는 여학생의 규율을 위한다는 미명 아래 폭력을 쓰게끔 되었으니, 자신의 교육은 일단 실패한 것이라고는 그는 체념하지 않을 수 없었다.(96~97면)

이처럼 영화는 현기목에 대한 유시내의 사랑과 갈등에 초점을 맞춘 나머지, 원작인 소설에서 전개된 다양한 사건들을 간단하게 처리했다. 예컨대 현기목에 대한 유시내의 사랑의 파국 역시 간략하지만 강렬한 사건으로 처리했다. 소설에서는 현기목의 생일날 시내가 찻집에서 기다리다 지쳐 비를 맞고 헤매다가 쓰러지는 것으로 나오지만, 영화에서는 현기목이 강신옥과 함께 있는 모습을 본 시내가 호숫가에 투신하는 것으로 처리했다. 시내는 특별한 만남을 계획했으나, 현기목과 강신옥의 다정한 모습을 목도하면서 절망에 빠진다. 호수에 빠진 시내를 김훈이 구해준다.

영화는 소설과 달리 새로운 사건을 첨가하면서 동시에 아름다운 자연경관을 카메라에 담았다. 시내와 친구들 간의 갈등이 최고조에 달하는 '강제로 머리카락을 잘리게 되는 장면'은 소설에서는 학교 교실 학생회의 시간으로 설정되어 있는 데 비해, 영화에서는 자연경관을 배경으로 한 야외 작문시간으로 설정해 놓았다. 그 결과 여고생들의 갈등과 성장 과정이 자연 경관과 어우러져 더 자연스럽게 전달되었다. 소설에서 유시내는 머리를 기르는 이유를 직접 담임 현기목에게 말로 전하는데, 영화에서는 작문시간에 작문의 형식을 통해 전달한다. 소설에 비해 영화는 유시내의 성격과 사건을 더 은근하고 자연스럽게 전달한다.

영화는 유시내와 현기목의 사랑과 감정곡선에 초점을 맞춘 나머지, 에피소드와 장소 나아가 작중 인물들이 간소화된다. 우선 간소화된 에피소드와 장소는 다음과 같다. 소설에서는 음악회에서 성장한 유시내의 모습과 이를 질투하는 동급생 소녀들의 모습이 제시되어 있는데, 영화에서는 이 장면이 나타나 있지 않다. 이

외에도 ‘선미회’ 사건도 빠져 있다. 소설에서 현기목은 학생들로 하여금 ‘선미회’를 운영하게 하여 착하고 아름다운 여성이 되기 위한 정서교육을 시키는데 유시내를 회장으로 삼았다. 김훈의 어머니 신숙정은 시내의 어머니가 첩이라고 인근의 부인들을 선동하여 시내가 선미회 회장으로 부적합하다고 항의한다. 이에 현기목은 “인간사회의 윤리라는 것”이 “반드시 절대적인 것”(118면)이 아니며, “세상의 고질화된 관념의 손가락질을 의연히 견디며 뛰어넘는”(122면) 모녀에게 존경과 만족을 표명했다.

　영화에서는 작중 인물도 간소화되는데, 김광진 박사는 이미 상처한 것으로 설정되었다. 그로 인해 아버지 김광진과 아들 김훈 부자간의 갈등의 원인이 더 분명하게 처리된다. 소설에서 김훈은 서로 사이가 좋지 않은 아버지와 어머니에 대해 막연히 불만을 가지는 것으로 설정되어 있지만, 영화에서는 돌아가신 어머니에게 자상하지 않았던 아버지에 대한 불만으로 설정되어 있다. 소설에서는 김광진과 아내 신숙정 부부간의 불화가 말미에 이르러 시내와 그녀의 어머니를 통해 화해의 모드로 바뀐다. 인물의 간소화는 시내 가족의 경우도 마찬가지인데 영화에서는 아버지의 존재가 시종일관 드러나지 않는다. 반면 소설 말미에서는 시내의 아버지가 등장하여 가족의 결손이 채워진다. 소설에서 시내의 아버지 유선형은 “반생을 정신이상과 마약중독으로 신음하는 여자를 보살피며”(215면) 고독과 싸우다가, 외사촌인 현기목의 도움으로 모녀와 상봉한다.

인물의 간소화는 작품의 주제에 직접적인 영향을 미친다. 소설은 소년소녀의 성장을 보여주면서, 이들이 성장에 이르는 과정으로 '화목한 가정', 스위트 홈을 전제하고 있다. 김훈의 어머니가 정신적 히스테리를 극복하고 가족의 평화를 찾았듯이, 시내 역시 아버지 유선형을 다시 만나 가족의 결손이 채워지는 것으로 처리되어 있다. 이때 구혜영이 제시하는 가정의 표본은 1970년대 중산층 가정의 안락함이다. 소설에서 현기목이 처음 유시내 집에 방문했을 때, 그는 중산층 가정의 안락함에 매료된다. '살찐 송어 요리', '달콤한 디저어트', '고상하고 우아한 여인'과 '발랄한 소녀', '아름다운 음악', '향기로운 자연'은 현기목을 꿈속의 한 장면과 같이 황홀경으로 빠져들게 만든다. 그것은 가정의 화목함이며, 구체적으로는 중산층 가정의 안락을 의미한다. 반면 영화는 김훈의 어머니가 세상을 떠난 것으로 처리되어 있으며, 처음부터 시내는 병약한 홀어머니와 사는 것으로 처리되어 있다. 영화는 부수적인 인물을 제외함으로써, 사건의 중심축을 시내와 현기목 그리고 김훈의 삼각관계에 집중시켰다.

인물 성격 창조의 측면에서, 소설에서 김훈은 사색적인 철학자의 면모가 부각되어 있는 데 비해 영화에서 김훈은 성(性)에 눈을 뜨는 사춘기 소년으로 설정되어 있다. 구혜영은 소설에서 소녀 유시내의 성장 뿐 아니라 소년 김훈의 성장에도 초점을 맞추어, 한 여자의 사랑을 얻기 위해 자신을 연마하고 단련해 나가는 정신적인 성숙의 과정을 보여 주었다. 그는 인격과 지식의 측면에서 현 선생님을 뒤쫓아서 열심히 책을 읽고 자신을 닦을 것을 결심한다. 반면 영화에서는 김훈이 유시내를 통해 자신과 다른 이성에 눈을 뜨고 남성성을 발견하는 데 초점을 맞추었다. 영화에서 김훈은 꿈에 유시내의 모습과 더불어 벌거벗은 여체를 본다. 김훈은 아버지에게 이러한 자신을 자책하기도 하는데, 아버지는 그것을 성장의 과정으로 수용한다. 소설에서 김훈은 유시내를 통해 여성성만을 본 것이 아니라 그에게 없는 용기와 의지를 발견하는 데 비해, 영화에서 김훈은 유시내의 여성성에 끌렸으며 동시에 자신의 남성성을 발견한다. 영화에서 시내는 사춘기 소년들의 섹슈얼리티의 대상이 되었다.

그렇다면 현기목의 시선에는 여고생 유시내가 어떻게 인지되었을까. 영화의 첫 장면에서 현기목은 흰샘고등학교 국어교사이기 이전에 삼십대 중반의 미혼남성으로 등장한다. 그는 꽃피는 봄, 진해의 벚꽃축제에서 교사가 아니라 미혼남성으로 출현한다. 벚꽃 휘날리는 거리에서, 삼십대 중반의 미혼남성이 주목한 여성은 여대생처럼 꾸민 여고생이다. 현기목에게 뾰족구두를 신고 어설프게 여대생의 흉내를 내는 유시내는 발랄하고 귀여운 여성으로 각인된다. 순수함과 여성성이 공존하는 유시내는 삼십대 중반의 미혼남성에게 호기심과 보호본능을 자극했던 것이다.

원작 소설에서 구혜영은 소녀의 성장에 초점을 맞추었다. 그것은 여성으로서 아름다운 마음의 육성으로 귀결되었다면, 영화에서는 청춘남녀의 필연적인 만남과 사랑에 초점을 맞추었다.

이와 동시에 발랄한 여고생의 섹슈얼리티가 부각되었다. 소설은 작가 구혜영의 계몽담론이 뼈대를 이루고 있는 반면, 영화는 대중의 감각과 취향에 맞추어 만들어졌다. 영화는 소년소녀의 성장과 더불어 그들을 둘러싸고 있는 가족의 화해와 결합을 보여주기보다, 청춘남녀의 필연적인 만남과 여성의 섹슈얼리티를 부각시켰다. 이러한 영화의 특성은 동시대 사회의 맥락에서 재조명해 볼 필요가 있다.

2) 유신체제와 소녀에 대한 동경

1961년 5월 16일부터 1979년까지는 박정희 정권의 시대라 명명할 수 있다. 1972년 12월 23일 박정희는 제8대 대통령에 당선되었다. 유신정권은[57] 대중매체에 대해 강력히 규제했으며, 계엄사령부가 '계엄사포고 제1호'를 통해 언론, 출판, 보도, 방송에 대한 사전검열 실시를 명시함으로써 유신선포 시점부터 실행되었다. 1973년 2월 16일 영화법과 방송법이 각각 법률 제2536호와 제2535호로 동시에 개정되었는데, 대중문화와 매체로서 영화와 방송의 대중 파급력이 컸기 때문이다.[58] 1970년대에는 영화진흥조합과 중앙방송국이 공사(公社)체제로 전환되어, 한국영화진흥공사와 한국방송공사(KBS)가 설립된다.

유신정권은 자주경제와 자주국방을 시대와 역사의 요청으로 내세우면서 정권의 정당성을 구축해 갔다.[59] 이 과정에서 대중의 감정과 사상은 일정 부분 통제 조정될 수밖에 없었다. 1970년대 초중반은 1966년 실시한 1차 경제개발 5개년 계획이 성공을 거두며 자주경제의 기틀을 다져가기 시작했다. 1970년대는 50년대와 60년대 초반의 빈곤에서 벗어나 소비사회의 모습을 갖추기 시작했다.[60] 1970년대 유신 체제를 살아가는 대중들은 경제적 여유를 얻기 시작했으나, 사회 정치적인 면에서는 강한 제재를 받았다. 이 시기 대중들에게 큰 호응을 얻은 대중소설 및 그 소설을 각색한 영화에는 이러한 모순적 상황에 놓인 대중들의 욕망이 강하게 투영되어 있다.[61]

유신 헌법과 긴급조치의 시대에 여학생소설이 성행하고, 그것을 영화화했다는 점은 당시의 정치적 맥락과 무관하지 않으며, 당대 정권의 방향성과 대중문화가 지닌 성향이 서로 일치되는 지점이 있음을 시사한다. 유신체제 기간 한국영화는, 언제나 개인은 민족과 국가를 위해 '건전'하고 '명랑'해야 했으며 함부로 우울하거나 방황해서는 안 되는 것이었다는 박유희의 지적에 비추어,[62] 밝고 건강한 여학생이 등장하여 순수한 소녀 이미지를 전달하는 영화는 국가의 검열에서도 자유로웠음을 짐작할 수 있다. 영화에서 '소녀'라는 코드는 공안(公安)과 풍속(風俗)의 문제를 벗어날 수 있는 유용한 대상이 아닐 수 없다.

구혜영의 『불타는 신록』(1973)은 영화로 재현되면서 소녀에 대한 판타지를 만들어 냈다. 앞서 살펴보았듯이, 구혜영은 이 소설을 통해 소녀들의 '아름다운 마음', 요컨대 심성의 육성에 주안점을 두었다. 작가는 이 땅의 소녀들이 현실의 역경에 굴하지 않고 맑고 건강하게 자라나기를 염원하면서 썼다. 작중 주인공인 여고생 유시내는 낯선 어려움에 직면하더라도, 피하지 않고 어려움과 당당히 마주했다. 그녀는 주체적이며 독립적으로 의식하고 행동했는데, 그것은 기성세대가 만들어 놓은 구태의연한 규율의 벽을 뛰어넘을 수 있는 건강한 자유정신의 싹이기도 했다. 일찍이 구혜영은 청소년들을 대상으로 상담자의 일을 하기도 했거니와, 성교육을 비롯한 청소년을 대상으로 한 일체의 교육은 궁극적으로 '시민 교육'으로 귀결되었다.

구혜영의 다음과 같은 진술은 그녀의 청소년교육이 종국에는 시민교육으로 귀결된다는 점을 알 수 있다.[63]

진정한 성교육이란 성에 관한 지식을 가르치는 이상으로 장차 가정을 가지고 가족을 부양할 때에 필요한 행동이나 사회적으로 보아서 바람직한 성인으로 키우기 위한 폭넓은 진보적 교육과정입니다.
바꾸어 말하자면 민주주의 사회의 적합한 사회적 인격으로서 남녀의 우정, 구애, 결혼, 가정이 지니는 문제를 중심으로 한 실생활의 문제에 대한 지침을 가르치는 광범한 교육입니다.

구혜영은 소설을 통해 이 땅의 청소년들이 외부의 규율에 조정당하지 않고, 스스로의 건강한 생명력으로 자신과 주변을 돌보고 수용할 수 있도록 롤(role)모델을 제시했다. 소설 속에서 맑은 성품의 소녀들은 낯선 공간과 환경을 극복하고, 자존감과 자아를 실현한다. 『불타는 신록』에서 여고생 유시내는 이사 간 도시, 전학 간 학교라는 낯선 환경에서 학생들과의 갈등을 극복하고 자존감을 키우며 성장해 나간다.[64] 작가가 소설에서 주력한 소녀의 심성 교육은 김응천 감독에 의해 영화로 만들어지면서 다른 형태로 변용된다. 소녀를 대상으로 한 다른 작품에 비해 이 작품이 영화로 성공한 데에는 이 작품에 내재해 있는 섹슈얼리티의 요소 때문이다. 『바람이 부는 언덕』의 주인공이 여중생인 데 비해 『불타는 신록』의 주인공이 여고생인 만큼, 작가가 의식하지 않았더라도 묘사된 인물에게는 성적인 매력이 틈입하지 않을 수 없었다. 남학생 김훈의 시선을 모은 유시내의 긴 생머리, 남자 선생님에 대한 흠모의 정은 소녀에게 내재해 있는 여성성을 보여주기에 충분했다.

1975년 만들어진 영화는 『불타는 신록』이라는 제명 대신 〈여고졸업반〉이라는 이름으로 나왔다. 〈여고졸업반〉은 밝고 건전한 제목으로서 당대가 요구하는 명랑성과 건전성을 구현해 낸다. 1984년 김응천 감독은 같은 작품을 리메이크하면서 소설의 원제 『불타는 신록』을 영화제목으로 쓴다. 아마도 감독은 1970년대와 1980년대 사회문화적 차이를 나름대로 인지하고 시대에 맞추어 원작의 색깔을 변용했던 것으로 보인다. 영화 〈여고졸업반〉에는 강남길, 김재훈, 임예진, 이정길 등이 출연했으며, 순수한 한 여고생의 고교 시절과 풋풋한 첫사랑을 그린 문예드라마 영화로 소개된다. 주연 여배우 임예진은 이 영화를 통해 제14회 대종상 영화제에서 특별상을 받았다.

영화는 소설보다 더 대중의 기호에 민감한 만큼,[65] 대중 안에 내재해 있는 소녀에 대한 원형적이고 감각적인 이미지를 충족시키는 방향으로 변용된다. 환상이 집단적 소비를 위해 진정 필요로 하는 것은 욕망의 보편적 대상이 아니라, 우리 자신의 위치에서 찾을 수 있는 욕망의 배치이다. 영화는 그들의 욕망을 미장센화한다. 영화는 각자의 위치에서 현실을 도피하거나 재구성하며 안식의 공간을 제공한다.[66] 그렇다면 1970년대 소녀라는 표상은 영화를 통해 대중에게 어떠한 판타지를 제공했는가.

이를 알기 위해서는 우선 1970년대 상영된 영화들부터 일별해 볼 필요가 있다.[67] 당시 흥행한 권격 액션영화는 정의와 불의의 이분화된 세계 속에서 근육질의 몸으로 정의를 각인시켰다. 호스티스들이 등장하는 멜로 영화에서도 가진 것이 몸 밖에 없는 여성들이 육감적인 몸으로 그들의 애환을 호소했다. 다소 자극적인 육체의 틈새에서, 청순한 소녀 이미지를 전달하는 영화가 있었다. 〈로미오와 줄리엣〉(1968)의 올리비아 핫세, 〈사랑의 스잔나〉(1976)의 진추하 등의 소녀들은 남자들의 로망이 되었다. 투박한 무림영화, 호스티스 영화의 틈바구니에서 순수한 소녀 이미지가 청년들의 로망으로 떠오른 것이다.

이러한 맥락에서 볼 때, 1970년대 한국영화에서 주인공 소녀가 '교복'을 입고 등장했다는 점은 중요하다. 교복을 입고 단발한 그들의 육체는 우락부락한 힘도 없으며 육감적인 호소력을 구사하지 않았다. 하얀 교복을 입은 소녀는 해맑고 발랄하게 아직 여물어지지 않은 자신의 욕망에 대해 절치부심하고 있었다. 그녀는 자신이 직면한 갈등을 풀어나가지만, 절대 교복 바깥의 세계로 일탈하는 법이 없었다. 그녀의 갈등, 사랑, 그리고 이상 모두가 교복의 세계 안에서 정리되어 제자리를 찾아 나갔다. 그로 말미암아, 그들은 유신 시대 순수의 표상으로 등극할 수 있었다. 대중은 영화 속에서 자신과 동시대를 살아가는 순수의 표상인 소녀를 통해 마음속으로 흠모하는 소녀, 아끼고 보호해야 할 여동생의 판타지를 만끽했다.

　사춘기 소년 김훈에게는 여성적 섹슈얼리티의 표상으로 등극하는가 하면 삼십대 중반의 현기목에게는 보호본능을 자극하는 연약하면서도 발랄한 소녀상을 각인시켰다. 영화에서 십대 남성과 삼십대 남성의 눈에 비친 유시내는 당시 남성 대중의 눈높이를 대변했다. 남성에게 있어서 이상적인 여성의 모습은 성(性)으로부터 무지한 '욕망하지 않는 여성'이라 할 수 있는데, 이러한 남성 욕망의 간접적인 표상이 영화 속의 '순수한 소녀' 캐릭터에게 투사된다. 젠더의 관점에서 볼 때 소녀라는 기표의 순수성은 여성에 대해 남성이 지닌 '순결 이데올로기'의 또 다른 표현방식이기도 하다.

뿐만 아니라 여성들은 자기가 이미 살아낸 소녀 시절과 자기 안에 깃들어 있는 소녀 감수성을 재확인하는 계기가 되었다. 그들은 제 각기 자기 마음속에 깃들어 있는 소녀성(少女性)과 조우하고 그에 대한 흠모의 정을 지속시키는 계기가 되었다. 오승욱의 지적처럼[68] 여학생의 풍모를 풍기는 소녀 이미지의 여배우들이 인기를 모았다. 〈여고졸업반〉의 임예진은 동시대 다른 영화(〈진짜 진짜 잊지마〉, 〈소녀의 기도〉)에서도 유사한 역할을 했는데, 새침하면서도 사색을 즐기는 순수한 '여고생'의 표상이 되었다. 또한 당시 청소년들에게는 그들에게 잠재되어 있는 스스로의 욕망을 투사하게 되는 촉매가 되었다.[69]

영화 〈여고졸업반〉은 누구나 고교 시절 한번쯤 겪어 본 사랑앓이를 중심 주제로 삼고 있으며, 대중은 청순한 소녀 이미지를 전달한 여배우의 매력을 오랫동안 기억했다. 영화 〈여고졸업반〉의 주제는 영화의 주제가 '여고 졸업반'의 가사에서도 잘 드러난다.

이 세상 모두 우리거라면 / 이 세상 전부 사랑이라면 / 날아 가고파 뛰어 들고파 / 하지만 우리는 여고 졸업반 / 아무도 몰라 누구도 몰라 / 우리들의 숨은 이야기 // 뒤돌아 보면 그리운 시절 / 생각해 보면 아쉬운 시간 / 돌아가고파 사랑하고파 / 아~ 잊지 못할 여고 졸업반 / 아무도 몰라 누구도 몰라 / 우리들의 숨은 이야기 // 뒤돌아보면 그리운 시절 / 생각해 보면 아쉬운 시간 / 돌아가고파 사랑하고파 / 아~ 잊지 못할 여고 졸업반 / 아~ 잊지 못할 여고 졸업반[70]

같은 대상의 이야기라 하더라도, 소설의 제목『불타는 신록』과 영화의 제목 〈여고졸업반〉이 대중에게 환기하는 바는 다르다. 전자가 여고생의 건강한 성장에 초점이 맞추어져 있다면, 후자는 그러한 여고 시절을 이제 마감하는 시점이라는 점에서 정서적인 호소력이 다르다. 울타리 안에 있을 때는 몰랐는데 이제 그 안을 벗어나야 하는 시점에서 돌아볼 때, 그것은 그립고 아쉬운 페이소스를 동반한다. 그들만의 비밀스런 사랑과 고민으로 가득 찬 그 시절을 이제 돌아보니, 아득하게 그립고 좋은 한때라는 것이다.

영화 〈여고졸업반〉은 대중으로 하여금 지나온 '소녀 시절'을 향수하면서, 남녀의 마음속에 내재해 있는 청순한 소녀에 대한 판타지를 감각(시각)적으로 뚜렷이 각인시켜 주었다. 그것은 1970년대라는 유신체제에서도 유통 가능한 판타지였으며, 기실 오늘날에도 여전히 유효한 판타지이다. 주목해야 할 것은, 그러한 소녀 이미지가 1970년대에 이르러 대중문화 속에서 싹을 틔우며 각광받기 시작했다는 점이다. 전체주의적인 통제가 정치·사회·문화 일반에 팽배해 질 무렵, '순수한 소녀'는 그 통제를 피해 갈 수 있었다. 왜냐하면 그것은 근대학제를 경험한 대중 모두에게 그립고 애틋한 원형의 이미지로 내재해 있기 때문이다.

4. 청순한 소녀의 기원과 확산

1970년을 전후한 시점에서 구혜영은 많은 양의 여학생소설을 창작한다. 1970년대 소녀를 주인공으로 하는 일련의 소설은 청소년 교육과 선도를 위해서는 누군가 해야 할 일이기는 하지만, 일련의 소설들이 작가로 하여금 동시대 윤리를 견제할 수 있는 객관적인 거리감을 둔화시켰으며 현실에 대한 예각을 둔하게 하는 계기가 되었음은 아쉬운 일이다. 물론, 『안개의 초상』(『주부생활』, 1970)과 『광상곡』(1986) 같은 문제의 소설을 통해 분단 현실에 주목하는 등 본격소설의 성과가 없는 것은 아니다.

1970년대 구혜영의 여학생소설은 다음과 같이 다소 통속적인 구도를 보이고 있다. 첫째, 중산층 가정을 배경으로 그들의 부모는 물질적 정신적 소양을 갖추고 있다. 둘째, 아버지와 어머니는 갈등 중이거나 한 사람이 일찍 세상을 떠나고 없다. 셋째, 순수한 감수성으로 이성에 눈을 뜨기 시작한다.

넷째, 첫사랑으로 가슴앓이 하는 가운데 정신적으로 성숙해 간다. 일련의 여학생소설에서 구혜영은 소녀의 '성장통'에 주력한 반면 '방황'을 그리는 데는 미비했다. 성장통이 미성숙한 인간이 성숙으로 나아가기 위한 원형적 요소라면, '방황'은 일 개인의 문제에 그치지 않고 그를 둘러싼 환경과의 불화가 전제되어 있다. 작가는 미성숙한 소녀를 성장이 아닌 방황으로 몰고 가는,

1970년대 사회 현실에 대해 깊이 탐색하지 않았다. 그 결과 일련의 소설은 대중소설로 기억되었다.

그러나 구혜영의 여학생소설을 단순히 대중문학으로 분류하여, 논외로 하기에는 구혜영의 소설이 지닌 문화사적 맥락과 가치를 놓칠 우려가 있다. 구혜영의 1970년대 여학생소설은 다수가 영화와 드라마로 방영되었다. 많은 독자를 확보했을 뿐 아니라, 영화라는 미디어로 변용되면서 동시대 또 다른 담론을 만들어 내는 데 기여했다.

1970년대 '소녀 판타지'의 한 기원이 그녀의 여학생소설에서 시작되었다는 점에서, 그녀의 소설은 주목할 만한 가치가 충분하다. '여학생의 아름다운 내면' 육성을 목표했던 소설의 담론이 미디어의 변용을 거치면서 '청순한 소녀'라는 외적 이미지에 대한 동경으로 변용된다. 당시 구혜영의 소설은 탄탄한 이야기 구조가 전제되어 있었기에, 1970년대 다수의 작품이 문예영화로 만들어 질 수 있었던 것이다.

그 문제의 작품이 『불타는 신록』이다. 이 소설은 1971~1972년 잡지 『여학생』에 연재되고, 이듬해 1973년 단행본으로 출간되었다. 2년 후 1975년에는 〈여고졸업반〉이라는 이름으로 영화화되어 대중의 사랑을 받았다. 영화 주제가 〈여고 졸업반〉은 영화의 유행과 더불어 대중가요로서 당시 최고로 히트 되었다. 다양한 미디어로 대중들에게 향유되는 과정에서 이 작품의 주제의식과 방향성은 조금씩 달라졌다. 영화로 향유되기 이전, 구혜영의 소설 『불타는 신록』은 소녀의 성장을 보여주고 있으며, 이러한 성장에는 시민정신이 내재해 있다. 구혜영의 소설에서 소녀는 낯선 어려움도 굴하지 않고 꿋꿋이 해결해 나간다. 소녀는 이루어질 수 없는 사랑의 고뇌를 극복하면서 성장통을 극복할 뿐 아니라, 특유의 건강하고 아름다운 심성으로 부모세대의 상처와 고통마저 치유한다.

1975년 김응천 감독에 의해 만들어진 영화 〈여고졸업반〉은 아름다운 심성 육성이라는 소설의 주제보다, 순수한 소녀라는 외적 이미지 구현에 성공했다. '소녀'라는 기표는 1970년대 유신체제를 피해갈 수 있는 유용한 유통코드가 아닐 수 없었다. '소녀'는 반공 및 불건전성과는 거리가 먼 대상으로서, 대중의 내면에 잠재해 있는 욕망을 소환해 내기에 적실한 표상이었다. 영화에는 '교복'을 입은 소녀가 등장하는데, 이들은 교복 바깥의 세상이 아니라 교복 안의 세상에서 소녀의 내밀한 비밀과 사랑을 승화시키며, 소녀의 순수한 이미지를 극대화했다. 남자들은 그들의 내면에 존재하는 때 묻지 않은 여성의 이미지를 불러내는가 하면, 여자들은 그들이 한때 거쳐 왔거나 진행 중인 호시절을 향유하는 계기가 되었다.

물론 이러한 시선의 한 축에서는 강압적이고 전체주의적인 시대에 남성이 여성을 욕망하는 경도된 시선도 내재해 있다. 무엇보다도 주목할 부분은 1970년대, 계몽적 차원에서 소설가가 호명해 낸 소녀의 '아름다운 심성'이 영화라는 미디어를 통해 '청순한 소녀'에 대한 판타지로 변용되었다는 점이다. 1970년대 유신체제의 전체주의 성향과 대중문화의 집단적 소비가, 인간들에게 원형적으로 존재하는 소녀 이미지의 창출에 집중되었던 것이다.

제5장

1970년대 청춘소설과 여성시민의 윤리

1. 청춘소설의 의의

1) 여성시민 담론의 배경과 전개

이 장에서는 1970년대 구혜영의 소설에서 20대 여대생을 주인공으로 하는 청춘소설에 주목하려 한다. 일련의 소설에서 그녀는 여대생을 대상으로 성 모럴을 비롯한 주체적인 삶의 태도를 부각시켰다. 서간집 『진아의 편지』(창원사, 1974)에서는 여대생의 성(性) 문제에 주목했으며, 『진아의 戀人』(창원사, 1974)에서는 여대생의 성(性)과 사랑 문제를 보다 구체적인 사건과 배경으로 형상화했다. 『진아의 戀人』(창원사, 1974)은 최초의 전작(全作) 장편소설로서, 『진아의 편지』에서 제시한 성 모럴을 소설 양식으로 실현해 보였다.

같은 시기 구혜영은 여성지 『여원』(1973~1974)에 「칸나의 뜰」의 연재를 통해 숭고한 사랑을 실현해 나가는 여대생의 모습을 보여주었다. 잡지 『여원』은 잡지명대로 동시대 여성의 입지와 역할에 대해 다루고 있으므로, 잡지에 연재한 소설 역시 그 시대 여성들에게 제안하는 제 미덕들을 인물의 성격 창조를 통해 보여주고 있다. 그런 까닭에 동시대 모성담론, 주부담론을 공고히 하는데 기여했다.[71] 연재 후에는 단행본 『칸나의 뜰』(창원사, 1974)을 출간했으며, 대중의 사랑을 받으면서 드라마와 영화로 만들어 졌다.

1970년대는 유신헌법이 공포(1972.10.17)되고 종말(1979.12.12)을 고하기까지 유신체제기로 대변된다. 유신체제는 정치적 차원에서는 대통령의 영도권이 영구집권체제인 동시에 남북 간의 경제전쟁에서의 효율적 전투수행을 위해 국가-사회를 재편하는 일종의 총력전 체제였다. 유신체제는 일체의 자유주의적·다원주의적 욕망 / 활동을 억압하는 동시에 산업화로 인해 분자적 분열이 가속화되는 상황을 '총화'라는 이름으로 균질화시키려는 기획이었다.[72] 정치 참여가 불가능한 시점에서 육체적 욕망은 포문이 열리기 시작했다. 1970년대는 성행위와 성적 욕망이 숨겨야 할

것이 아니라 일상생활의 일부로서 수용되던 시기였다.[73]

　이러한 시점에서 구혜영이 여대생을 대상으로 한 본격적인 성교육서 『진아의 편지』(창원사, 1974)를 출간하고 이 작품이 곧바로 영화화되었다는 점은 시사하는 바가 크다. 그것은 구혜영 문학 세계의 특성을 대변하기도 하거니와, 1970년대 대중문화의 일면을 내포하고 있기 때문이다. 신동한은 구혜영 소설을 논하면서 소설의 중심 소재인 '애정문제'의 내부에 자리 잡은 성 모럴에 대해 다음과 같이 지적한 바 있다.

　　그 동안 우리에게 멍에를 씌워 왔던 모든 인습이나 폐단이 남녀의 자유스러운 결합과 발전에 얼마나 많은 상처를 입혀 왔던가. 여기에 그는 과감히 반기를 든다. 그러나 이러한 진취적인 면을 보이면서도 저돌이나 경거망동을 삼가는 양식을 내비치고 있는 것이다.
　　인간의 영혼과 육체가 따로 떨어져 있을 수 없고 또 그것을 분리해서 이야기할 수 없는 것을 그는 깊이 인식하고 있다. 남녀의 관계를 다루는 데 있어서도 청교도적인 순결만을 요구하는 영혼 위주의 애정관에 치우치지 않고 자유분방한 육체의 본능을 무시하지 않는 데 그의 소설의 여유와 진면목을 찾아볼 수 있다.[74](강조는 인용자)

권영민의 논의 역시 신동한의 논의와 다르지 않다.

　　그의 작품은 인간에 내재한 사랑의 욕구와 질곡 속에 갇힌 인간 정신의 해방, 영혼의 구원을 추구하는 경향을 띠고 있다. 특히 남녀의 애정 문제를 주로 다루었는데, 이러한 문제를 다룸에 있어 지나치게 개방적이지 않으면서 또한 고루한 보수성을 드러내지도 않았다. 남녀의 애정 문제에 있어 중요한 것은 인간 본연의 자세로서의 사랑이며, 자유로운 인간성에 어긋나는 모든 굴레는 용납되지 않는다는 것이 구혜영의 애정소설이 담고 있는 주제이다.[75](강조는 인용자)

구혜영이 1974년 발간한 성교육 지침서 『진아의 편지』에는 여대생에게 제안하는 성(性)윤리와 사랑의 성격이 잘 드러나 있다.

2) 성적(性的) 주체로서 여성이라는 시민

구혜영은 『진아의 편지』(창원사, 1974)에서 여대생들의 순결 교육을 제시한다. 저자는 어머니와 대학생이 된 딸이 주고받는 편지를 통해 성인이 된 여성의 성교육을 전개한다. 이 작품은 서간문을 모은 것으로 진아 엄마와 딸 진아, 그리고 진아의 친구들과 진아 엄마가 주고받은 편지로 구성되어 있다. 작중에서 어머니는 특정한 사회활동을 하고 있으며, 진아는 대학에서 영문학을 전공하고 있다. 집은 다른 도시에 있으며 학교는 서울에 있으므로, 기숙사 생활을 하면서 엄마로부터 온 편지를 여러 친구들에게도 보여준다. 엄마가 딸의 기숙사에 방문한 후, 진아는 엄마에게 말로 하지 못한 사연을 편지로 쓰고 엄마는 이에 답하면서 편지가 지속적으로 이어진다.

진아가 엄마에게 고민을 편지로 쓰고 그에 대한 해결책이 담긴 답신을 받자, 점차적으로 기숙사에 있는 진아의 친구와 선배들이 진아 엄마에게 편지를 쓰면서 그들의 고민을 털어놓기 시작했다. 이에 진아 엄마는 모든 딸들의 어머니를 대신하여, 여대생들이 아무에게도 털어놓지 못한 성(性) 문제를 상담해 주기 시작한다. 작품 말미에 이르면 진아 엄마는 진아의 약혼자가 된 세환과도 편지를 주고받으며, 젊은 남성들의 성적(性的) 고민과 연애의 방향성을 제시하기도 한다.

이 작품은 각각의 편지 안에 딸과 딸의 친구들이 성장해 나가는 다양한 사건들을 서술함으로써, 여대생들이 직면한 개별 연애 사건의 추이를 통해 소설에 필적하는 시간의 흐름을 보여준다. 서간집 『진아의 편지』는 소설의 형태를 보이지 않음에도 불구하고, 긴밀한 서사구성력을 보이고 있어 영화로 담아내기에 적절했다. 영화 〈진아의 편지〉는 김응천 감독에 의해 1974년 11월 15일 개봉되었는데, 원작이 지닌 서사성을 플롯으로 삼아 여대생들의 사랑을 보여주는 작품으로 성공했다. 영화 〈진아의 편지〉는 제 13회 대종상 영화제(1974) 편집상(현동춘), 제11회 백상예술대상(1975) 영화부문 시나리오상(이희우), 영화부문 주제가상(정민섭)을 수상하는 등 영화사에도 기억되는 작품으로 남았다.

특히 키스를 비롯한 남녀 간의 애무와 순결 문제를 키워드로 삼아 여대생들의 사랑을 보여준다는 점에서, 영화로서 흥미 있는 볼거리를 제공할 수 있었다. 영화로 각색해도 손색이 없을 만큼, 원작이 지닌 서사적 골격이 탄탄했음을 알 수 있다. 이 작품의 서사적 추이를 주인공 진아를 중심으로 소개하면 다음과 같다.

① 엄마가 진아의 여대생 기숙사에 방문함
② 진아는 엄마를 만났을 때 말하지 못했던 자신의 연애 상황을 편지로 전달함－남자친구 세환과의 첫 키스
③ 진아는 세환을 통해 성(性)에 눈을 뜨고 낭만적인 대학생활을 보냄
④ 진아는 세환의 집에 초대되어 그의 부모님으로부터 환대를 받음
⑤ 진아와 세환 간 연애전선에 문제가 생김. 세환은 공부문제 등으로 진아와의 만남이 소원해 지고, 진아와 세환은 서로에 대한 오해가 깊어짐
⑥ 진아와 세환 간의 오해가 풀리고 이전보다 더 사이가 좋아짐
⑦ 엄마의 초대로 세환 역시 진아의 집에 초대되어 환대를 받음
⑧ 세환은 고교생인 진아 남동생을 서울로 불러들여 여러 가지 조언을 해 줌

이 작품에는 진아와 세환 두 청춘남녀의 성(性)문제만이 아니라, 진아 주위 여러 여대생들이 겪는 성(性)과 연애 그리고 가족 문제 등이 부수적인 플롯으로 서사의 골격을 뒷받침하고 있다.

예컨대 성관계를 요구하는 남자에 대한 대처법, 남자의 애무는 어디까지 용납해야 하는가, 순결을 지키다가 결혼에 이르지 못할까 하는 우려, 이미 성관계를 가진 적 있는 여성의 트라우마, 이성교제와 관련한 부모님과의 갈등 등 다양한 남녀연애 문제들이 진아를 중심으로 한 주변 사건으로 배치되어 있다.

구혜영이 이 책에서 전달하고자 하는 바는 "도덕적인 기준을 정하는 것이 여성"[76]이라는 점이다. 엄마가 딸에게 보내는 편지인 만큼, 엄마는 지속적으로 일련의 여대생들에게 성도덕의 주체이자 실천자는 여성 자신임을 일깨우면서 여성의 순결교육을 논의한다.

> 엄마는 다소 같은 결론을 되풀이하는 것일지는 모르겠다만, 도덕이라는 것은 결국 남자들한테서 여자를 지키기 위한 것일 뿐만 아니라, 여성 자신이 스스로 자신을 지키기 위해서 만들어졌다는 것을 잊지 말아라. 그보다는 이렇게 말하는 편이 나을지도 모르겠구나. 아빠가 함께 있지 않는 장소에서 아빠의 보호 없이 태어나는 아기가 생기지 않도록 미래의 어린이를 보호하기 위해서라고.(45면, 강조는 인용자)

엄마는 20대가 넘은 청춘 남녀에게 서로 사랑한다면 키스하고 애무까지는 할 수 있지만, 성관계는 경계할 것을 강조한다. 성적 욕망을 경계해야 하는 이유로, 다음과 같은 두 가지를 지적한다.

첫째, 새 생명의 탄생이다. 새 생명에 대한 외경과 주의는 20대 여성으로 하여금, 일찍이 모성성을 자각하게끔 한다. 그들은 청년

의 열정을 발산하기 앞서, 그들 스스로가 예비 엄마임을 자각해야
했다. 한 번의 성관계가 돌이킬 수 없는 결과를 초래할 수 있는데,
그것이 생명의 탄생과 직결됨을 강조한다. 구혜영은 당시 여성지
『여원』(1973~1974)에 「칸나의 뜰」을 연재하고 있었는데, 이 작품의
말미에서도 결혼이라는 사회적 승인을 받지 못한 여성이 성관계
를 통해 임신한 경우의 문제성을 세밀하게 보여주었다. 여주인공
석기옥은 예기치 않은 임신을 수용하기 위해 갖은 노력을 다 하지
만, 정신적이고 물질적인 압박감으로 유산하고 황폐해진다.
　구혜영은 새로운 생명의 중요성을 아이가 자라는 과정과 환경
의 중요성을 통해 다음과 같이 설명한다.

> 　온갖 욕망 가운데서 성의 욕망만이 새로운 생명의 창조라는 신비로
> 운 결과를 내포하고 있습니다. 다른 어떤 욕망보다도 성의 욕구에 훨
> 씬 강한 감정이 따르게 되는 것도 그 때문이라고 생각되며, **또한 이 욕
> 구의 결과로서 창조될지도 모르는 새 생명을 위해서 사회가 특히 방종
> 을 경계하는 것인지도 모릅니다.**(84면, 강조는 인용자)

　둘째, 결혼이라는 제도의 신성성을 유지하기 위해서이다. 여
성의 경우 배우자가 될 남성을 위해 순결을 지키며, 결혼이라는
공인된 의식을 통해 합법적으로 한 남자에게만 육체를 허락해야
한다는 것이다. 그것은 남성에 대한 여성의 윤리이기도 하지만,
결혼과 가정에 대한 신성성을 유지하기 위한 토대이기도 하다.

'결혼'에 대한 중요성은 여대생 순결교육의 궁극적인 목적으로 제시된다. "이 세상의 무엇과도 바꿀 수 없을 만큼 사랑하는 단한 사람을" "끈기 있게 기다린 사람들은 끝내는 만족과 행복을 발견함"을(182면) 강조한다. "결혼 전의 교제가 아름다우면 아름다울수록, 결혼 생활의 사랑과 신뢰와 꿈은 점점 더 풍요"(260면)해짐을 역설한다.

구혜영은 순결교육을 통해 동시대 여대생들에게 "사랑에 빠졌다는 이유만으로 올바른 교제가 가질 수 있는 모든 아름다움을 희생해서는 안 된다"는 것을 강조하며, "진실하고 아름다운 연애"를 제안한다. 그녀는 청춘남녀가 "육체적인 면을 우위에 두어서는 절대로 안되"며, "이것을 정신적인 것에 예속시켜서 공통된 흥밋거리를 중심으로 생활을 이끌어"가도록(246면) 계도한다. 이러한 미덕 역시 종국에는 엄마의 덕성과 직결된다.

그러나 성문제는 그것과 직면하여 양식을 가지고 콘트롤하면서 공공연히 논의하는 쪽이 훨씬 안전합니다. 여러분은 서로 의견을 활발히 교환할 수 있었던 결과 머지않아 엄마가 되었을 때는 자기 아이에게 자연스럽게 성에 관한 상식을 들려줄 수 있을 거예요.(273면, 강조는 인용자)

구혜영의 『진아의 편지』(창원사, 1974)는 당시 베스트셀러가 된다. 이러한 사실은 구혜영이 제시한 여대생의 성윤리가 사회와 대중의 성교육 지침서로 유통되었음을 시사한다. 이 책의 호응에 힘입어, 두 가지 노작이 발생한다. 그 하나가 이 책을 원작으로 하는 영화가 만들어 진 것이라면, 다른 하나는 구혜영이 일간지 지면을 통해 청소년 대상 전문 카운슬러로 활동하면서 그 상담 내용을 또 다른 책으로 출간하게 된 것이다. 구혜영은 일간지 스포츠 지면에서 '진아 엄마'가 되어, 청소년들의 고민을 들어주고 그들에게 올바른 길을 제시했다. 청소년들로부터 총 800여 통의 편지를 받아서, 신문 지면에는 50여 회 공개 상담을 했다.

그 내용이 『진아엄마에게』(창원사, 1975)로 출간되었는데, 구혜영은 상담 내용을 크게 6가지로 소개했다.

> 1. 이성 친구를 어떻게 사귀면 좋을까
> 2. 순결을 빼앗겼다.
> 3. 부모가 이해해 주지 않는다.
> 4. 상대방의 변심을 어떻게 막아야 할까
> 5. 애정과 욕정의 상극
> 6. 기타

3) 시민 윤리로서 성(性) 윤리

구혜영에게 있어서 성교육의 궁극적인 목표는 인간교육이며 시민으로서 소양을 기르는 데 있다. 성교육은 "처녀성 존중이나 간통방지" 이상의 "광범위한 인간 교육"을[77] 의미한다. 그녀는 수필에서 성교육의 의의를 다음과 같이 피력했다.

> 진정한 성교육이란 성에 관한 지식을 가르치는 이상으로 장차 가정을 가지고 가족을 부양할 때에 필요한 행동이나 사회적으로 보아서 바람직한 성인으로 키우기 위한 폭넓은 진보적 교육과정입니다. 그러므로 바람직한 성교육이란 개인적이라기보다는 사회적인 교육을 주축으로 한, 청소년을 사회화시키기 위한 하나의 방법이라고 설명되고 있습니다.
> 바꾸어 말하자면 민주주의 사회의 적합한 사회적 인격으로서 남녀의 우정, 구애, 결혼, 가정이 지니는 문제를 중심으로 한 실생활의 문제에 대한 지침을 가르치는 광범한 교육입니다.[78]

구혜영은 성(性)에 대한 바른 인식을 가짐으로써, 이성을 인식하고 욕망을 조절하며 인간의 품위 향상을 도모할 수 있다고 보았다. 성교육은 소년 소녀에서 좋은 남녀, 좋은 남편, 좋은 아내, 좋은 아버지, 좋은 어머니로 거듭나기 위한 소양교육이라는 것이다. 그녀는 순결교육을 논하면서 미국 공중보건원의 자료를 인용하여 "바람직한 성교육은 개인적이라기보다는 오히려 사회적인 교육을 주축으로 청소년으로 하여금 사회화시키도록 교육하는 하나의 방법"이라고 규정했다.

이것은 궁극적으로는 "한 가정의 행복과 국가 사회에 대한 책임을 다하는 인간"[79] 육성으로 귀결된다. 성교육은 "민주주의 사회에 적합한, 사회적 인간적으로 가장 남자다운 남자, 가장 여자다운 여자로서 교육하는 것을 목적"으로 "사회 환경에 적응할 수 있는 개인으로서의 정신위생학과 사회위생학상의 교육"임을 강조한다.[80] 구혜영은 청춘기의 20대 여성, 여대생을 대상으로 1970년대 사회가 요구하는 여성 시민의 덕목을 육성하고 있음을 알 수 있다.

구혜영이 제시한 성(性)윤리는 낭만적 사랑의 형태로 수렴된다. 앤소니 기든스는 18세기 후반부터 여성들에게 미친 세 가지 영향을 다음과 같이 소개한다. 첫째 가정의 창조이며, 둘째 부모-자식 간의 관계에 일어난 변화, 세 번째 '모성의 발명(invention of motherhood)'이라는 현상이다.[81] 낭만적 사랑의 특징은 사랑 이외에 결혼과 모성이 결합됨으로써, 진실한 사랑이란 일단 발견되기만 하면 영원하다는 관념을 공고히 했다.[82] 사회학적 관점에서 재클린 살스비는 "여성이 자신의 경력과 지위가 남성과의 결혼을 통해 얻어지는 것이라고 생각하는 한, 종속에 대한 불안은 낭만적인 사랑이라는 관용구로 바뀌어 버린다"고 보았다.[83]

결과적으로 구혜영이 여대생들에게 제시한 성(性)윤리는 여성의 내면에는 '낭만적인 사랑'을 공고히 했으며, 외적으로는 동시대 국가와 사회가 요구하는 '시민 윤리'로 응집되었다. 구혜영이 제시한 성(性)윤리는 '성(性)'이 아니라 '윤리'의 수립과 증식에 목표를 두고 있다. 성(性)과 관련하여 '에로티즘'은 결혼이라는 테두리 밖에서 비합법적인 성 행위로부터 발전했으므로, 불규칙이 규칙으로 유지되는 결혼이라는 틀을 깬다.[84] 에로티즘의 관점에서 결혼은 욕망을 무디게 하고 쾌락을 별것 아니게 한다면,[85] 시민윤리의 관점에서는 모성과 더불어 결혼이라는 제도는 신성시 된다. 구혜영이 제시한 성(性)윤리는 여성이 시민으로서 내면화해야 할 '1970년대' 윤리를 구체화한 것임을 확인할 수 있다.

2. 시민으로서 여성의 윤리

1) 숭고한 사랑의 완성

구혜영 청춘소설에서 두드러진 특징으로 여성 인물의 개성적 성격 창조를 꼽을 수 있다. 작중에는 작가의 분신으로 여겨지는 다양한 모습의 여성이 등장하는데, 특히 그들은 작가의 신념과 입장을 대변하는 인물로서 주체적이며 자유정신을 구현해 내고 있다. 반면, 남자 주인공들은 고집스러움과 남성으로서 성적 매력은 지니고 있지만 성급하며 유약함을 보인다. 그 대표적인 작품이 『칸나의 뜰』(창원사, 1974)이다. 이인복은 이 작품을 '사랑과 이별과 죽음의 美學'이라고 소개한다. 문학은 인간을 구원하는데, 이 작품에 등장하는 여주인공 기옥의 사랑이 그에 해당한다고 보고 상찬했다.[86] 이 작품은 『진아의 편지』와 같은 시기에 『여원』에 연재되었으며, 단행본으로 출간되었다.

　이 작품의 의의는 석기옥이라는 주체적인 여성 인물의 창조에 있다. 여주인공 석기옥은 Q대학에서 도서관학을 전공하는 고학생이다. 『진아의 편지』에서 진아는 영문학, 『진아의 戀人』과 「요가를 하는 女子」에서 여주인공이 불문학을 전공했다. 구혜영은 프랑스 문화에 관심을 보인다. 프랑스문화는 1970년대 세계문화의 위계구조에 따르면 최상위에 위치한다. "프랑스문화→미국문화→일본문화라는 문화의 위계는 서구문화의 종주국인 프랑스와 대중문화의 산실인 미국, 그리고 선망과 멸시의 이중적 감정의 대상이었던 일본이라는 나라에 대한 이미지 사이에서 형성되었으며, 그것은 다름 아닌 그것을 즐기는 대중들 사이의 위계를 의미하기도 했다."[87]

　특히 사르트르를 비롯한 실존주의와 불문학의 영향을 받은 것으로 보인다. 「요가를 하는 女子」에서 장건일은 유나를 볼 때 "인간 실존의 가혹성"을 느꼈다. "설혹 부모 자식 간이라 하더라도 구경 인간이란 고독한 독자적 존재이며 자신에 대한 책임은 자신만이 질 수밖엔 없는 것이다." 건일과 유나는 "주로 사르트르와 보바르 여사가 취한 결혼 형태"에 대해서 이야기를 나누었으며, 특히 유나는 "시몬느 베이유의 정신의 격렬성과 청정한 영혼에 대해서 이야기할 때 그 눈빛이 찬란하도록 광채를 띠며 빛났다."[88]

반면, 『칸나의 뜰』의 여대생은 실용적인 학문을 전공한다. 그녀는 인고와 성실로 고학의 어려움을 극복해 나간다. 새벽에 일어나 일본어를 가르치고, 아침에는 화랑에 출근해서 화가의 비서로 일한다. 괴로울 때는 담배도 피우는 등 생활력이 강하다. 그녀는 출생의 비의를 간직하고 있는데 이 작품은 고아인 줄 알았던 여주인공의 출생의 비밀이 풀리면서 종결된다. 작가는 간결한 문장을 비롯하여 대화체를 구사함으로서 사건 전개를 빨리하고, 인물의 성격 창조를 입체화했다.

구혜영이 석기옥의 인물창조에 있어서 섹슈얼리티를 드러내지 않은 점에 주목할 필요가 있다. 여대생의 성(性)윤리로 모성과 결혼제도의 신성성을 주장한 데서 알 수 있듯이, 여성에게 있어서 사회적 재생산활동에서 벗어난 자율적인 섹슈얼리티는 배제되어야 할 악덕으로 묘사되었다. 앤소니 기든스는 사회적 재생산과 무관한 자율적인 성(性) 형태를 '조형적(造形的) 섹슈얼리티'라 명명한다. 재생산, 친족관계, 세대 등에서 오래전부터 통합되어 있던 관계로부터 끊어져 나온 섹슈얼리티는 성 해방을 가능케 하는 전제조건이 되었다.[89]

일표의 묘사에 의하면 "기옥에게는 미리사와 같은 고고함", "진화가 지닌 해학(諧謔)", "은표 같은 서민성", "이 효정 여사 같은 여유", "조 애기 마나님이 지닌 매몰찬 당돌함", "오덕주 여사의 지칠 줄 모르는 활력", "백 일선 여사가 지닌 신비스런 마력"(198면) 등 '여성'이 아니라 '인간'이 지닌 다양한 미덕들이 혼재해 있다. 그녀는 고고하면서도 해학을 알고, 서민적이면서도 여유와 당돌함이 있으며, 활력과 마력을 겸비하고 있다.

　이러한 성격은 관능과는 거리가 멀다. 기든스의 지적처럼, 성적 행동은 '재생산으로의 지향'과 '관능의 기술(ars erotica)에의 지향'으로 분리되었다. 그 결과 모든 여성은 '순수한 여성'과 '그렇지 못한 여성'으로 분류되었다. 구혜영은 남녀의 성(性)이 자녀의 생산과 결혼이라는 제도 유지 다시 말해 재생산과 대물림으로 귀결되어야 한다고 보는 까닭에, '섹슈얼리티'는 그 가치를 가질 수 없었다. 오히려 경계의 영역으로 방종하고 타락한 인물의 성격 묘사에 소용되었다.[90]

　"모성(motherhood)이 만들어지고 또한 여성적 영역의 기본 요소가 되어가는 과정의 일부로서, 섹슈얼리티는 격리되거나 혹은 사사화(私事化)된 것이다." "섹슈얼리티의 격리는 전반적으로 심리적 억압보다는 사회적 억압의 결과"로서, "여성의 성적 감응성을 제한하거나 거부하는"가 하면 "남성의 섹슈얼리티를 일반적으로 아무런 문제가 없는 것으로 수용"했다. 여성만이 '순수한 여성'과 '순수하지 못한 여성'이라는 이분법이 고착되었다.[91]

　일련의 다른 작품에서도 구혜영은 '관능'이 사랑과 배리됨을 보여준다. 「요가를 하는 女子」에서 "세련된 감각과 폭넓은 인간 미"[92]는 사랑의 미덕일 수 있지만, 남성으로 하여금 "관능의 설레임"(13면)을 보여주는 것은 탐욕으로 비판한다. 고학하는 또 다른 여대생, 애경은 몇 년 만에 다른 사람이 되었다. 애경은 등록금이 없어서 학교를 그만두었고 점차 타락했다. 제대 후 건일이 다시 만난 애경은 호화스러운 아파트, 호텔방을 연상시키는 오피스에 살고 있었으며 성형수술과 괴상한 화장술로 괴기스러운 존재로 비친다. 작중 애경의 외양은 다음과 같이 묘사되어 있다.

> 그녀는 전에 없이 움푹 들어간 쌍꺼풀진 눈에 눈꺼풀이 처져 내릴 만큼 먹칠을 했고, 눈두덩이에는 푸른빛 보랏빛 갈색 흰빛 등 색색가지 칠을 했다. 코는 오똑하니 날이 섰고, 입술연지는 차라리 검게 보일만큼 암자색(暗紫色)이다. 목에 감긴 두 손을 떼어낼 때 보니 뾰족한 칼끝처럼 다듬은 손톱은 사금같은 반점을 뿌린 은빛깔이다.(16면)

애경은 등에 뱀의 문신을 새겼으며, "그녀의 몸에서는 썩기 시작한 과일에서 풍기는 저 농익은 혼배한 방향이 스며나온다. 그것이 독한 알코올과 어울려 거역할 수 없는 주술(呪術)의 덫이 되어 그를 휘감는다."(20면) 그녀는 상류사회에 진입하기 위해 자신의 몸을 내 던졌다. 애경은 용마 그룹 젊은 회장 이시우의 노리개였다. 구혜영은 '관능'을 성적 문란으로 묘사하면서, 타락과 불건전을 의미했다. 그런 까닭에, 『칸나의 뜰』에서 숭고한 사랑을 실현하는 석기옥은 섹슈얼리티보다 정신적 육체적 순결을 수호한다. 일표에 의하면 석기옥의 성품은 '엉겅퀴'와 '장도'로 표상된다.

> 언젠가 나는 그녀의 노우트나 손수건 따위에 이름자나 이니시얼 대신에 그려진 엉겅퀴와 장도(粧刀)의 뜻을 물은 적이 있었다.
>
> 그녀는 그저 입속으로 애매하게 웃기만 하면서, 그것이 자기의 마아크라고만 일러 주었다. 그러나 그녀가 내 약혼자가 된 이후, 나는 그녀의 문장(紋章)의 뜻을 똑똑히 알 수 있었다.
>
> "난 엉겅퀴처럼 나를 지켰던 거예요. 그리고 나 자신의 힘으로 안 될 때는 장도의 힘을 빌릴 셈이었죠."(219면)

홍일표는 집안에서 성사시키려는 혼사를 뿌리치고, 석기옥과 결혼하려 한다. 홍씨 가문에서는 고아 석기옥과의 결혼을 반대한다. 일표는 기옥을 데리고 명동성당에 가서 두 사람만의 약혼식을 올리고, 기옥에게 반지를 끼워준다. 그는 집을 나와 그녀의 아파트에 머물면서 학업을 계속한다. 주위 사람들로부터 어떤 후원도 받지 못한 채 두 사람은 외롭고 힘든 사랑을 지속해 나간다. 일표는 결혼식을 올리기 전까지 금욕하려는 기옥에게 정염의 불길을 폭발하면서 분노하기도 했다. 기옥은 그 순간을 '사랑'으로 지혜롭게 헤쳐 나간다. 이때 석기옥이 실현하려는 사랑이야말로 작가가 독자대중에게 제시하는 여성의 윤리이다.

"흥! 참 가관이로군. 그러면서도 나를 좋아한다고."

"좋아하는 게 아니예요. 사, 랑, 이, 예요. 그 점을 명확히 밝혀 두겠어요. 난 때때로 일표씨가 싫을 때도 있어요. 어쩐지 내 비위에 거슬리고 취미에 맞지 않을 때가 있어요. 하지만 그렇다고 사랑하지 않는 건 아니예요. 일단 남을 사랑한다는 것은 좋고 싫고를 초월한, 그래요, 내 경우에는 일종의 종교적인 신앙심과 의무, 책임감마저 뒤따르는 거든요."(177면)

홍일표에 대한 석기옥의 사랑은 감정과 이성을 초월한 숭고미를 지닌다. 이것이 구혜영이 여성에게 제시하는 사랑의 윤리이다. 작중에서 석기옥은 이러한 사랑을 지키기 위해 많은 것을 잃어야 했다.

첫 번째로 그간 힘들게 고학하면서, 한 학기밖에 남지 않은 학교를 그만두어야 했다. 남자와 동거한다는 내용의 투서로 인해, 기옥은 학교 측으로부터 퇴학 통보를 받는다. 대학생이라는 사회적 입지, 4학년 2학기 졸업을 앞둔 시점에서 그녀는 학문보다 한 남자에 대한 헌신하는 아내의 길을 선택한다. 한 남자에 대한 석기옥의 지극한 사랑은 구혜영의 다음과 같은 여성관에서도 잘 드러난다.[93]

결국 여자에게는 그 가슴속을 가득 채우는 사랑만으로 모든 것이 가능합니다.

오로지 남자의 사랑만을 갈구하여 부단히 방황하여 짓찢기고 피흘리는 존재입니다.

남자의 사랑을 흠뻑 받는 여인은 보석 따위에 현혹되지 않습니다.

언동이 조용하며, 마음이 부드럽고, 인심이 후하고 욕심이 없습니다.

오로지 사랑이 없는 여자만이 탐욕합니다.

둘째로 생계를 유지할 수 있었던 직장을 잃고, 물질적 궁핍과 생활고에 직면해야 했다. 세 번째로 예기치 못한 임신으로 정신적 육체적 어려움에 봉착해야 했다. 주위 사람들의 냉담과 질시 속에 결혼도 못한 채, 아이를 낳아 길러야 하는 고충을 떠안은 것이다. 갖은 어려움에도 불구하고 그녀는 아파트에서 학생들을 가르치며 새 생명을 맞을 준비에 전념했으나, 정신적 육체적 쇠약으로 유산한다. 많은 어려움 중에서 가장 고통스러운 것은 사랑하는 남자로부터의 불신이었다. 일표는 기옥의 과거사에 의혹을 품었으며, 주변 사람들이 불온하게 떠벌리는 기옥의 과거를 듣고 그녀의 곁을 떠난다.

일표는 기옥의 어머니 백일선으로 부터 불행한 가족관계를 알게 되고, 자신의 옹졸함을 뉘우친다. 기옥은 자신의 복잡하게 얽혀 있는 가족관계로부터 보호받지 못한 채 스스로 자립해 나온 것이었다. 그녀는 가족들의 사생활을 지켜 주기 위해, 일체 외부에 알리지 않았던 것이다. 모든 의혹이 풀리자, 일표는 기옥의 아파트로 가서 용서를 구하려 한다. 기옥을 찾으며 과일을 사 가지고 돌아오던 순간, 일표는 길 건너에서 넋을 잃은 듯이 걸어가는 기옥을 발견했다. 일표는 길 건너편에 있는 기옥을 부르며 육교를 뛰어 올라갔다. 그 순간 기옥은 일표의 목소리를 찾아 도로로 뛰어들어 죽게 된다.

기옥은 죽었지만, 일표는 그의 삶 속 깊이 기옥의 사랑을 간직하며 살 결심을 한다. 일표는 착토하기 어려운 칸나의 뿌리, 기옥의 사랑을 깊이 간직하게 된 것이다. 작가는 가진 것 없지만 지성과 명랑을 겸비한, 고학생 석기옥을 통해 현실에서 가능한 사랑의 최대치를 구현해 보려 했다. 그녀의 희생과 각고(刻苦)는 사랑의 숭고함을 보여준다. 구혜영은 후기에서 이 작품의 주제를 다음과 같이 소개했다.

> 작품의 主題는 역시 사랑이지만, 여주인공 石綺玉의 '사랑의 意志'가 핵심이다. 그녀가 사랑이라 믿는 것은 '상대방의 자유를 인정하고 확장하는 데 寄與하는 능력'인데, 나는 석기옥을 통해서 자신의 사랑을 완성시키는 데 목숨을 건 女人象을 그려보고 싶었다.
>
> 석기옥의 사랑은, 그녀 앞에 부단히 넘나들며 挑戰하고 위협하는 거대한 눈에 보이지 않는 맘모스ㅡ 뿌리깊은 權威意識, 拜金思想 따위에 의해 마침내 어이없이 좌절돼 버린다. 그러나 그녀의 사랑은 남주인공 洪逸杓 안에 새로운 굳은 의지의 뿌리로 탄생하게 된다. 나는 그것을 熱帶 지방에서 찬란하게 꽃피는 칸나가, 溫帶 지방이라는 異質的인 토양으로 옮겨와 적응하기까지, 무수한 拒否反應에도 불구하고 마침내

着土하게 되는 끈질긴 의지의 過程에다 견주었던 것이다.[94](강조는 인용자)

구혜영은 평소 "사랑이란 상대방을 소유하고 싶은 소유욕의 충족이 아니라, 상대방의 자유를 인정하고 확장하는 능력"이라고 보았다.[95] 구혜영은 숭고한 사랑을 완성시키기 위한 장치로서 다수의 소설에서 주인공을 죽음으로 몰아간다.

『진아의 戀人』(창원사, 1974)에서도 진아를 사랑하는 최영소는 진아를 대신하여 그녀의 인권을 주장하는 과정에서 진아 엄마의 칼에 찔려 죽는다.[96] 『오월제』에서도 전도유망한 고시생 신동진이 죽음으로써, 주엽이와 그녀의 부모 그리고 주변 인물들이 현재의 삶을 반성하고 새로운 삶으로 거듭날 수 있다. 구혜영에게 있어서 사랑은 죽음을 초월할 정도의 강인하고 경건한 숭고미를 지닌다.

똑같은 이치로 신 동진 선생님은 가셨지만 그 분은 우리 안에서 영원히 부활하여 살고 계시다는 걸 나는 절실히 느낀다.

이거야말로 선생님의 죽음의 의미라고 나는 생각하곤 한다. 나뭇잎이 자꾸자꾸 떨어지지만 저것이 과연 죽음일까.

그래. 우리는 참으로 아름다운 윤회(輪廻)의 한 지점을 살고 있으며 우리들에게 죽음이란 없는 거라는 걸 나는 깨달았어.

우리 아버지의 말씀대로 사랑은 그 사람과 나 사이의 거리야.

그렇다면 신 동진 선생님은 죽음을 통해서 우리와 밀착되셨다.[97]

인용문은 미송이가 동진의 죽음에서 발견한 사랑의 의의와 가치를 언급하는 대목이다. 동진을 죽음으로 몰아넣었다는 죄책감에 빠져 있는 주엽에게, 미송은 그의 죽음은 가늠할 수 없는 큰 '사랑'의 실현이었음을 알려 주고 있다. 구혜영이 쓴 일련의 소설들이 여성을 대상으로 남녀 간 사랑을 화두로 삼고 있지만, 일체의 섹슈얼리티가 부재하며 여성성이 부각되지 않은 이유가 여기에 있다.

구혜영이 지향하는 사랑은 궁극적으로 숭고한 희생과 자기극복을 전제로 한 까닭에, 남녀 간의 첨예한 대립과 차이 혹은 자신이 내면화한 젠더의식을 자각할 수 없었다. 기든스는 "에로티시즘은 신체의 감각을 통해 표현되는 감정을 의사소통이라는 맥락에서 가꾸어 가는 것"으로 보았다. 구혜영이 지향하는 숭고한 사랑은 시민의식에만 수렴될 뿐, "쾌락을 주고받는 기술(art)" 의사소통으로서 "폭넓은 정서적 목적 속에 재통합된 섹슈얼리티"라는[98] 에로티시즘에 대한 통찰에는 도달할 수 없었다.

2) 건강한 생활인의 육성

　구혜영은 일련의 소설에서 풍요와 윤택보다 건강한 생활을 강조한다. 『진아의 戀人』(창원사, 1974)에서 주인공 여대생은 고학하는 대학생과 사랑하면서 건강한 생활에 눈을 뜬다. 일찍이 부모를 여읜 대학생 최영소는 노동자들과 더불어 신문을 돌리고 우유배달을 하면서 고학했다. 작가는 온실 속에 자라난 순진한 여대생이 현실에 눈을 뜨는 과정을 통해 당시 독자들에게 건강한 생활이 무엇인지 구체적으로 보여주었다. 건강한 생활은 도도한 관념의 그늘 혹은 유한 계층의 영역이 아니라, 자신의 손과 발을 움직여 노동하고 그 땀으로 영위하는 삶임을 보여주려 했다.

　주인공 진아는 춘호시에서 선화여대 2학년 불문과에 재학 중이다. 두 언니, 정연과 화선은 이미 출가하여 서울에서 살고 있다. 윤 여사는 셋째 딸이 출생하자 그녀를 유모에게 맡긴 채 돌보지 않았다. 유모에게는 유복자 아들 최영소가 있어, 진아와 영소는 동기간처럼 자랐다. 진아의 아버지는 외과의로서 지역에서 규모 있는 병원을 운영했다. 아내는 집안일보다, 유흥을 즐겼다. 사업을 한답시고, 남편이 일구어 놓은 재산을 탕진했다. 박 원장은 아내 대신, 집에서 일하는 유모에게 마음을 주었다. 그러나 유모의 죽음으로 그녀의 아들 영소는 서울 외삼촌댁으로 보내졌으며, 박 원장의 상심이 컸다.

이 소설은 박 원장의 죽음으로 시작된다. 아버지의 죽음으로 진아는 주체적인 개인으로 독립해 나간다. 진아는 사랑하는 남자를 발견하는데, 그는 건강한 생활인으로서 진아의 자활과 독립을 유도한다. 구혜영은 작중 진아의 성격을 창조하면서 "단순성, 천진성, 소박함, 순직성, 청결함" 그리고 "자존심의 의연함"에 "뜨거운 애착심"을 기울였음을 회고했다.[99] 아버지의 죽음으로, 출가한 딸들이 집에 모였다. 병원에서 일하는 젊은 의사 성민기는 원장의 죽음을 애도하며, 진아를 아내로 삼으리라 결심한다. 그는 이미 백 간호사와 여러 차례 육체관계를 해 왔지만, 결혼에 있어서는 순결한 처녀를 갈망했다. 아버지를 잃은 진아는 성민기를 통해 아버지의 잔영을 발견하려 했으며, 그것을 사랑으로 여겼다.

아버지의 장례식 후 진아는 서울로 상경하여 큰언니의 집에서 개들의 조련사로 일하는 최영소와 해후한다. 죽기 전까지 박의원은 영소의 대학(국문과) 학비를 보내주었으나, 박의원의 죽음으로 학비조달이 어려워진 영소는 휴학하고 직접 생활전선에 뛰어들었다. 두 사람은 긴 이별이 무색할 만큼 깊은 친밀감으로 애정이 싹텄다. 진아는 새벽 일찍 산책을 권하는 영소와 함께 새벽시장도 구경하고, 인천 바다도 보고 돌아왔다. 진아 엄마와 성민기는 진아가 영소와 함께 있다는 사실에 경악하여, 진아를 춘호시로 데려와 감금하다시피 했다.

진아는 영소를 통해 사랑에 눈뜨지만, 성민기와 진아 엄마는 진아를 감시하고 통제한다. 진아 엄마는 진아를 성민기와 혼인시킴으로써 박외과의 이권을 유지존속하려 했으며, 성민기는 순결한 진아를 소유하려 했다. 진아는 성민기에게 처녀성을 내 주면서 그에 대한 마음을 닫는다. 진아가 중요시하는 것은 육체가 아니라 정신적 가치였으며, 그것을 성민기에게 보여주기 위해 순결을 함부로 내던졌다. 대신 그녀는 순결한 정신을 사수하리라 공표했다.

구혜영은 진아의 연인 최영소의 묘사에 심혈을 기울였다. 영소는 조련사 일자리를 잃었으나, 또 다른 일을 찾아 생활 전선에 꿋꿋하게 뛰어든다. 그는 출판사 외판원으로 일하면서 돈을 모아 독신자 아파트를 마련한다. 영소는 진아를 자신의 아파트에 기거하게 함으로써, 정신적 육체적으로 피폐해진 진아의 재활을 돕는다. 진아의 행방을 알아낸 엄마와 성민기는 서울에 올라와 진아를 데려 가려 한다. 영소는 그들에게 "인권에 대한 중대한 오류"를 지적하며 다음과 같이 말한다. "진아는 미성년이 아니고, 상품이 아니에요. 그리고 선생과는 전혀 무관한 성장한 개인이예요. 돌려받겠다는 그 말은 모욕일 뿐입니다."(315면) 이에 흥분한 진아 엄마는 영소를 칼로 찌르면서 소설은 종결된다.

20대 진아의 마음을 사로잡은 것은 30대 성민기의 냉철하고 용의주도한 사랑이 아니라 20대 청년의 순정과 건강한 삶의 태도였다. 진아는 영소와 아침 일찍 새벽 산책을 나간다. 영소는 진아에게 이 땅에서 이루어지는 건강한 삶의 현장을 보여주었다. 맑은 새벽 공기를 가르며 생활 현장으로 나서는 사람들과 남대문 시장에서 아침을 준비하는 광경을 목도하며, 아침을 깨우는 노동자들의 틈에서 해장국을 먹는다. 그것은 다름 아닌 "생활"의[100] 발견이다. 구혜영이 『진아의 戀人』에서 보여주려는 것도 건강한 생활인의 모습이다. 영소의 친구 태환은 진아에게 '심장'을 믿으며, 심장이 요구하는 대로 움직인다고 말한다. 그들은 죽어 있거나 죽은 듯이 있는 삶이 아니라, 살아서 움직이는 삶을 지향한다.

『칸나의 뜰』에서 주인공 남녀 역시 서민생활의 현장이라 할 수 있는 시내버스에서 조우함으로써 특권계층이 아니라 건강한 생활인으로 묘사된다. 제대한 일표는 집안 어른들에게 인사드리기 위해 양복을 입고 길을 나선다. 그는 갑자기 쏟아지는 비를 맞으며, 시내버스에 몸을 싣는다. 버스에서는 상의군인이 재활을 위해 승객들에게 성금을 요청한다. 앉아있던 기옥이 성금을 주자, 일표 역시 가진 돈을 털어 성금을 낸다. 이후 일표는 차비가 없어 앞에 앉아 있는 기옥에게 돈을 빌린다. 구혜영이 그려내는 대학생 남녀의 연애는 서민적이며 건강한 생활인의 풍경을 담고 있다.

또 다른 중편소설 「요가를 하는 女人」에서도 주인공 여대생은 건강한 생활 현장에 눈을 뜨고 주체적으로 삶을 영위해 나간다. 여대생 하유나는 고학으로 대학등록금을 비롯하여 생활비를 벌고 있다. 그녀는 고교 시절부터 대학에 이르기까지 줄곧 용마그룹의 장학금을 받았으며, 요가학원에서 요가를 가르치면서 생활비를 충당했다. 그녀는 제대하고 복학한 장건일과 용마그룹의 젊은 회장 이시우, 두 남자로부터 구애를 받았다. 장건일은 포장마차에서 국수를 사주었고, 이시우는 근사한 레스토랑에서 식사하고 호화로운 결혼예식 일체를 선보였다.

그녀는 "막대한 부귀를 소유한 자" 이시우 대신, "사회적으로 불안전한 일개 대학생"(97면) 장건일을 선택했다. 그녀는 넘치는 풍요보다 건강한 생활을 선택했다. 장건일의 첫 눈에 비친 하유나는 다음과 같이 묘사된다.

> "우산 좀 씌워 주실래요?"
> 한줌의 신선한 돌풍처럼 우산속을 들이 닥친 그 애 얼굴을 보자 그는 절로 눈이 휘둥그래지는 느낌이다. 비를 맞은 탓인지는 몰라도 그토록 싱싱하고 팔팔하게 살아 있는 눈동자를 보니 절로 생기가 돋는다.
> (…중략…)
> 그녀는 짧게 커트한 머리를 흔들어 물방울을 흩날리고는
> "아저씨 우산, 커서 좋아요."
> 장난꾸러기처럼 그를 쳐다보고 씽끗 웃는다. 높지도 낮지도 않은 아담한 콧잔등에는 약간의 주근깨가 깔려 있고, 그 밑에 자리한 입술을 보자 문득 꽈리가 연상된다. 그녀의 입술이 꽈리처럼 작다는 뜻이 아니라 그의 눈에는 꽈리처럼 잘강잘강 깨물고 싶었던 탓일게다.[101]

학교 등굣길 복잡한 버스 안에서 함께 내린 여성이 비를 피해 건일의 품속으로 뛰어 들어 왔다. 그녀는 건일과 헤어진 후, 학교

앞 제과점으로 들어가 아침식사 대용 우유를 먹고 등교한다. 강의실에서 다시 만난 그녀는 교수와 학생들의 사랑을 한 몸에 받고 있었다. "친구들의 총애를 한 몸에 받아 마땅할 이 만큼 총명한 정기와 매력으로 넘쳐 있다. 표정이 풍부하고, 밝고, 몸짓은 크고도 날렵했으며, 웃을 때의 모습은 사나이의 가슴을 저리게 하도록 사뭇 매혹적이다."(38면) 불문학도인 그녀는 성품이 밝고 총명하며, 무엇보다도 건강한 생활인의 아름다움을 지니고 있었다.

그녀는 자신을 "들판에 핀 엉겅퀴"라 명하며, "자유"를 실현하는 방편으로 '요가'를 했다. 당시 구혜영은 요가교실을 다니면서 심신을 연마했다. 요가에 대해 그녀는 다음과 같이 말했다.

나는 단 하루의 호흡법을 통해서 요가에서 말하는 신과의 통합이 무엇을 뜻하는 것인지 어렴풋이 짐작할 수 있었다. 억압되고 위축되어 있는 신체의 균형을 바로잡아야만 자연이 부여하는 무량한 생명력을 천진하게 받아들일 수 있을 것이라는 순리(順理)가 내 속에서 스스로 자명해지는 것을 느꼈다.[102]

구혜영은 요가를 통해 "정신과 몸이 맑게 트이고 유연성을 되찾아 사물을 있는 그대로 정직하게 받아들이게"(186면) 되는 경이를 맛보았다고 한다. 「요가를 하는 女子」에서 하유나도 부모의 이혼으로 일찍 사회에 독립했으며, 주어진 현실을 탓하기보다 현실을 적극적으로 수용했다.

나는 부모의 이혼을 있는 그대로 받아들이고 싶었거든요. 그래야만 그분들을 이해하게 되고 나 자신도 칙칙한 감정에서 벗어나 독자적인 나를 찾을 수가 있을 것 같았어요. 난 누구 때문에 누가 불행해졌다는 식인 사고방식에서 해방되고 싶었어요. 모든 현실을 유연하게 받아들여서 최선을 다할 뿐이라고 생각했거든요. 하지만 워낙 뿌리 깊은 의존심 때문에 생각대로 제대로 되지가 않았어요. 난 열심히 요가를 했죠. 우선 나 자신부터 해방시키고 싶었어요.(59~60면)

흥미로운 점은 생활인의 반대편에는 풍요하지만 방종한 성적 쾌락에 빠진 인물이 놓여 있다는 점이다. 「요가를 하는 女子」에서 젊은 회장 이시우는 애경을 타락시키면서 사디즘에 탐닉한다. 애경과 이시우 두 사람은 성도착증 환자로 묘사되었다. 이시우는 사디스트로서 "법적인 아내는 누구 손도 닿지 않은 숫처녀를 바라고 있으면서" "정욕의 불길은" "더럽게 타락된 여자 하고 라야 타오르"는 인물이다. "여자 얼굴이 이렇게 멍든 것처럼 음영이 서려 있어야 욕정"을 느끼면서도 "대외적으로 내세울 자기 신부감은 립스틱 한 번 변변히 발라보지 않은"(110면) 여자를 요구한다. 이시우는 결혼 상대자로서는 절대적으로 순결한 여성을 선택했으며, 성적 방종의 방편으로는 애경을 이용했다. 그는 배우자의 선정에 있어서 "인간의 본질과는 아무 관계도 없는 단지 육체적인 무경험이라는 것"(96면)에만 가치를 두었다.

『칸나의 뜰』에서도 기옥의 반대편에는 타락한 여대생, 미리사가 등장한다. 그녀는 재벌 집안의 손녀딸로서 남부러울 것 없지만, 성도착자로서 정상적인 성생활을 영위할 수 없다. 물질적 포만과 풍요가 그녀에게는 지루함과 권태를 안겨 주었으며, 그녀는 불건전한 정신의 소유자가 된다. 한때 기옥에게 의혹을 품고 그녀를 등진 일표는 미리사와 더불어 술과 환락의 시간을 가지는데, 그녀는 마조히스트였다. 그녀는 학대받을수록 열락의 도가니에 빠졌다. 구혜영은 경제적으로 부러울 것 없이 풍요가 넘치는 인물을 부정적으로 묘사하는데, 그들을 성적으로 방종한 인물로 묘사해 놓았다. 구혜영의 소설에서 성적 방종은 정신적 불건전을 대변하고 나아가 생활의 부재를 의미한다.

『진아의 戀人』에서도 정연의 남편은 재력가로 출세했지만, 정서적으로 피폐해지고 성도착 증세를 보였다. 피를 보지 않으면 아내와 성관계를 할 수 없었다. 집에서 기르던 개를 채찍질로 피투성이로 만든 다음, 아내에 대한 성욕을 발산한다. 구혜영은 1970년대 대중에게 건강한 생활인의 삶을 강조하면서 생활의 불건전함을 초래하는 요인으로 성적인 방종을 제시했다. 건전한 성관계로 만족을 얻을 수 없다는 것은, 그들의 의식과 삶의 형태가 건강하지 않음을 시사한다. 건강한 생활의 반대편에 성도착 증세에 빠져 있는 인물을 배치하고 있다. 생활과 윤리가 이원화되어 도시의 정신병리 환자가 되지 않도록, 작가가 보여 준 20대 청년들의 순결한 사랑은 건강한 생활인의 자세로 귀결된다.

3) 윤리와 생활의 이원화 경계

1970년대 장편소설에서 구혜영은 당시 사회문제도 시사한다. 『진아의 戀人』에도 노사분규와 같은 사회 문제가 언급되어 있는가 하면, 『칸나의 뜰』(창원사, 1974)에서도 일표를 통해 노동자의 입장에서 기업가의 특권의식이 비판되기도 한다. 그러나 사회문제는 주제의식으로 확산될 만큼 깊이 있게 개진되지 않으며, 개개인의 윤리적 소양 문제로 환원된다. 왜냐하면 일련의 소설 주제가 지고한 사랑의 실현에 있기 때문이다. 작중 여대생들은 여전히 비독립적이고 미숙한 개체로서 첨예한 사회 문제까지 인식할 수 없다. 남자 대학생들은 간헐적으로 사회문제와 대면하여 비판의 목소리를 내비치지만, 그것은 작품의 주제와는 긴밀하게 연동되지 않는다.

『진아의 戀人』(창원사, 1974)에서 영소는 진아에게 동시대 사회 문제를 지적하지만, 그것은 구체적이지 않으며 개개인의 윤리 문제로 환원된다. 그것은 수기치인과 순수한 영혼의 문제이다. 작중에서 영소는 진아에게 다음과 같이 자신의 생각을 진술한다.

① 기아가 절도를 낳는다면 그것이 죄가 될 수 있는 것인지 나는 좀 생각해 봐야겠소. 진아, 확실히 지금 우리네의 사회는 약육강식에 의해 지배되는 수치심이 상실된 동물의 거리요. 이웃이 배가 고파 도둑

질을 하는데 한 마리 몇 10만원씩 호가하는 애완동물 사육에 눈이 벌개져 있는 이런 세상이란 말이요.(215면, 강조는 인용자)

②육체의 일부분이 찢겼다고 해서 너의 처녀성이 상실된 것은 아니다. 그보다는 오히려 네가 지닌 청정(淸淨)한 영혼, 그 영혼의 타락을 막기 위한 엄격한 통제와 매질이 너의 품격을 맑고 드높게 승화시켰을 때, 진아여! 너는 높은 산을 뒤덮은 만년설처럼 끝없이 깨끗하고 순수하다.(259면, 강조는 인용자)

인용문 ①은 영소가 진아 큰언니 집의 호사스러움을 보며, 진아에게 격앙되어 한 말이다. 고학하는 영소의 입장에서 볼 때, 경제적으로 풍족한 강자는 약자의 입장을 고려하지 않은 채 자기 부의 증진에만 골몰한다. 부끄러움을 아는 것은 공존과 공감의 시작이다. 함께 나누려는 마음이 없기 때문에, 가진 자는 주변을 돌보기보다 더 많이 가지려 했으며 그 결과 마음이 빈곤해진다는 것이다. 이러한 사회의식은 소비의 불평등, 소득 격차의 양극화 등과 같은 제도적이고 정치적인 문제로까지 이어지지 않는다.

②에서 진아는 자신의 순결을 성민기에게 주었다고 말하며 허물을 고백하자, 영소는 육체의 순결보다 정신의 순결을 강조한다. 그는 자신의 생각을 직접 말로 내 뱉지 않으나, 진아의 정신적 성숙과 순결을 마음으로 기원한다. 육체보다 영혼의 가치가 중요하기에, 그는 영혼의 타락을 막기 위해 통제와 매질을 해 왔

던 진아의 태도를 높이 평가한다. 개개인의 정신적 수양의 가치를 중시하는 이러한 작가의 의도는 이 소설의 후기에 다음과 같이 나타난다.

> 나는 우리의 세계가 救濟되기를 열망하는 사람이지만, 이렇듯이 小心恐怖症에 걸려 있으므로 해서, 이제는 오로지 인간과 인간을 맺는 부드러운 인정미라든가 수치심 따위에 많은 기대를 걸게 된다.
> 나는 모든 사람이 濫用함으로써 휴지쪽처럼 더럽혀지기는 했지만, 그러나 진정한 '사랑'만이 이 세계를 구원하는 유일한 힘이라고 믿고 있다. 그것의 참모습을 여러 가지 狀況 속에서 照明하여 그려내는 것이 내 문학적 임무라고 생각하고 있다.(321면, 강조는 인용자)

수치심, 인정미 등은 개인의 윤리적 소양이다. 구혜영은 사회의 문제를 다루면서 사회의 제도, 권력자에게 그들의 과실을 묻지 않는다. 그 대신 개개인의 자기수양을 촉구한다. 구혜영이 강조하는 사랑은 결국 자기 수양의 최대치에 해당한다. 그녀는 이러한 사랑을 소설에서 구현하여, 현실을 정화하려는 것이다. 그녀의 눈에 비친 동시대의 문제는 현대인들이 자기 수양을 하지 않는다는 것이다. 1970년대 현대인들은 생활과 윤리가 따로 놀고 있다. 자기수양이 되지 않은 현대인들은 풍요롭고 세련된 외면적 모습과는 달리, 실제적으로는 속물적인 자기욕망의 탐닉에 골몰한다. 『진아의 戀人』에 등장하는 진아의 언니, 정연과 화선이 그 대표적 인물들이다.

그들의 삶은 진아의 삶과 이질적이다. 큰 언니 정연은 대실업가의 아내이고, 작은언니 박화선은 대중의 선망을 받는 아나운서이다. 전자의 삶은 경제적으로 남부러울 것 없이 윤택하지만 정서적으로 메말라 있으며, 부부는 친밀함을 잃어간다. 큰언니 정연은 영문학을 전공했으며, 사업가 유석진의 아내이다. 두 사람은 대학에서 만나 연애하고 결혼했으나, 성공가도를 위해 달려온 남편은 아내와 관계가 벌어지기 시작한다. 사업이 번창하여 서울에서 화려한 개인주택에 거주하며 다양한 종의 개들을 수집하는 등 호화로운 생활을 영위하게 되었으나, 정서적으로는 피폐해졌다. 남편은 그 자리에 오르기 위해 갖은 술수를 써 왔으며, 그 과정에서 다른 여자들과 관계하면서 매독에 감염되었다. 정연은 불임의 원인이 자신이 아니라, 매독균 치료를 위해 독한 약을 복용해 왔던 남편에게 있음을 알고 두 사람의 관계는 더욱 소원해진다.

후자의 삶은 성공 가도를 위해 가정과 가족을 뒤로 한 나머지, 부부간 애정은 식어가고 이혼할 지경에 이른다. 화선은 방송국의 아나운서이고 남편 홍승표는 저널리스트이다. 두 사람 역시 사랑해서 결혼했으나, 중년에 접어들면서 불화의 골이 깊어진다. 작은언니 화선은 방송국에서 자신의 입지를 다지기 위해 피임약을 상용해 왔으며, 아이가 들어서자 유산시켜 버렸다. 남편 홍승표는 삭막한 아파트에서 바깥으로만 겉도는 아내에 대한 불신이 쌓였으며, 온정이 깃든 가정을 갈망한다. 두 가정의 공통점은 아이가 없다는 것이다. 그 결과 그들은 모성을 경험할 수 없었으며, 이러한 사실은 궁극에 이르러 가정의 균열을 초래한다.

정연은 남편을 떠나 혼자 아파트에 거주하며, 부쩍 동생의 남편 승표와 가까워진다. 남편에 대한 애정이 식은 정연과 아내에 대한 불만이 고조된 승표, 두 사람은 서로에 대한 애정이 싹튼다. 작품 말미에 이르러 정연은 남편이 경영하는 공장의 화재사건으로 말미암아 남편에 대한 연민을 되찾는다. 노사분규 끝에 노동자가 공장에 불을 질렀으며, 그 결과 공장은 잿더미가 된다. 정연은 잿더미가 된 공장으로 찾아가 상실감으로 폐허가 된 남편의 상처를 어루만져 준다. 반면 화선은 방송국에서 다른 남자를 만나는가 하면, 남편과 화합할 수 없는 지경에 이른다.

정연과 화선의 문제점은 이들이 윤리와 생활이 이원화된 삶을 살아간다는 데 있다. 정연의 경우 몸과 생활방식은 기업가를 비롯한 가진 자의 측에 있으면서 마음으로만 노조에 동조한다. 화선은 소위 여성운동에 앞장서고 있으나, 실제 생활에서는 물질 위주의 삶을 지향했다. 이들의 정신적 공허와 황폐화는 그들의 몸과 마음이 분리된 데서 기인한다. 구혜영은 건강한 삶은 생활과 윤리가 일치되는 데 있음을 보여주려 했다. 부단한 자기 수양을 통해 생활이 윤리로부터 멀어지지 않도록 하는 것, 이것이 사랑의 최대치라는 것이다.

구혜영은 『진아엄마에게』(창원사, 1975)를 발간하면서 일련의 상담이 궁극적으로 "우리가 몸담고 있는 시대와 사회가 요구하는 가장 보편적이고 온건한 시민적인 양식(良識)"[103]에 대한 탐색에 있음을 지적한 바 있다. 다음 인용문에서 드러나듯, 그녀는 인습에 갇힌 인간성의 해방과 동시에 사회 질서의 유지를 위해 소설가의 길을 걸었던 것이다.

> 그러나 나의 카운슬링의 기본 정신은 온갖 인간적인 질곡(桎梏)에 갇힌 폐쇄된 인간성의 해방이라는 점에 있었다는 것을 솔직히 밝히고 싶습니다.
> 나는 어떤 형태로든 하나의 영혼이 질식을 호소하는 상태에 인간을 방치해서는 안 된다는 신념을 가지고 있습니다. 그러면서도 우리는 인간 사회의 질서를 무시할 권리가 없습니다.
> 나에게는 자유롭고자 갈망하는 인간성과 사회적인 제약을 어떻게 조화시키느냐하는 문제가 항상 큰 과제입니다.(310면, 강조는 인용자)

구혜영은 1970년대 소설에서 여대생을 중심으로 시민으로서 여성의 소양을 제시했다. 그것은 여성성의 완성과 실현이 아니라, 그 시대가 요구하는 건전한 시민의 육성이다. 그녀는 그의 소설에서 숭고한 사랑을 완성하고 건강한 생활인을 육성함으로써, 생활과 윤리의 일치를 실현하려 했다. 도심을 배경으로 출현한 제 정신병리현상이 생활과 윤리의 이원화에서 초래되었음을 상기해 볼 때, 1970년대 사회에서 구혜영은 건강한 시민 양성을 소설의 화두로 삼고 있었음을 알 수 있다. 여성주의적 관점에서 볼 때, 구혜영의 여성 윤리는 동시대 사회가 요구하는 여성성이었음은 이론의 여지가 없다.

3. 청춘소설의 공과

구혜영은 1955년 『사상계』를 통해 문단에 데뷔한 이래 1970년대 전후로 다수의 장편소설을 창작한다. 당시 장편소설은 여중 고교생을 주인공으로 삼은 학원소설과 여대생(대학생)을 주인공으로 삼은 청춘소설로 나눌 수 있다. 이 장에서는 구혜영의 1970년대 청춘소설을 대상으로 여대생의 성(性)과 사랑의 윤리에 대해 살펴보았다. 1970년대 구혜영의 저작 중 특기할 만한 것으로 『진아의 편지』(창원사, 1974)를 꼽을 수 있다. 엄마와 딸(들)의 편지를 모은 서간문이지만, 이 작품은 서사적 추이를 유지하고 있다는 점에서 창작집의 형태를 유지하고 있을 뿐 아니라, 성교육 지침서의 내용을 담고 있다는 점에서 주목을 요한다.

구혜영은 『진아의 편지』에서 여대생들에게 키스, 애무, 성관계를 비롯한 다양한 형태의 성교육을 선보였다. 그녀는 당시 여대생들에게 성(性)에 대해 수동적인 입장을 취하지 말고, 주체적으로 대응하기를 권고한다. 그렇다고 해서, 육체적 욕망의 실현에 주도적이어야 한다는 것은 아니다. 구혜영은 여성의 성적(性的) 입장에 대해, 여성 스스로가 주도적으로 인식하고 있어야 함을 강조한다. 그것은 두 가지로 제시되는데, 그 하나는 성관계가 생명의 탄생과 직결된다는 점이며 다른 하나는 성관계가 결혼이라는 사회적 합의 아래 신성함을 유지해야 한다는 점이다.

이것은 구혜영이 20대 여성들에게 요구하는 성(性)윤리 이면서, 궁극에는 민주 시민이 갖추어야 할 자질이다. 그녀는 1970년대 민주주의 사회에서 여성이라는 이름의 시민이 갖추어야 할 윤리적 요소를 제시했다. '시민'이 국가에 대한 주권자임을 자각하고 주권자로서 행동하고 책임을 지는 사람을 가리키듯, '여성'이라는 시민은 성(性)관계에 있어서도 자신이 주권자임을 자각하고 자신의 행동에 책임져야 함을 강조하고 있다. 이 때 책임은 새 생명에 대한 엄마로서의 자각, 결혼이라는 입사식에 따른 사회 구성원으로서의 역할을 의미한다. 구혜영이 여대생들에게 제시한 성(性)윤리는 1970년대 일련의 청춘소설에서, 시민으로서 다양한 형태의 여성의 자질로 구현되었다.

그것은 크게 다음과 같이 세 가지로 나눌 수 있다. 첫째, 숭고한 사랑의 완성을 위해 각고의 노력을 다해야 한다. 여성의 삶에 있어서 중요한 문제는 사랑인데, 이때 사랑은 섹슈얼리티를 비롯한 여성성의 실현이 아니라 상대를 위해 끊임없이 자기를 희생할 수 있는 숭고함의 실현이다. 둘째, 건강한 생활인으로 거듭나야 한다. 풍요에 넘치는 삶보다 부족해서 노력해야 하는 삶에 가치를 둔다. 비록 결핍과 부재의 상황에 처할지라도, 건강하게 활동하며 생활할 수 있는 삶에 갈채를 보낸다. 셋째, '윤리와 생활의 이원화'를 경계해야 한다. 마음속으로는 윤리를 지지하지만, 실생활에서는 탐욕의 실현에 골몰하는 현대인의 모습을 비판한다. '윤리와 생활의 이원화'는 도시의 정신병리 환자를 양산할 수 있으며, 건강한 시민으로 건재하기 위해서는 윤리와 생활이 일치되어야 함을 강조한다.

제6장

1980년대 여성소설과 여성성 탐구

1. 에로티시즘에 대한 이해

1980년대 중반 이후 여성해방문학이라는 용어가 처음으로 대두되었으며, 이후부터 여성주의의 관점을 견지한 여성소설들이 쏟아져 나온다.[104] 『여성』(여성사연구회, 1985), 『한국 여성학』(한국여성학회, 1985), 『또 하나의 문화』(청하(무크지), 1985), 『여성운동과 문학』(실천문학사, 1988) 등이 출간되고 여성문제 연구가 이루어지기 시작했다.[105] 여성주의가 부각되지 않았던 1980년대 초반, 중견 여성작가의 여성소설에 나타난 여성의식의 수준은 어떠한가.

1987년은 6월 항쟁, 7·8월 노동자대투쟁이 일어나는 등 권위주의 독재체제를 청산하고 점진적인 민주화의 과정으로 들어선 시기로 평가되고 있는 만큼,[106] 1980년대 전반기와 후반기 간 한국사회의 문화는 큰 차이를 보인다.

구혜영(1931~2006)이 여성문제를 다룬 대중소설은 1980년대 전반에 발표되었으며 이는 1980년대 전반 한국사회와 문화의 특성을 대변한다. 이 장에서는 여성의식이 발흥되기 이전, 중견 여성작가 구혜영이 여성의 욕망을 어떻게 인지하고 있는지 살펴보려한다. 구혜영은 여성의 성적 욕망을 면밀히 탐구한 장편『불뱀의 집』(자유문학사, 1980)을 출간했다. 이 작품의 독특한 점은 여성의 성적 쾌감을 면밀히 탐구하고 있다는 것이다. 고3 여고생이 겁탈을 경험하면서 성적 쾌감에 눈을 뜨고, 그로 인해 삶이 파국에 이르는 과정을 보여준다. 이어서『유라의 밀실』(1982)을 출간하여젊은 여성의 사랑에 대한 태도를 조명하고 있다.

구혜영은『불뱀의 집』에서 에로티시즘의 주체로서 여성의 심리와 행위를 탐구했다. 바타이유에 의하면 인간의 성행위는 그것이 동물적이지 않을 때 그리고 단순한 초보단계를 벗어날 수있을 때 에로틱한 것이 될 수 있다. 인간은 노동을 하게 되면서,죽음을 의식하게 되면서, 부끄럼 없이 행하던 성행위를 부끄럽게여기게 되면서 동물성을 벗어난다.[107] 에로티시즘은 결혼과 같은합법적 관습 밖의 비합법적 성행위에서 발전했으며,[108] 성행위는일련의 합리적인 의도나 관습 또는 소유욕에 종속되지 않은 채 그 자체로 완벽한 것일 수 있다.[109] 에로티시즘이 지닌 원초적 생명력은 전쟁과 신분사회가 고착되면서 특권화되기 시작했으며, 특정 개인과 집단 제도에 종속되었다.[110] 구혜영의 1980년대 초반 소설은 특정 집단과 제도에 종속된 에로티시즘의 실재를 잘 보여주고 있다.

이 장에서는 구혜영의 1980년대 초반 소설을 통해 여성해방문학이 발흥되기 이전, 에로티시즘이 어떻게 이해되고 있었는지 살펴보려 한다. 여성의 섹슈얼리티는 여성의 몸 / 욕망에 대한 주류사회의 불안감이 투영된 문화적 기호였으며, 가부장의 통제와 감시를 추동하는 은유이자 상징으로 작동하였다.[111] 구혜영의 1980년대 초반 소설도 예외가 아니다. 작가는 여성의 에로티시즘을 작품의 화두로 삼고 있지만, 그것은 이미 이데올로기와 자본에 종속되어 있다. 이 장에서는 구혜영의 1980년대 초반 소설을 통해 원초적 생명력이라 할 수 있는 에로티시즘이 어떠한 방식으로 동시대 이데올로기에 종속되는가에 대한 과정을 탐구하려 한다. 작가는 어떠한 상황을 통해 여성의 에로티시즘을 호명하고 있는가, 어떠한 조건의 여성을 주인공으로 삼아 동시대 에로티시즘을 가치평가하고 있는가, 에로티시즘에 대한 일련의 입장은 동시대 독자대중의 인식에 어떠한 영향을 미치고 있는가를 살펴보려 한다.

구혜영은 1970년대 이후 주로 여학생소설을 창작하여 청소년들의 성장서사를 선보였을 뿐만 아니라 1970년대 여대생의 성(性)과 사랑에 주목하여 시민으로 여성 윤리를 소설을 통해 구현해 보였다. 이른바 구혜영의 학원소설, 여고생을 대상으로 한 작품과 여대생을 대상으로 한 작품은 영화와 드라마로 상영되어 대중의 사랑을 받았다. 구혜영은 1980년대에 이르면 여성소설을 창작하는데 일련의 소설에서도 여성 시민의 윤리를 구현해 낸다. 특히 1980년에 이르면『불뱀의 집』을 통해 여성의 에로티시즘을 집중적으로 탐구하면서, 동시대 여성의 윤리를 구현해 내는 데 일조한다.

이 장에서는『불뱀의 집』을 중심으로 구혜영이 구현해 낸 에로티시즘의 실체를 분석하고, 구혜영의 여성의식이 이루어낸 공과를 살펴보려 한다. 아울러 이어서 출간된『유라의 밀실』을 통해 구혜영이 추구하는 여성의 부덕(不德)과 미덕(美德)의 의의를 살펴보려 한다. 일련의 논의는 구혜영의 1980년대 여성소설의 특징을 알 수 있는 계기가 될 뿐 아니라 1980년대 중반 여성주의가 발흥하기 이전 여성의식의 현주소를 확인할 수 있다.

2. 눈먼 에로티시즘과 여성의 부덕(不德)

1) 에로티시즘의 양가성 – 쾌감과 죄의식

구혜영은 『불뱀의 집』(자유문학사, 1980)에서 '초열(初悅)'이라는 여성을 통해 영혼의 통제를 벗어난 육체의 환락이 빚어내는 갖가지 고난을 보여준다. 초열이는 서울로부터 멀리 떨어진 소도시 성천에 살고 있다. 부모 없이 할머니 슬하에서 자랐으며, 소도시에서 하숙하며 고등학교를 다닌다. 여주인공의 이름에서 짐작할 수 있듯이, 작가는 성적 열락에 처음 빠진 여성의 전모를 탐색하고 있다. 작중 초열이는 고3이지만 육감적으로 묘사되었다. "같은 여자끼리 보더라도 아주 야릇하게 매력있는" "결 고운 가무잡잡하게 빛나는 차가운 살갗, 오똑하니 상큼한 콧날. 옆으로 길게 찢어진 촉촉한 눈, 거머리같이 유연한 입술"을 가졌으며 "한번 키스라도 나눈 남자라면 절대" "떨어지지 못할 것만 같다."[112] 하숙집 주인의 아들 철규 역시 건설회사 중장비기사로서 건강한 육체노동자로 설정되어 있다. 초열이는 대학생 신지와 서로 좋아하고 있었고, 신지의 부모도 초열이를 아들의 신붓감으로 흡족하게 생각했다.

사건의 발단은 초열이가 호색한[113] 권희근에게 겁탈당하는 데서 시작된다. 신진 화가 권희근(權喜根)은 마을에서 화실을 열었고, 미대 입시생인 초열이는 미설이와 더불어 권희근에게 개인 지도를 받았다. 초열이는 신지의 집에서 즐거운 시간을 보낸 후, 늦은 시간 집을 나섰는데 어둠 속에서 얼굴을 확인할 수 없는 괴한에 의해 겁탈 당한다. 초열이는 두려움과 치욕감으로 필사적으로 순결을 사수했으나 무력하게 당했다. 그런데 점차 시간이 지나갈수록, 초열이는 육체의 열락에 빠져들었다. 괴한에 의해 의지의 자유를 감금당하자, 몸 안에 내재해 있는 육체의 자유가 방기되기 시작했다.

그 신선한 자극은 초열이의 잠자고 있던 초인종의 줄을 조금씩 깨우면서 그녀 안에 잠자던 동굴 밑바닥으로 차츰 급강하하기 시작했다.

갑자기 초열이는 자신의 저 끝없이 멀고 깊은 밑바닥에서 열락(悅樂)의 샘물이 활기차게 요동치는 소리를 들었다.

그러자, 그 소리는 여지껏 밀폐된 초열이의 성곽 안 밀폐된 공간의 구석구석까지 파급되며 메아리쳤다.

동시에 그 샘줄기는 초열이의 쪽 곧은 등골뼈를 분수탑으로 솟구쳐 올라왔다.

그제서야 초열이는 자기가 여태 너무도 어두운 성곽 속에 갇혀 있었음을 느꼈으며, 홀연히 해방의 상쾌감을 갈망하며, 철조망 너머에서 안타깝게 서성이는 자신을 느꼈다.(52면)

작가는 19살의 소녀가 성애(性愛)에 눈뜨면서 여인이 되는 과정을 매우 구체적으로 보여준다. 괴한으로부터의 겁탈은 공포와 수치심만을 일깨운 것이 아니라, 여성으로서 성적 쾌감을 일깨워 주었다. 성감(性感)에 눈을 뜨자, 초열은 소녀가 아니라 여인으로 산전수전을 겪게 된다. 작중에서 주인공 소녀가 성(性)에 눈을 뜨는 방식이 '겁탈'에 의거했다는 것은 주목을 요한다. 작가가 여성으로 하여금 겁탈의 과정에서 쾌락을 자각하는 것으로 그리고 있다는 것은 문제적인 지점이다. 폭력은 위반을 본성으로 삼고 있는 에로티시즘에 애초부터 내재되어 있는 요소라고 할 때,[114] 위반의 폭력성이 여성 자신이 아니라 남성에 의해 촉발되고 있기 때문이다. 이러한 설정은 구혜영의 다음과 같은 여성의식을 엿보게 한다. 에로티시즘을 여성 주체의 결정권으로 보기를 꺼려하고 있으며, 폭력의 형태를 띠고 있음에도 여성이 쾌감을 느낌으로 인해 여성의 도덕성을 문제 삼으려 한다.

작중에서 고3 여고생이 눈뜬 성적 쾌감은 가해 남성의 폭력성을 은폐시킬 수 있을 만큼 나이에 맞지 않는 조숙한 음란성을 자아내고 있다. 이경은 겁탈을 '권력'이 성애화되는 가장 첨예한 방식이라 지적한 바 있다. 남성의 성을 통제하기 어려운 것으로, 여성의 성을 수동적, 무성적으로 규정하는 '상식적' 예단은 권력문제를 은폐함으로써 겁탈이라는 실천을 추인하며 남성에게는 면죄부를, 여성에게는 오염을 덧씌우는 결과를 초래한다. 결과적으로 겁탈은 여성을 사회적으로 소외시키는 동시에 인격의 존엄성에 위해를 가한다.[115] 나아가 작중 주인공 소녀(여학생)의 성애(性愛)에 대한 인식은 겁탈한 남성의 폭력성을 피해 여성의 음란성으로 전이시키는 결과를 초래한다. 작가는 여성 인물의 도덕적 타락과 삶의 파탄을 보여주기 위해 겁탈 모티프를 동원한 것으로 보인다.

구혜영은 여성이 성적 욕망의 주체로서 자신의 여성성을 발견하고 탐구해 나가는 소설을 쓰려 했던 것이 아니다. 오히려 작가는 여성의 성적 욕망을 경계하고 계도하기 위해, 여주인공으로 하여금 겁탈의 과정을 통해 쾌락에는 수치심과 죄의식이 수반됨을 보여주려 했던 것이다. 성애에 눈을 뜬 이후, 초열이의 삶은 나락으로 치닫는다. 그녀는 할머니 집에서 요양하며 고등학교도 마치지 못한다. 친구 미설이가 Q여대 서양화과에 입학한 것과 달리, 대학 진학은 물거품이 되었다. 유신지가 사랑을 고백하기 위해 찾아와도 수치심으로 만나지 못했고, 설상가상으로 아이를 가졌다. 그녀는 세상으로부터 격리된 채 할머니의 과수원집에서 1년을 보낸다. 겁탈이라는 사건은 그녀가 이 사회에 온전한 방식으로 자리 잡을 여지를 앗아갔다.

흥미로운 점은 육체적 열락의 포문이 열린 이후, 여주인공의 성적 욕망이 매우 자세하게 묘사되어 있다는 점이다. 구혜영은 임신한 초열이가 방충망 바깥으로 건강한 남자의 상체를 보며 흥분을 가누지 못하는 모습을 다음과 같이 묘사한다.

어느날 바로 눈앞의 지척에서 웃통을 벗어던진 젊은 노동자가 도랑을 파는지 열심히 삽질을 하고 있는 것이 보였다.

초열이는 물끄러미 그의 등패기를 바라보고 있었다.

구리빛으로 그을린 젊은 노동자의 근육은 질편한 땀으로 흡사 기름을 발라 놓은 것 같았다.

초열이는 미동도 할 수 없었다.

노동자의 벌거벗은 알몸이 아름다웠다.

저 억센 몸밑에 깔리어 학대당하는 자신을 초열이는 문득 상상해 보았다.

그 눈앞에 떠오르는 또하나의 자기는 그 순간 청렬한 한 줄의 아침햇살처럼 그녀의 저주받은 태아가 숨어서 숨 쉬는 틈새로 이리저리 우회하여 초열이의 관능의 촛대가 우두커니 때를 기다리는 자궁의 어둠속으로 환한 빛을 쏘아부었다.

그러나 그 은빛깔의 유연한 촉수(觸手)에 의해 초열이의 관능의 촛대에는 어느새 불이 당겨졌는데 그것이 조금씩 흘리던 촛농은 초열이도 모르는 감쪽같은 사이에 한 마리의 살아서 꿈틀대는 생물로 변신하는 것이었다.(98면, 이하 강조는 인용자)

초열이의 생물은 눈먼 대가리로 초열의 몸속에 깊이 파여있는 공동(空洞)을 찾아 헤치며 마치 가뭄 타는 늪처럼 초열이를 바싹 애타게 목마르게 설쳐대는 것이었다.

초열이는 갈증에 허덕이는 자신의 거칠어지는 숨결에 죽은 듯 귀기울이고 있었다.

그리고는 저 저주받던 능욕의 밤길에서 암흑으로 빚어진 괴한에 의해 짓찢기던 순간의 자기 자신을 아련한 그리움으로 회상하고 있음에 놀라지 않을 수 없었다.

초열이는 문득 자신을 저 아름답게 땀에 젖은 사나이의 억센 육체와 격리시켜 놓은 촘촘한 정방형 방충망을 찢어발기고 싶은 충동을 참고 이겨내려 허덕여야 했다.(99면, 강조는 인용자)

구혜영은 주인공 여성의 성감을 '바다', '동굴', '성곽'으로, 여성의 육체 안에 도사리고 있는 성욕을 '뱀'으로 묘사했다. 일찍이 서정주가 「화사」에서 구현해 놓은 것처럼 여성 안에 잠재해 있는 성적(性的) 욕망을 '은빛깔의 유연한 촉수'를 가진 '한 마리의 살아서 꿈틀대는 생물'로, 욕망이 꿈틀대며 살아 움직이는 여체를 '동굴'과 '늪'으로 묘사했다. 구혜영은 깊이를 알 수 없는 에로티시즘의 세계를 동굴과 늪으로 묘사함으로써 성욕을 자극적이기보다 미문(美文)으로 읽히게 했다. 미문의 수사적 효과로 말미암아, 독자들에게 성애에 집착하는 여성의 노골적인 시선과 심리는 상징적이되 자극적이지 않게 전달된다. 에로티시즘에 대한 미적 묘사는 구혜영이 실제 현실과 예술 작품에서 각각 에로티시즘에 대한 이원화된 시각을 가지고 있음을 보여준다. 에로티시즘은 예술작품을 통해서는 구현될 여지가 있으나, 현실에서는 경계의 대상이었던 것이다.

2) 섹슈얼리티, 상식 밖의 부덕(不德)

이 작품에서 '겁탈 모티프' 못지않게 중요한 설정은 '모성(母性)의 부재'이다. 초열이는 출산을 했음에도 아이를 돌볼 수 없는 처지로 설정되어 있다. 작가는 모성을 제거하는 대신 섹슈얼리티를 극대화시킨다. 구혜영에게 모성과 섹슈얼리티는 양립할 수 없는 대립 항이기 때문이다. 초열이가 출산하자, 할머니는 손녀의 남은 삶을 위해 아기를 다른 곳으로 보냈다. 할머니의 장례식에서 초열이는 신지와 재회했고, 두 사람은 사랑을 재확인하고 결혼을 약속한다. 신지가 떠날 무렵이 되자, 초열이는 정욕을 해소하지 못해 갈급해 하는데 작가는 초열이의 심리를 다음과 같이 묘사한다.

신지의 손이 자기 몸에 와 닿는 것을 그녀는 느꼈다.

그러자 그녀는 조금씩 조금씩 술에 취하는 여자처럼 몸이 달아오르기 시작했다.

그녀는 자기가 몸을 숨겨야 할 바위틈새를 가까스로 발견해 낸 순간 같은 깊은 안도감을 느꼈다.

그녀는 신지의 몸을 감싸고 있는 옷가지가 거추장스러워 견딜 수가 없었다.

그녀는 완강하면서도 미끈한 사나이의 몸에 집요한 거머리처럼 자신을 맞붙이며 걸어가는 시간이 이대로 영원히 계속되기를 바랐다.

부디 자신의 불붙은 몸에서 거추장스러운 옷가지가 활활 불타올라 재가 되어 날아가 버렸으면 하고 그녀는 바랐다.

지금은 오직 사나이 몸속으로 더욱 깊이, 확실하게 숨어들어 일체가 되고 싶은 충동밖에는 느낄 수가 없었다.(140~141면)

욕정에 눈 먼 초열의 내면과 외면이 상세히 묘사되어 있는 반면, 신지는 단순히 순애보를 지키는 인물로 잠깐씩 등장할 뿐이다. 작가는 주인공 여성의 성애(性愛)에 초점을 맞춘 나머지, 남성 주인공 신지에 대한 성격 창조는 제대로 이루어 내지 못했다. 신지는 단지 한 여자를 사랑하는 온화한 성품의 소유자로 그려져 있을 뿐, 여성 주인공의 문제를 인지하고 함께 해결할 수 있는 적극적인 모습은 찾아볼 수 없다. 할리우드 영화에서는 여성 인물이 몸을 관객에게 볼거리로 제공함으로써 시각적 쾌락을 준다면, 남성 인물은 내러티브를 전개하고 발전시킨다.[116] 이에 비해 이 작품은 여성의 욕정은 독자들에게 감각적인 읽을거리로 제시되어 있는 데 비해 서사를 진행하고 발전시킬 수 있는 남성의 성격은 제대로 창조되지 못했다.

그 결과 작중에서 여성 주인공의 성애는 일탈의 성격이 가중되어 상식을 벗어난 여성의 부덕(不德)으로 극대화되었다. 작가는 초열이가 "자기 자신의 저 밑바닥 뿌리로부터 전달되는 기갈과 허기를 견딜 수 없"(144면)어 하며 "사랑의 밀어"보다 "알몸뚱이의 실패하고도 현실적인 침입을 바라고 있"(145면)는 것으로, "막강한 힘에 의해 그녀의 터무니없이 커지는 공동이 채워지고 유린당할 때 짓밟힌 그의 발밑에서 신음함으로써 그녀의 공동은 비로소 한 치의 영유도 없는 충일로 가득 차 넘"(145면)칠 것으로 묘사했다. 초열이의 육체가 직면한 열패감은 다음과 같이 묘사되어 있다.

> 몸뚱이 중앙부에 펑 뚫린 동굴로부터 허망한 바람이 불어치자 그녀의 밀폐된 작은 밀실에서 불붙기 시작한 불은 점점 기승을 떨치기 시작했다.
> 신지가 불지른 불길
> 그의 부드럽고 억센 손끝에서 옮아 붙은 불길은, 초열이의 동굴, 천년 밖에서 불어오는 풋풋한 원시의 바람을 들이켜 펄럭이는 불의 혓바닥이 되어 그녀의 온몸을 간질이며 핥는다.
> 초열이는 불붙은 뱀장어였다.
> 그녀는 온 몸을 태우는 불길을 끄려고 몸을 꿈틀거려 뒤챘다.(146면)

성욕에 들뜬 초열이는 한 마리 동물로 묘사되어 있으며, 모든 문제는 초열이 개인의 부덕으로 그려진다. 신지가 떠나자, 초열이의 육체는 철규에게 반응한다. 그녀 스스로 통제할 수 없는 육체적 욕망에 빠져 철규와 육체적 환락을 나눈다. 작가는 철규의 건강한 육체도 초열이의 탐욕의 불꽃을 잠재우는 데는 역부족인 것으로 묘사한다. "강철도 무색한" "억센 힘 밑에 깔려서 애처롭게 짓눌려 학대당한 약한 여자는 치열한 남녀의 싸움을 끌면 끌수록 점점 더 탐욕스레 싱싱히 피어나는 마의 연꽃"이 되었다.(163면) 초열이는 자신의 의지로 통제할 수 없었던 욕정(欲情)을 탄식한다. 그녀는 오로지 한 사람만을 사랑하고 있음에도, 욕정은 수시로 건강한 남성의 육체에 반응하며 영혼의 통제를 벗어났다. 철규는 강압적으로 초열이를 과수원 집으로 데려 왔다. 초열이는 맥주에 약을 타서 자살을 기도했으나, 무심코 철규가 갈증을 달래기 위해 맥주를 들이킨다. 절망의 나락에서 초열이는 고향사람을 만나 서울로 온다.

구혜영은 여주인공의 성적 욕구 묘사에 집중한 나머지, 작품 후반부 사건은 개연성보다 우연성에 의거해 빠르게 종결해 버린다. 초열이는 살롱에서 일하다가 영화감독에게 발탁되고, 영화「불뱀의 집」의 주연 여배우가 되어 신문지상에 그녀의 존재가 알려진다. 영화배우 민초열의 육체에 반응하는 대중의 시선은 섹슈얼리티에 반응하는 동시대 사회의 시선을 대변한다.[117] 작가는 영혼의 통제를 벗어난 여성의 섹슈얼리티는 전시성을 띠고 소비됨을 보여주었다. 구혜영에게 '섹슈얼리티'는 여성의 품성과 배리되는 부덕(不德)이다. 권희근은 신문지상에서 민초열의 존재를 확인하고 초열이를 찾아와 다음과 같이 비난했다. "이 멀쩡한 여자야. 인간은 정신과 육체로 되어 있지만, 너의 영혼은 자주 육체에서 밀려나가 탈이야. 너는 육체의 열기가 나 모양으로 너무 기승스럽다. 그래서 너도 상식 속에서는 살 수 없어. 너도 나 모양으로 상식에서 추방당한 유적인 인간이야."(361면) 구혜영에게 있어서 성욕을 발산하거나 자극하는 여성성은 상식에서 벗어난 타락과 부도덕의 표적이 되었다.

무분별하게 분출하는 여성의 섹슈얼리티는 여성 자신의 삶을 위해서도 통제되어야 하는 것이지만, 공동체 질서의 유지를 위해서도 절제되어야 했다. 서두에 언급한 바와 같이, 작가가 초열이의 모성(母性)에 주목하지 않은 것은 모성(motherhood)이 섹슈얼리티와 배리되기 때문이다. 앤소니 기든스는 모성으로부터 섹슈얼리티의 격리는 사회적 억압의 결과로서 다음과 같은 두 가지 요소와 연관된다고 보았다. 첫째 여성의 성적 감응성을 제한하거나 거부하는 것, 둘째 남성의 섹슈얼리티를 일반적으로 아무런 문제가 없는 것으로 수용하는 것, 양자는 종국에 순수한 여성과 순수하지 못한 여성을 나누는 이분법적 제도의 틀로 자리 잡게 되었다.[118] 구혜영은 여성의 성품으로는 모성(母性)을, 그 대립 항에 섹슈얼리티를 배치하고 상식 밖의 부덕으로서 경계의 대상임을 경고하고 싶었던 것이다.

3) 에로티시즘으로부터 사랑의 분리

구혜영은 육체적 욕망을 전면적으로 부정한 것은 아니다. 이성과 자아의 통제 안에 있는 육욕은 인정하나, 이성과 자아의 통제를 벗어난 육욕은 경계한다. 이때 이성과 자아는 여성으로 하여금 '지아비'의 품에서 '모성'을 실현하도록 권면한다. 구혜영의 소설에서 이성과 자아는 가부장제 이데올로기에 종속되어 있으므로, 여성의 성적 자기 결정권은 부재한다. 그 결과 작중 여주인공은 온전한 처녀 시절 없이 기구한 여인의 삶으로 접어든, 상식 밖의 여성이 되고 말았다. 구혜영은 성적 쾌락을 탐한 여성이 아내가 되고 어머니가 되는 것을 용납하지 않았다. 작중에서 초열이의 운명을 다음과 같이 설명하고 단죄한다.

햇볕 부서지는 은사(銀沙)를 딛고 맨발로 서 있는 그녀는 넓은 천지 속에서 오로지 하나뿐인 자신의 남자 앞에 서 있었다.

그녀는 외롭고 외로운 자신의 실존과 손을 맞잡을 또 하나의 실존과 마주 서 있었다.

그러나 그녀를 숱하게도 많은 제약의 낙원으로부터 꾀어서 끌어낸 한 마리의 꽃뱀이 그녀의 가느다란 허리에 벨트처럼 감겨 있었다.

그거야말로 그녀의 축복이자, 저주이며, 제아무리 발버둥쳐도 벗어 던질 수 없는 업보의 굴레였다.

그것의 요사한 기운에 의해 초열은 여자가 되었으며, 여자 가운데서도 특히 나긋나긋한 암내 풍기는 매력 있는 여자가 되어, 의식적으로, 무의식적으로 뭇 사내의 시선을 끌고 모아 자신의 아름다움을 꽃피우는 밑거름을 삼는 것이다.

가령 그 힘이 조금만 덜 기승했더라면 초열은 제 맘에 흡족한 지아비만을 홀리고 녹이고 꾀어내 마침내 탈 없이 오롯한 현모양처가 될 수도 있었을 것을.

그녀는 지아비의 흡족한 사랑 속에서 몇 번이고 망울져 꽃피우고 열매 맺는 풍요의 모성으로 떠받들어졌으리라.

하지만 초열이가 품은 그 꽃뱀의 기운은 너무도 드세었다.

그녀의 청조한 이성(理性)이나 깔끔한 자아(自我)마저 얼마나 번번이 그녀 자신의 갈증난 춘정(春情) 밑에 깔려 짓밟히며 농락당했던가.

누가 있어 그녀 안에 이렇듯한 갈증의 배암을 놓아기르게 하였는가.

초열이도 모르게, 그녀 속에 기어들어 집을 삼아 또아리를 틀고 앉아 기승을 떠는 뱀이다.

겁화(劫火) 속을 살아남아 오늘에 이른 뱀이다.

눈먼 불길이다. 불뱀이다.(367~368면)

작가는 육체적 욕망에 눈 뜬 여성의 내면을 디테일하게 묘사함으로써 독자의 이목을 집중시켰으며, 작중 틈틈이 독자들을 계도했다. "제 맘에 흡족한 지아비만을 홀리고 녹이고 꾀어내 마침내 탈 없이 오롯한 현모양처가 될 수도 있었을" 것이란 대목에서 드러나듯, 구혜영에게 있어서 여성의 성(性)은 오로지 한 남자에게만 용인되는 생식과 번식의 도구이므로 욕망하는 여성의 성은 음란한 것이며 여성의 삶을 불온하고 불행하게 만든다. 작가는 '여성'이 '아내'와 '어머니'라는 관계의 장에서만 성적 정체성을 수립해야 함을 각인시켰다.

구혜영은 여성의 성적 본능을 자궁 중심으로 이해했던 것이다. '자궁'은 여성이 주체로서 자기 인식을 형성해가는 중요한 근거이다. 자아의 정체성과 외부 세계가 만나는 접점으로서 여성의 자기영토화를 상징한다.[119] 여성성을 모성과 동일시했던 오랜 경향 속에서 여성의 몸은 '신성화(神聖化)'라는 외피 아래 재생산을 위한 자궁으로 환원되어 기계적으로 이해되었고, 모성에서 벗어나는 여성의 몸과 욕망은 끝없이 욕망만을 좇는 창녀로 극단화되어 추방되었다.[120] 구혜영은 모성이 부재한 초열이를 상식 밖의 여성으로 몰고 갔으며, 다른 사람들의 볼거리로 전락시켰다. 초열이는 여인의 길로 접어들었으되, 남자들에 의해 자신의 삶이 결정되고 뭇 사람의 시선 속에서 상품으로 전락한다.

작가는 작품 말미에 초열이를 영화배우로 만듦으로서 '영혼의 통제를 벗어난 육체의 환락'은 대중에게 소비되고 휘발됨을 보여준다. "군중의 심리— 멋지고 섹시한 여자를 애인으로 삼아보고 싶다는 욕망을 자극하고 촉발하여 큰 파도로 부풀게 하"기(341면) 위해, 영화사는 민초열에게 투자하고 상품의 이윤을 극대화하려 한다. 작가는 여성에게 있어서 섹슈얼리티는 자기 삶의 주도성을 앗아가며, 종국에는 여성을 대중의 광대로 전락시킬 수 있음을 보여주었다. 작품 말미에 이르면 초열이는 신지와 결혼식을 앞두고 설레는 마음으로 영화를 찍지만, 죽은 줄 알았던 철규가 초열이의 아이를 데리고 나타나면서 소설은 종결된다. 구혜영은 독자들에게 초열이가 한 남자의 아내로서 가정을 이루어 살기 어려움을 암시한다. 작품 후기에서 에로티시즘에 대한 자신의 입장을 다음과 같이 밝힌다.

> 인류의 역사가 시작된 이래, 아니 오히려 그 이전부터 이 세상 삼라만상을 創出케한 億劫을 이어온 생명력의 震源이기도 한 그 불의 기운.
> 그러나 그 아름다운 意志의 힘도 한 인간(특히 신비한 女體)속에 偏在할 때 그 過剩 에네르기는 社會倫理的 측면과 모질게 상충한다.
> 인간의 原初的 性衝動이 現社會에서 빚는 갖가지 알력을 描出해 보았다.(388면)

구혜영은 에로티시즘을 생명력의 원천이자 불의 기운으로 찬탄하고, 성적 에너지에 의해 역사의 존속과 삼라만상이 창출되었음을 인정한다. 그러나 그것은 종족 유지와 번식을 위한 생식(生殖)의 성(性)일 뿐, 에로티시즘 자체의 영역이 아니다. 구혜영은 이성의 통제를 받지 않는 '원초적 성충동'은 사회 윤리와 모질게 상충함을 경계한다. 특히 '신비한 여체(女體)'의 과잉된 성충동은 사회 질서를 위협한다. 성(性)은 아름다울 수 있으나, 이성적으로 인도되어야 한다고 보았다. 그것은 시민 윤리와 상통한다. 구혜영에게 여성의 성적 욕망은 사회 윤리를 수호하는 범위 안에서만 유효한 것이었다. 이 작품에서 구혜영은 에로티시즘의 독자성과 자족성을 탐색한 것이 아니라 에로티시즘이 사회질서에 균열을 가하지 않아야 함을 계도하려 했다. 작중 여주인공은 성에 대한 자기 결정권을 갖지 못했으며, 이는 당연히 주체적이고 성숙한 자아 인식의 걸림돌이 되었다.

구혜영이 1980년에 제시한 성(性)윤리는 1960년대 단편소설에서 보여준 것을 반복 재생하고 있다. 구혜영의 「은빛깔의 작은 새」(『사상계』, 1968.6)에서 표제어 '은빛깔의 작은 새'는 여주인공 정요(靜瑤)의 은밀한 정욕(情慾)을 구체적이면서도 상징적인 소재로 비유한 것이다. 작가는 정욕을 염두에 두고 여자 주인공의 이름을 '정요'라 명명한 것으로 보인다. 정요의 남편은 집 밖에서 여러 여자와 육체적 관계를 가진다. 그는 사랑하지 않지만, 여러 여자들과 관계하면서 자유분방한 성생활을 영위한다. 아내는 남편의 방탕한 성관계에 대해 불만을 토로하지만, 남편은 개의치 않는다. 아내 역시 남편과 마찬가지로 자신의 정욕을 다른 남자에게 표출해 보지만, 종국에는 그것을 여성 스스로 '눈먼 정욕'으로 치부한다. 여주인공은 '사랑'이라는 이름으로, 자신의 성욕을 도덕적으로 재단(裁斷)한다. 그 결과 에로티시즘은 눈먼 정욕이자 사랑의 걸림돌로 치부된다.

'내가 사랑하는 건 남편만으로 족해.'

정요는 속으로 중얼거렸다. 이제 다시는 누구에게도 그의 자유를 인정하는 고역을 치르기란 질색이었다.

그리고 지금에 와서야 정요는, 자신의 몸속에 도사리고 있는 그 은

빛깔의 새에겐 눈이 없다는 걸 깨달았던 것이다.

예지(叡智)의 광휘(光輝)없이 열락만 충동적으로 욕구하고 나대는 눈먼 조그만 은빛깔의 작은 새.

지금 정요의 몸속에는 그 은빛깔의 작은 새가 만열(滿悅)이 몸을 누이고 평화롭게 잠들어 있다.

그제서야 정요는 웅숭깊은 황금색의 여운을 길게 뻗히는 사랑의 실재를 눈여겨 볼 수가 있었던 것이다.[121]

구혜영은 에로티시즘을 그 자체만으로 수용하지 않고 이성의 통제 아래에서만 인정한다. 예지(叡智) 없는 충동과 욕구는 제멋대로 나대는 동물과 다를 바 없다는 것이다. 성적 본능은 성적 충동으로 감시와 절제의 대상이 되었다. 구혜영은 창작 초기 단계에서부터 시종여일 에로티시즘은 사물을 꿰뚫어보는 지혜안에서만 머무르고 작동해야 함을 보여주었으며, 이를 위해 '정욕(情慾)'과 '사랑'을 구분한다. '정욕'은 열락만 충동적으로 욕망하는 반면, '사랑'은 자기를 희생할 수 있는 것이다. 비록 남편이 다른 여자와 관계하더라도 "내가 사랑하는 건 남편만으로 족"하다고 생각하는 것, 구혜영은 그것을 사랑의 힘으로 보았다. 그러나 엄밀한 의미에서 그것은 자기희생이다. 이성의 통제는 개인의 욕망을 억제하고 기꺼이 자신을 희생할 것을 강요한다. 구혜영은 여성의 최대 미덕을 '희생'으로 보았던 것이다.

3. 순정(純情)과 자기희생

구혜영은 『유라의 密室』(행림출판, 1982)에서 『불뱀의 집』(자유문학사, 1980)과 다른 방식으로 여성의 미덕을 구현해 보였다. 작중 여주인공 유라는 가족과 사랑하는 남자를 위해 자신의 사랑을 희생한다. 유라는 에로티시즘과는 거리가 먼 인물이다. 남편을 비롯한 주변 사람들이 성적으로 방종하더라도, 그녀 자신은 고고한 지성을 지켜 나간다. 자신만의 밀실에서 사랑하는 남자의 모습을 화폭에 담으며, 정신적 사랑을 지켜 나간다. 구혜영은 에로티시즘을 경계하고 그 자리에 순정(純情)을 대체해 놓았다. 순정이라는 꾸밈없는 순수한 애정의 실체는 자기희생이다. 여주인공 유라는 강준표를 사랑하지만, 사촌 언니와 가족들을 위해 자기를 희생한다.

지갑성 회장은 동경 유학 시절, 2차 세계대전 막바지에 만주 학병으로 끌려갔다. 그는 일군(日軍)으로부터 탈주에 성공했으나, 중국 유격대에 붙잡히고 말았다. 일본군 첩자로 몰려 죽기 직전, 부대 내에 있던 한국인 독립투사 강학지가 구해 주었다. 강학지는 소년 시절부터 만주 간도에서 지내 온 독립투사이자 애국자였다. "그의 열정이 순수하고 정직"한 만큼, "불의나 농간 앞에서는 타협이나 양보"를 몰랐다.(29면) 그는 "정적(政敵)에 의한 음모극(陰謀劇)에 말려들어 아까운 나이로 원통하게 암살"당했는데,(32면)

그의 아들이 강준표이다. 당시 지갑성과 강학지는 훗날 자녀들을 혼인시키자는 언약을 맺었다. 지갑성 회장은 이지장학회를 주관하며 사업에 성공한 돈으로 뜻은 있으나 경제력 없는 젊은 학생들을 공부시켜 왔다. 그는 "자신의 높은 이념을 관철시키려다가 패배한 숱한 강 학지(일제 시대 독립운동가─인용자)의 아들 딸들"(30면)을 후원했다.

강준표는 이지장학회의 장학금으로 경제학과를 졸업하고 철학과로 전공을 바꾸어 대학원을 수료했다. 그는 일명 '도서관 귀신'으로 시골에서 올라온 수재이다. 그는 삶의 목표를 "학문을 통한 진리탐구"에[122] 두었다. 구혜영은 젊은 세대의 모범적 인물로 강준표의 성격을 창조했다. 그는 경제적으로 어려운 환경에서 학업에만 전념했으나, "장래의 가정생활이라는 것에 기대와 포부"를 가지고 있었으며 "결혼 상대만은 제 스스로 선택"(45면)하려 했다. 준표는 "구걸 근성"이나 "욕정의 발로"가 아니라, 자신이 주체가 되어 배우자를 선택하고 가정을 일구려 했다. 준표는 지회장 저택이 있는 북한산을 등반하면서 그 집에서 나오는 여대생을 눈여겨보았다. 갑자기 비가 쏟아지자, 준표는 여자를 불러 자신의 텐트에서 비를 피하게 했다.

쏟아지는 비를 배경으로 텐트 안의 두 사람은 상대에 대한 애정이 싹텄다. 그 여자는 지회장의 조카딸 유라이며, 지회장의 딸은 여희였다. 북한산 등반길은 남녀주인공의 첫 만남일 뿐 아니라, 마지막 만남이기도 하다. 등반길에 함께 했던 짧은 만남이 두 사람의 유일한 연애이다. 준표는 유라를 지회장의 딸로 생각하고 지회장의 결혼제의를 수락한다. 구혜영의 소설에서 청춘남녀의 연애기간은 매우 짧거나 거의 없다. 그들에게 운명적인 첫 만남만이 제도와 규범의 시선에 휘둘리지 않는 유일한 연애의 시간이다. 이는 그들이 동시대 제도와 관습으로부터 자유롭지 않으며, 이들이 구가할 수 있는 자유가 기실 공동체 질서의 유지와 기여라는 범주 안에서만 가능함을 시사한다.

준표는 지회장의 집에 가서야 결혼 상대가 유라가 아니라 여희임을 알게 된다. 유라는 큰아버지와 언니 여희의 행복을 위해 자신의 사랑을 단념한다. 그녀는 사랑하지 않는 남자 진일과 결혼한다. 유라는 임신하지만, 정신적 육체적 충격으로 태아를 잃는다. 한밤중에는 진일의 동생이 침실로 침범해 그녀를 겁탈하려 했다. 남편 진일이 병원의 간호사와 내연의 관계임을 알지만 묵인한다. 유라는 매일 학교 가는 것처럼 집을 나선 후 큰아버지가 마련해 준 아파트로 왔다. 혼자만의 밀실에서 화폭에 준표를 그리며 그리움을 달랬다. 준표는 유라에게 자신의 사랑을 고백하지만 유라는 형부와 처제 관계를 고수하며 그를 떠난다.

구혜영은 이 작품에서 유라를 통해 '십자가'를 지닌 사랑을 보여준다. 그것은 상대를 위해, 친지를 위해 자신이 가장 아끼는 것을 희생하는 것이다. 구혜영이 제시하는 사랑은 가족과 공동체를 위해 고행을 묵묵히 수행해 나가는 것이다. 여성의 미덕을 '자기희생'에서 찾고 있음을 알 수 있다. 이 작품은 구혜영 특유의 순정(純情)이 어디에서 기인하고 있는지 보여준다. 한 여성이 한 남자를 사랑하되, 그것은 공동체의 질서유지 안에서 이루어져야 한다. 공동체의 질서에 균열을 가할 경우, 여성은 타인과 공동체를 위해 스스로 자신을 희생한다. 여성은 육체적 만남이 아니라 철저하게 정신적으로 남자를 사랑하고 한 사람만을 위해 자신의 삶을 영위해 나간다. 작중에서 여성의 순정(純情)은 자신의 밀실에서 사랑하는 남자를 화폭에 그리며 그에 대한 사랑을 승화해 나가는 것으로 나타나 있다.

구혜영은 1989년 앙드레 모루아의 「결혼·행복·우정」(『현대교양신서』, 금성출판사, 1989)을 번역한 바 있다. 원제는 『애정의 습관(Sentiments et Coutumes)』(1934)이나 책으로 만드는 과정에서 본문의 각 장에 붙여진 표제어 중 '결혼·행복·우정'을 골라 새롭게 제목으로 정했다. 책의 머리말에는 모루아의 다음과 같은 구절이 소개되어 있다. "인간은 부부생활·가족·국가 속에서 어떻게 살아가야 하는가 하는 문제의 탐구에 뜻을 둔 나는, 실제로 사람들이 주어진 많은 조건 속에서 어떤 식으로 살아가고 있는가를 연구하는 것이 최선임을 깨달았다."[123] 요컨대 이 번역서는 개인의 문제를 조망하기보다, 공동체라는 조건 속에서 나와 타인이 관계하는 방식을 소개한 것이다.

앙드레 모루아는 국가라는 거대 시스템이 유지되기 위해서는 가족이라는 세포가 존속되어야 한다고 보았다. 그는 다양한 소설작품과 역사적 사건을 예시로 들어 인간의 전인적 성장을 위해 가족의 가치를 역설했으며, 결혼 제도의 의의와 부모와 자녀 간의 유대감을 피력했다. 내적으로 한 인간의 성장을 위해, 외적으로 국가라는 거대 시스템의 존속을 위해, 소단위 세포로서 가족이라는 제도가 요구된다고 보았으며 가족 구성원 간에 준수하고 내면화해야 할 가치들을 소개해 놓았다. 번역서의 제목과 내용에서 짐작할 수 있듯이, 구혜영은 일련의 여성소설을 통해 집단 속에서 여성이 존재하는 방식에 주목하고 사회의 규범 안에서 여성의 미덕을 탐색해 나갔다.

흥미로운 점은 『불뱀의 집』(자유문학사, 1980)에서 여성 주인공이 고등학교를 중도에 그만 두었다면, 『유라의 密室』(행림출판, 1982)에서 여성 주인공은 대학을 재학 중이라는 점이다. 1980년대 중학교 진학률은 96%, 고교 진학률은 85%, 대학 진학률은 27%에 달하는 시기라는 점에서 볼 때[124] 여고를 중퇴한 초열의 행로는 동시대 대중의 평준화된 눈높이로, 대학을 재학 중인 유라의 행로는 동시대 대중의 상향적 눈높이로 독자의 계몽에 기여하고 있음을 알 수 있다. 다시 말해 작가는 1980년대 초반 한국 사회에서 여성이 시민으로서 경계해야 할 부덕이 무엇이며 추구해야 할 미덕이 무엇인지, 동시대 대중 독자의 연령을 고려하여 감각적이고 구체적인 방식으로 전달했던 것이다. 구혜영은 일련의 소설을 통해 1980년대 대중을 계도할 수 있는 서사 공식을 만들어낸 셈이다.

구혜영은 '여성'에 방점을 둔 것이 아니라 '국가'와 '사회'에 방점을 두고 있다. 이에 대해 섣불리 여성의식의 부족이라 단언할 수 없다. 왜냐하면 이러한 집단 우위의 가치관은 식민지와 해방 그리고 한국전쟁을 경험한 세대가 지닌 역사의식의 발로이기 때문이다. 『유라의 密室』(행림출판, 1982)에서 구혜영은 남자주인공 강준표를 항일독립운동의 후예로 설정했으며, 작품 초입에는 준표의 아버지 강학지가 해방 이후 혼란한 시국의 희생양이 되고 말았음을 지적해 놓았다. 구혜영은 동시대 젊은 세대의 삶만을 조명한 것이 아니라 이전 세대와의 누적된 관계 속에서 현실을 읽어내려 했던 것이다. 다만, 고착된 역사의식이 시대의 변화에 따라 새로운 가치관과 습합되지 않을 경우, 봉건적인 구태를 유지하고 존속시키려는 견고한 보수담론으로 환원될 수 있음을 주의해야 했다.

4. 성적(性的) 자기 결정권의 부재

구혜영은 『불뱀의 꿈』과 『유라의 밀실』에서 여성의 성적(性的) 자기 결정권을 부여하지 않았다. 작중 여성은 스스로 자기 삶의 주체가 되어 배우자를 선택할 수 없었다. 오히려 그들은 주위 남자들과 친지들에 의해 자신의 꿈이 뒤틀리고 욕망이 거세당해야 했다. 『불뱀의 꿈』에서 초열이는 그녀가 사랑하는 남자를 삶의 동반자로 삼지 못했다. 호색한에게 겁탈당해야 했으며, 눈먼 욕정에 휘둘리는 등 안정된 삶의 기반을 박탈당한다. 『유라의 밀실』에서 유라는 친지들을 위해 자신의 사랑을 희생한다. 사랑하지 않는 남자와 결혼하고, 결혼 후에도 남편과 시동생으로부터 육체적 유린을 당하는 등 희생을 감내해 낸다. 작가는 유라를 통해 에로티시즘으로부터 사랑을 분리하여, 순정(純情)을 지켜내는 여성 미덕의 표본을 보여주었다.

구혜영은 『불뱀의 꿈』에서 에로티시즘을 자각하는 여성의 내적 심리를 자세히 묘사했다. 작중에서 여성이 에로티시즘을 자각하는 방식이 '겁탈'이라는 점은 시사하는 바가 크다. 주인공 여성은 자신이 원치 않는 폭력적인 방식으로 육체의 쾌감을 발견한다. 육체의 열락에 눈을 뜬 여성은 성적 욕망을 표출하는가 하면, 동시에 그에 대한 수치심과 죄의식에 사로잡힌다. 남성 가해자의 폭력성은 주인공 여성(소녀)의 음란성으로 말미암아 희석된다. 문제의 초점은 호색한 남성의 성폭력이 아니라 육체적 쾌락에 경도된 여성의 음란함으로 전이된다. 구혜영은 육체의 환락에 눈 뜬 여성을 그렸으나, 그녀가 전달하려는 주제는 여성의 성적 자기결정권이 아니라 여성의 육욕은 자기 삶을 나락으로 내몰고 공동체 질서에 균열을 초래할 수 있으므로 경계해야 한다는 것이다.

작중에서 여성의 섹슈얼리티를 동굴과 바람, 불과 뱀을 통해 감각적으로 묘사했지만 그것은 종국에 이르러 부정한 여성에 대한 단죄의 대상이 되었다. 여주인공의 수치심과 죄의식을 통해 여성의 성적 욕망을 비도덕적인 음란함으로, 자기는 물론 타인의 삶을 파멸시키는 동인으로 그려 놓았다. 성(性)을 생식과 생산에 기여하는 자궁 중심으로 인지했으며, 그 이외의 성은 잉여의 것으로 경계했다. 『불뱀의 집』(자유문학사, 1980)에서 자유분방한 에로티시즘을 부각시킨 이면에는, 여성의 행복은 가정을 일구고 그 안에서 질서를 찾도록 스스로 통제하고 희생하는 데 있음을 역설적으로 보여주려는 것이다.

구혜영이 탐구한 에로티시즘은 1930년대 서정주가 「화사」(『화사집』)에서[125] 이루어낸 성취에 도달하지 못한다. 서정주 역시 에로티시즘에 대한 양가적 인식을 보여주고 있다. 유혹의 대명사인 뱀의 치명적인 위협과 어여쁜 여성의 상징인 꽃의 화사함, 양자는 욕망하는 여성의 에로티시즘을 감각적으로 묘사해 놓았을 뿐 윤리적 재단을 가하지 않았다. 시라는 장르적 특수성에서 기인한 것일 수도 있겠으나, 서정주는 성애(性愛)의 '아름다움'에 주목하고 있다. 예술창작의 주제로서 여성의 성(性)은 구혜영도 인정하고 사회적으로도 용인되었지만, 실생활에 있어서 여성의 성적(性的) 자기 결정권은 양자 모두 용납하지 않았다. 여성으로 하여금 주체적 인식에 이르게 하는 통로로서 성적 욕망을 용인하지 않았으며, 생식과 생산에 기여하지 않는 여성성은 경계의 대상이 되었다. 그 결과 여성은 자기 삶의 주도성이 결핍되었고 그들을 둘러싼 공동체와 제도에 대한 객관적 성찰이 불가능했다.

구혜영의 성(性)윤리는 식민지와 해방 그리고 한국전쟁을 경험한 세대의 역사의식의 소산일 수 있으나, 여성의식의 관점에서 볼 때는 견고한 가부장제 이데올로기를 유지하고 수호하는 데 기여했다. 두 작품에서 그 단적인 예로 청춘남녀의 '연애' 부재를 들 수 있다. 그들은 자신의 사랑을 다른 사람들 앞에서 당당히 드러내지 못하므로, 연애가 불가능하다. 그들의 자유는 가부장적인 범주 안에서만 용납되었던 것이며, 동시대 제도와 규범 안에서만 가능했다. 여성은 자가 통제 속에서 공동체 질서유지에 기여하기 위해 자기를 희생하고, 자기 삶을 절제해야 했다. 구혜영이 제시하는 성(性)윤리는 공동체의 질서를 위해서는 유의미한 담론이라 할 수 있지만, 여성의식의 관점에서는 성적 주체로서 자기 인식의 결여를 비롯한 여성의 삶 전반에 걸친 자기 결정권의 결핍을 초래했다. 그 결과 소설의 여주인공들은 자기 삶의 주인이 되지 못하고 남성과 제도의 희생양이 되었다. 구혜영의 『불뱀의 집』(자유문학사, 1980)과 『유라의 밀실』(행림출판, 1982)은 여성주의가 발흥하기 이전 여성들이 처한 상황과 그들의 인식적 한계를 잘 보여주고 있다.

제7장

한국전쟁 소설과 기억의 정치학

1. 1970년대 기억 – 장편 『안개의 肖像』의 잡지 연재본과 단 행본 간의 간극

구혜영은 전쟁을 경험한 세대인 만큼, 작가는 한국전쟁을 다룬 장편 『안개의 肖像』(『주부생활』, 1969.1~1970.6)과 『광상곡』(『강원일보』, 1985~1986)을 발표한 바 있다. 두 작품 모두 저널에 연재 후 단행본으로 출간했는데, 특히 『안개의 肖像』은 여성월간지에 연재된 후 단행본으로 출간되었다. 이 작품은 1973년 삼성출판사가 선정한 『삼성신서 – 한국문학전집』 100권에 선정되어 출간되었는데,[126] 주부대상 교양잡지의 연재소설이 한국문학 대표 소설로 선정되었다는 점에서 이채를 보인다.

이 장에서는 구혜영의 『안개의 肖像』을 대상으로 연재본과 단행본의 특징을 각각 살펴보고, 양자에 내재해 있는 현실의식의 차이와 동일성을 논의하려 한다. 이 작품이 연재된 『주부생활』은 1965년 학원사에서 창간한 이래 지금까지 발간되고 있다. 초대 발행인 김익달은 '항상 깨어있는 여성, 그러나 영원한 모성을 간직한 어머니'라는 취지를 내걸고 창간했다. 구혜영의 연재소설은 동시대 여성독자를 대상으로 그들의 감수성을 고려하여 창작되었다. 반면 연재 이후 발간된 단행본은 일반 독자를 대상으로 한 만큼, 인물의 구성과 주제 면에서 현격한 차이를 보이고 있다.

		연재본	단행본
인물 (주인공)		주예란(여고졸업반~대학신입생)과 목관우(30대 직장인)	주예란(여고졸업반~대학신입생)과 이성하(대학생)
사건		남녀 삼각관계, 사랑과 이별	• 남녀 삼각관계, 사랑과 이별 • 해방공간 남한의 정치적 사건 • 이데올로기로부터 결별
배경	공간	T시와 서울	서울과 C시
	시간	해방공간과 한국전쟁 중(1949~1950년)	

연재본과 단행본 모두 공통적으로 해방 이후부터 한국전쟁에 이르기까지 청년들의 방황과 상처에 주목하고, 식민지와 전쟁이라는 민족수난을 배경으로 청춘 남녀의 사랑이야기를 배치해 놓았다. 연재본과 단행본의 두드러진 차이는 남자 주인공의 변화

와 작중 공간의 변화이다. 시간적 배경은 동일하지만 인물의 구성과 인물 간에 벌어지는 사건에 차이가 있으므로 주제도 달라진다. 이러한 차이는 단지 내용의 가감과 관련된 문제가 아니라 잡지의 성격을 자각하면서 동시에 작가로서 현실인식을 고려해야 하는 기자 신분 작가의 고뇌를 반영한다.

구혜영은『안개의 肖像』을 연재할 무렵 해당 잡지의 기자로서 특집 / 기획 기사 등을 게재하고 있었고, 그런 만큼 잡지의 성격과 동시대 중산층 여성독자의 취향을 고려하여 작품을 창작했다. 이외에도 작가로서는 대중소설과 본격소설에 대한 작가의 무의식적 간섭이 상당 부분 작동한 것으로 보인다. 1960년대 분단소설이 최인훈의 「광장」(『새벽』, 1960.10)과 박경리의 『시장과 전장』(현암사, 1964)으로 대변되는 전쟁체험세대의 허무의식이 주종을 이룬다면, 1970년대 분단소설은 김원일, 윤흥길, 조정래, 이문구, 황석영 등 소년 시절 전쟁을 체험한 세대의 객관적 성찰이 부각된다.[127]

구혜영의 『안개의 肖像』은 1960년대 분단소설의 허무의식과 1970년대 분단소설의 객관적 성찰, 양자의 중간 지점을 반영한다. 허무의식을 보이고 있으나 분단에 대한 회한이 아니라 잃어버린 젊음에 대한 것이며, 역사에 대한 객관적 성찰을 지향하나 동시대 보수담론의 영향으로부터 자유롭지 않았다. 이 장에서는 연재본과 단행본의 차이를 통해 1960년대 말 1970년대 초 대중성과 현실성을 고민한 작가의 흔적을 살펴보고, 그럼에도 불구하고 양자 안에 공고히 내재해 있는 작가의 보수적 현실인식을 조명해

보려 한다. 우선 작품연재 무렵 실린 구혜영의 기사를 통해 당시
『주부생활』이 지향하는 모토를 살펴보려 한다. 잡지의 성격을
바탕으로 연재소설의 의의를 살펴보고 나아가 연이어 발간된 단
행본 간의 차이와 동일성을 비교 분석하려 한다.

1) 1970년대 전후(前後) 『주부생활』에 나타난 주부(主婦)의 윤리

1965년 창간된 『주부생활』은 1955년 창간된 『여원』과 더불어
산업화 시기 한국 여성의 계몽에 앞장섰다. 컬러 화보를 비롯하
여 여성전문 정보는 물론 사회문화의 새로운 소식을 전하는 종합
교양지 역할을 했다. 전문 분야 종사자들의 인터뷰를 비롯하여
주부들에게 필요한 교양과 상식을 전달했으며, 문예작품도 실려
있었다. 필진은 중산층 주부도 있었지만 대부분 사회의 명사나
사회 지도층 인사로 구성되어 있으며 남성 필진이 많았다.[128] 우
선, 구혜영이 『주부생활』의 편집부 기자로 일하면서 「안개의 肖
像」 연재 무렵에 쓴 기사들을 분석하고, 이를 통해 당대 잡지의
성격을 살펴보려 한다. 1969년을 전후 하여 구혜영이 쓴 대표 기
사들은 다음과 같다.

시기	기사명
1967.1	청와에 깃든 우아한 숨길－퍼스트레이디 육영수 여사의 주부생활
1967.2	마을문고 이야기
1967.3	도시 속의 오아시스－임광희 여사의 스위트홈 공개
1968.5	비화의 오솔길 : 안경너머로 빛나던 눈 때문에－심정섭박사가 김정희여사에게 끌렸을 때
1968.6	비화의 오솔길 : 원앙반세기－양주동 박사내외의 애정 비화
1968.8	비화의 오솔길 : 나운영 부처 상록의 비결
1968.9	여류문인단 논산훈련소 일일 입대기－글 쓰던 손가락이 방아쇠를 당길 때
1968.11	이 달에 만난 사람 : 한라산에 도전한 사나이－제주도의 청년지사 구자춘씨
1969.10	생활기사 : 진주, 그 순결한 아름다움
1970.1	교양과 화제 : 분수를 아는 여성이 좋아요

구혜영은 생활과 문화 전반에 걸쳐 다양한 글을 게재해 왔는데, 특히 주부의 표본을 제시하여 가정에서 주부의 소임을 계도하는 글을 썼다. 위 기사들의 두드러진 특징은 세 가지로 나눌 수 있다. 첫째, 영부인 육영수 여사를 통한 주부 계몽과 잡지 위상 격상, 둘째, 가정의 주부로서 동시대 바람직한 주부상의 제시,[129] 셋째, 여류문인들의 국방 체험을 통한 안보의식 강화를 들 수 있다.

가장 주목할 만한 부분은 영부인 육영수에 대한 취재이다. 창간 3년째인 1967년『주부생활』은 영부인을 '한국주부'의 표상으로 내세웠다. 1967년 1월과 1970년 1월, 두 차례에 걸쳐 구혜영은 청와대에서 직접 육영수 여사를 만나 영부인으로서 근황을 취재하고 주부 그리고 어머니의 면모를 담은 기사를 쓴다. 1967년 1월은 박정희 대통령의 제5대 대통령으로 마지막 임기를 앞 둔 새해이며, 1970년 1월은 1969년 9월 박정희 대통령의 연임을 허용하는 제6차 개헌(3선개헌)이 있은 직후이다.

두 차례에 걸친 영부인 취재 기사는 '주부 육영수'에 초점을 맞추고 있긴 하나, 당시 박정희 대통령의 정치적 입지를 고려하여 각각 전달하려는 메시지와 이미지에 변화를 보이고 있다. 기사의 표면적인 내용은 청와대의 주부 육영수 여사의 근황을 제시하지만, 그 이면에는 대통령 선거를 비롯한 연임의 의의를 전달하려는 영부인의 간접적 의도가 녹아있다. 이러한 차이는 본격적인 인터뷰에 앞서 글을 소개하는 굵은 글씨의 머리말에서도 찾아볼 수 있다.

육영수 여사는 그 어깨에 짊어진 일인삼역의 무거운 짐을 누구보다도 현명한 예지로 충실하게, 그리고 성공적으로 수행하고 있는 아름다운 여인. 대통령 아내로서, 세 자녀의 어머니로서, 그리고 한 나라의 퍼스트 레이디로서의 그 생활의 진실들을, 새해를 맞이하여 그 아롱진 지혜의 창을 노크해 본다.(1967.1)[130]

막상 국민투표의 결과로 신임을 두텁게 받고 보니 그 막중한 책임감이 어깨를 누르는 것 같군요.
주부가 까닭 없이 분주해서 자손들을 외롭게 버려두는 일이 없어야겠어요. 일부 여성들의 허영심이 남성들의 탈선을 조장하고 나아가 사회의 누가 된다는 것을 깊이 깨우쳐야 하지 않을까요?(1970.1)[131]

구혜영과 육 여사　　　　　　어머니로서 육 여사　　　　　단란한 가족과 육 여사

　영부인 육영수 여사와의 인터뷰 기사는 1967년 1월에 처음 게
재되었다. 구혜영은 글도 그렇거니와 사진에서도 흥분과 긴장을
역력히 드러내고 있다. 기사에는 영부인 육영수 개인에 초점을
맞추어, 영부인의 외모·성격·취미 등을 소개했다. 육 여사는
한복을 주로 입고 한국적인 요소를 외국에 알리기 위해 노력했으
며, 여느 가정과 다름없는 청와대에 거주하는 가족의 일상을 보
여주려 했다. 기사는 정치하는 남편이 보지 못하는 음지를 보살
펴 남편을 내조하는 모습, 어머니로서 1남 2녀 자녀를 교육시키고
성장을 지켜보는 모습에 초점을 맞추었다. 청와대의 주부와 가족
의 일상사를 보여주기 위해 다양한 사진들도 함께 소개되었다.

　외국 여성에게 자랑할 만한 한국 여성의 자질을 묻자, 육 여사
는 "한국의 독특한 가족제도 밑에서 발휘되는 여성들의 비상한
인내력"을 꼽았다. 아울러 여성이 시야를 넓혀 끊임없이 무엇인
가 일거리를 찾기를 권고했다. 글의 말미에서 구혜영은 육 여사
의 육성을 다음과 같이 직접 인용했는데, 그것은 당시 대한민국
주부가 스스로 담당해야 할 경제적 사명에 관한 것이다.

이론과 실천을 병행할 줄 아는 주부가 되어야겠어요. 그리고 항상 무엇인가 일 하세요. 시작이 반이란 말은 확실히 금언(金言)입니다. 시작 있는 곳에는 반드시 열매가 맺기 마련이니까요. 그리고 자기 분에 맞는 생활을 권하겠어요. 여인의 허영 때문에 남자의 전 인생이 그릇된다는 점도 아울러—[132]

1970년 1월 취재 기사에서는 국민의 사랑을 한 몸에 받는 퍼스트레이디의 인기와 인품에 대한 찬탄이 주조를 이루었다. 신임을 묻는 국민투표에서 65%의 지지율로 승리한 공헌이 영부인의 내조에 있음을 강조했다. 육 여사의 공적으로 첫째 청와대와 국민 사이의 거리를 좁혔으며, 둘째 대외적으로 한국 여성 이미지를 상징화하는 데 으뜸 역할을 했다고 소개했다. 무엇보다도 지면의 많은 부분은 학생들에 대한 이야기였다. 육 여사는 1969년에는 개헌을 반대하는 학생들의 데모로 힘들었지만, 그러한 대학생들의 심중을 이해한다고 다음과 같이 말한다. "어떤 학생은 대통령의 독재가 두렵다는 사람도 있었어요. 그럴 때는 이렇게 말했지요. 그분이 독재를 한다면 나부터 발벗고 반대를 하겠다고."[133]

1970년 1월 기사와 더불어 게재된 육 여사의 사진에는 젊은이들과 함께 하는 사진이 주목을 끈다. 개헌을 반대하는 젊은이들도 있지만, 육 여사를 비롯 그들을 믿고 지지하는 젊은 군상이 있음을 시사한다. 이 외에도 그녀는 양지회를 주관하고 대한민국 모든 학

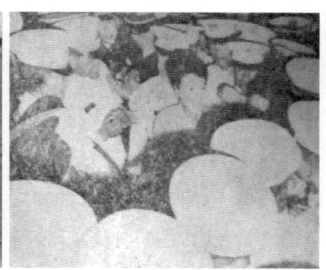

구혜영과 육 여사   대학생들과 육 여사   사관생도들과 육 여사

생과 어린이들의 어머니로서 면모를 보여준다. 영어공부를 하며 꾸준히 자기를 계발하는가 하면, 신문을 읽으며 민심을 파악하고 영세민의 생활을 살피러 나가기도 한다. 구혜영은 기사의 말미에 대한민국 주부를 향한 영부인의 전언을 직접 전달한다.

> 그리고 특히 강조하고 싶은 말은 분수를 맞추자는 것이에요. 우리는 한국 사람이라는 것, 휴전선의 위협을 받고 있다는 것, 남편의 봉급이 어느 정도라든가 하는 한국의 현실을 직시해야 하지요. 여성들의 허영심이 남성들의 탈선을 조장하고 나아가 사회의 누가 된다는 것을 깊이 깨우쳐야 하지 않을까요?[134]

잡지『주부생활』은 대한민국 주부의 롤모델로서 영부인 육영수의 위상과 귀감을 강조함과 동시에 영부인이 주부를 대상으로 계몽코자 하는 전언을 전달한다. 육 여사가 전달하는 '분수'는 정체성을 의미하는데, 한국의 전통을 지키고 남편 내조를 잘 하는 것에 그치지 않고 여기에는 안보의식과 방공(防共)의식도 포함되어 있다. 대한민국 대표 주부 영부인 육 여사를 필두로 "이 달의 살림공개" 코너에는 다양한 주부들이 등장하여 가정 살림의 주체로서 귀감이 되는 주부의 면모들을 소개했다. 구혜영은 단순히 탐방한 인물을 소개하는 데 그치지 않고, '들어가는 말-본문-맺음말'의 구성을 갖추어 서두에는 이 가정의 주부가 지닌 중심미덕을 화두로 내세워 본격적인 소개를 시작한다.

도시 속의 오아시스(1967.3)

「도시 속의 오아시스」의 서두에는 주부의 아름다운 살림꾼으로서 면모를 소개했다.[135] 본문에서는 부부가 처음 만나 사랑하게 된 과정과 그들이 이루어 놓은 사회적 성과를 중심으로 소개한다. 끝으로 이 부부의 삶을 통해 대중에게 제시하고 싶은 주부의 미덕이 다시 한 번 강조한다. 주부 임광희는 스위트홈을 유지하는 주부의 도(道)로 다음과 같은 세 가지를 꼽았다. "첫째, 아내는 남편에게 절대 순종하지만 암암리에 남편을 리드해야 한다. 둘째, 남편이 좋아하는 온갖 것을 집에 갖추도록 노력하고 그 도입을 실현시켜야 한다. 셋째, 남편의 일에 대해서는 절대로 간섭을 해서는 안되고 가정이야말로 남편의 안식처임을 체험으로 느끼게 할 것"[136] 구혜영은 "한 가정의 주부로서 명실공히 주부의 베이스를 고수하여 가정 속으로 깊이 파고들자면 부업조차도 가져서는 안 되겠다"는[137] 주부 임광희의 소신을 전하며, 메마른 도시의 오아시스로서 가정을 꾸려가는 주부의 일이 다른 직업 못지않게 중요한 일임을 강조했다.

원앙 반세기(1968.6)

「나운영 부처의 상록의 비결」에서 나운영의 아내 유경손도 사회활동을 하는 여성인사이지만 글에서 주목하는 것은 '아내'의 직함, '어머니'라는 직함이다. 「원앙 반세기」에도 양주동이 아니라 아내 여순옥을 중심으로 '아내의 역할'과 '내조'에 초점이 맞추어져 있다.[138] 양주동이 국학연구의 선구적인 업적을 가능하게끔 한, 숨은 힘이 아내의 내조였다는 것이다. 남편의 신변에 이변과 고초가 생기면, 부인 여순옥이 지혜와 용기를 가지고 그 어려움을 해결해 왔다는 것이다. 예컨대 한국전쟁 1·4후퇴 시 천안까지 피난 갔으나 양주동은 문화재가 되는 고서를 가져오지 않아 더 이상 발길을 돌릴 수 없었다. 아내 여순옥은 남편의 심중을 읽고 단신 서울로 올라가 고서적들을 남편의 품에 가져다주었다는 것이다.

「안경너머로 빛나던 눈 때문에」에서 김정희 부인은 화공학자 심정섭 박사가 오랫동안 외국에서 학위와 연구과정을 거쳐 연구 논문을 써야 하는 과정에서 홀로 가정을 일구어 나갔다. 그간 남편을 위해 내조해 온 부인의 술회는 직접인용으로 처리되어 있다.

> 그렇지만 나는 언제나 우리집 양반과 일심동체임을 의심해 본적이라곤 없어요. 우리집 선생님은 원래가 고독한 환경에서 자란 분이기에 몹시 화평한 가정적인 분위기를 향수(鄉愁)처럼 바라고 계시니까요. 내가 만든 가정이 그이에게 철두철미 안식처가 되도록 한시도 마음을 놓은 적이 없어요.[139]

육 여사가 제시했듯이, 여성이 지녀야 할 주부의 분수에는 현모양처의 미덕만이 있는 것이 아니다. 잡지 『주부생활』은 대한민국이 처해 있는 정치적 상황을 인지하여 군인과 더불어 국방의 의무를 자각하는 것도 주부의 윤리임을 제시했다. 한국여류문학 회원들은 회장 최정희를 단장으로 하여[140] 1968년 7월 5일 논산훈련소에 일일 입대를 체험했다.[141] 일일 입대에 참가한 여류문인은 최

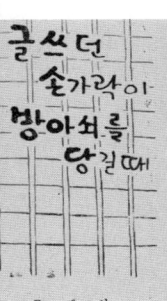

기사 표지　　　　　논산역의 여류문인들　　　　　유격 훈련 받는 여류문인들

정희, 임옥인, 조경희, 손소희, 전숙희, 조애실, 홍윤숙, 추은희, 전
병순, 송완희, 최미라, 허윤숙, 박순녀, 김규희, 구혜영 15명이다.

　그들은 오전에 서울을 출발하여 오후에 논산에 도착한다. 여
장을 풀고 훈련소에서 접대를 받은 다음 전원 신체검사를 하고
군복을 입었다. 신병훈련을 일부 받고, 저녁에는 장병들과 위문
의 밤을 보냈다. 입대를 통해 구혜영은 안보의 역군으로서 군인
에 대한 감사와 조국애를 피력한다. 이러한 사실은 그녀가 쓴 일
기 형식의 작은 표제에서도 잘 드러난다. 7월 4일에는 "여성들보
다는 남성들이 고된 존재일 것이라고", 7월 6일에는 "가슴에 조국
을 심어준 연병장의 찬란한 아침"이라는 글로 입대체험을 기록
했다. 다소 격앙된 어조로, 구혜영은 국방의 의무를 다하는 군인
과 그들의 정신을 다음과 같이 기린다.

　저들은 조국을 지키기 위해서 이곳에 있다.
　온갖 민족의 영광을 이 자랑스러운 파수병들에게 돌리자.
　저 창공에 휘날리는 태극기, 저것은 우리 민족이 살아있음의 뚜렷한

표증(表證)

너와 나의 땅.

우리의 얼이 스며있는 조국, 그것을 지킴은 우리의 의무, 우리는 힘을 길러야 한다.[142]

구혜영의 기사 내용만으로 잡지 『주부생활』이 표방하는 주부윤리 전모를 알 수 없다. 다만 「안개의 肖像」이 연재될 무렵, 1967년부터 1970년 3년간 잡지가 제시한 주부윤리의 실재들을 확인할 수 있다. 이를 요약하면, 육영수 여사가 제시한 '분수'에 입각하여, 주부는 남편을 내조하고 가정을 일구는 일에 최선을 다해야 한다. 아울러 안보의식과 방공(防共)의식도 간과해서는 안된다. 이러한 주부윤리는 구혜영이 『주부생활』에 연재하는 소설의 주제의식에도 영향을 미친다. 연재소설에서 여성의 흥미를 충족하는 청춘남녀의 사랑을 다루되, 작품의 종착지는 여성윤리로 귀결되기 때문이다.

2) 연재본 「안개의 肖像」 - 청춘남녀의 사랑과 이별

잡지 『주부생활』이 주부윤리를 제안하는 데 주력했다면 잡지의 연재소설은 어떻게 이 주제를 실현하고 있었는가. 연재소설

「안개의 肖像」(『주부생활』, 1969~1970)은 해방공간과 한국전쟁을 배경으로 청춘남녀의 사랑과 방황을 보여주고 있다. 대중적인 소재와 내용으로 흥미를 자아내는 작품이나, 구조와 주제 면에서 완결성은 떨어진다. 작중 인물은 일제 치하의 풍파를 거쳐 온 부모세대와 자녀세대로 다음과 같이 구분된다.

아버지 (식민치하)	주기창 (독립운동)	유두만 (동척 앞잡이)	서 지사
자녀 (해방공간, 6·25)	주예란 (T고녀졸업반)	유보아(T고녀 영어교사) 유보헌(난봉꾼)	서정린(대학생) 서정준(동생) 서정현

유보아는 서정린과 약혼한다. 목관우는 사랑했던 유보아가 다른 남자와 약혼하자 이후 주예란을 사랑하게 된다. T여학교에서는 해방공간 미군정의 난황을 대변하는 사건이 발생한다. 신말자 학생이 미군병사 3인으로부터 윤간당했다. 학교에서는 재학생들의 영향을 고려하여 피해자인 신말자를 퇴학 처분했고, 신말자는 투신자살했다. 예란을 비롯한 여학생들이 학교의 부당한 처사에 대항하자, 학교는 배후에 좌익세력이 있다고 속단하고 예란 일행을 무기정학 시켰다. 예란은 상급학교 진학의 어려움에 봉착했고, 목관우는 예란의 복교를 발 벗고 나서는 과정에서 두 사람의 사랑은 더욱 돈독해졌다. 결국 관우는 예란을 S대학에 입학시키는 데 성공한다.

연재본에서 주인공 지식인과 여학생은 시대를 주도하는 청년의 표상이 되지 못한다. 그들은 자신의 사랑을 수호하기에 급급할 뿐, 그들을 둘러싼 사회와 현실의 난맥을 돌이켜보고 공분(公憤)을 표출하는 역량을 보이지 못했다. 미군의 여학생 윤간 사건은 해방공간 남한이 처한 정치적 난황과 미군정의 실정을 환기하는 현실적인 사안임에도, 진지하게 다루어지지 못했다. 청년들은 그들 자신이 처한 애정 장애물을 타파하는 데 그칠 뿐, 사회와 민족을 위한 사명과 공분으로 힘을 모으지 않았다. 그 결과 이 작품은 해방공간과 한국전쟁을 배경으로 하고 있지만, 당대의 정치적이고 현실적인 사안은 배경과 소재로 그치고 주제는 청춘남녀의 사랑문제로 축소되고 말았다. 한국전쟁을 다룬 소설로 평가하기에는 한국전쟁 발발 배경과 전쟁의 상흔이 드러나 있지 않다. 구혜영 스스로도 이를 잘 알고 있었기에 단행본을 발간하면서 인물과 사건, 배경 모두를 전격적으로 바꾼다.

이러한 양상은 목관우와 주예란 외에도 또 다른 주인공들, 일본에서 전문학교를 졸업한 유보아와 대학생 서정린에게도 동일하게 나타난다. 보아는 학교의 부당한 처사에 사표내고, 약혼자 정린을 쫓아 서울로 간다. 보아는 정린의 하숙집에서 성하와 마주치자 성하와 정린의 관계를 의심하며 서울을 떠난다. 정린은 약혼녀가 떠나자, 의욕을 잃고 쉽게 검거되어 형무소에 수감된다. 서울을 떠난 보아는 첫사랑 관우에게 중이 되겠다는 내용의 편지를 띄운다. 관우는 보아를 만류하기 위해 그녀를 찾아가는데, 그들은 돌발적인 정욕으로 격정의 밤을 보낸다.

작중 청년들은 오로지 이성애를 갈망하고 수호하는 데 몰두한다. 그 결과 그들은 해방공간의 난황, 미군정의 문제, 민족의 분단과 갈등에 눈을 돌릴 수 없었다. 오히려 무질서한 애욕은 그들의 삶을 더욱 절망의 구렁텅이로 몰고 갔다. 보아는 임신하게 되고, 관우는 도의적 책임감으로 보아와 결혼하기에 이른다. 전쟁이 발발하자, 관우는 예란을 구하러 서울로 떠난다. 서울에서 관우는 의용군으로 징집되었고, 예란도 관우를 쫓아 의용군에 자원한다. 목관우는 국군에 투항하다가 인민군의 총에 죽었다. 예란역시 인민군 포로가 되었으나, 서정준 중위의 보살핌으로 후송되어 가족과 상봉했다.

지금까지 살펴보았듯이 작중 청년들은 오로지 자신의 사랑과 격정에 매몰되어, 분단과 전쟁이라는 민족의 난제와 상흔에 주의를 기울이지 않았다. 작품 말미에 이르러 작가는 유보아가 아들 광휘를 낳았고, 예란은 그 아이가 '남북통일을 할 수 있는 훌륭한 지도자'가 되기를 갈망하는 것으로 끝을 맺고 있다. 갑작스러운 작가 의도의 표출은 작품의 개연성을 삭감시킬 뿐 아니라 주제의식으로까지 연동되지 못한 채 작위성을 노출한다. 왜냐하면 작중 청년들은 사건의 발단에서부터 시종일관 개인의 사랑에만 충실했을 뿐, 민족과 국가가 처해있는 환란과 앞날을 고심하지 않았기 때문이다. 결국 이 작품은 주예란, 목관우, 유보아, 서정린 4인을 둘러싼 네 형태의 남녀 삼각관계가 작품의 주제를 형성하고 있다.[143] 연애관계 파탄에서 초래된 남녀의 감정묘사가 사실적으로 드러남으로써 대중적 흥미는 자극했지만, 해방공간과 한국전쟁을 다룬 장편소설로 평가하기에는 현실에 대한 고뇌와 통찰이 미흡하다. 청춘 남녀의 사랑과 상처를 보여주는 대중소설의 수준을 벗어나지 못한다.

이 작품에서 좌익사상에 경도된 인물 서정린을 주목할 필요가 있다. 구혜영은 작중 사회주의 청년의 세계관을 제대로 그려내지 못했다. 좌익청년 서정린은 다소 과격한 내용의 첫 시집 「지옥의 계절」을 내고 남로당으로부터 입당권고를 받지만, 자유의지를 제한받는다고 여겨 입당을 꺼렸다. 서대문형무소에서 풀려난 직후에는 '역사의 죄인'이라는 자괴감을 느끼기도 하나, 그가 지향하는 역사의식의 구체성과 방향성이 나타나 있지 않다. 작가는 자유분방한 기질의 청년이 사상의 자유로서 한때 사회주의를 추종한 것으로 작품을 종결한다. 1950년 9월 인민군 퇴각 무렵, 그는 월북하지 않고 남한에 잔류한다. 퇴각 직전의 인민군이 모로토프탄으로 서울을 잿더미로 만들려 하자, 이에 대항하다가 죽는다.

> "위선자들! 서울을 태우는 이유가 무엇이오? 인민의 눈을 속여야 하는 이유가 무엇이오? 나는 인민을 위해 죽으려고 여지껏 살아왔오! 이건 뭐요? 당신들이 하는 짓은 이게 뭐냔 말이얏!"
>
> 미친 듯이 정린은 대들었다.
>
> "반동을 죽여라."

누군가 소리치며 정린을 향해 돌진해 왔다.

악! 소리와 함께 정린의 옆구리에서는 피가 분수처럼 터져올랐다.[144]

구혜영은 사회주의 이념에 대해 깊이 천착하지 않은 채 공산주의의 만행에만 초점을 맞추었다. 잡지 연재소설에서 청춘남녀의 사랑과 이별에 초점을 맞추었으며, 반공이데올로기를 강조하는 것으로 끝을 맺고 있음을 알 수 있다. 작중에서 사회주의 청년 서정린이 차지하는 비중이 높음에도 신념의 전모가 나타나 있지 않으며 성격조차 불투명하게 처리되어 있다. 이후 구혜영은 단행본에서 사회주의 청년의 성격 창조에 세심한 주의를 기우려 주인공으로 내세웠다. 잡지 연재본은『주부생활』독자인 주부의 감정에 호응하는 인물과 사건으로 소설을 만들었으며, 잡지가 지향하는 반공정신을 실현하는 것으로 소설을 종결했다. 한국 대표소설로서 문학적 성과는 미달인 셈이다.

3) 단행본 『안개의 肖像』 – 해방공간과 한국전쟁에 대한 탐구

① 사회주의 청년의 성격 창조와 좌우익 전체주의의 비판

단행본에서 구혜영은 사회주의 청년을 주인공으로 삼아 성격 창조에 주력했다. 주인공 이성하는 M대학 3학년에 재학 중이며 문학과 예술을 사랑하고 민족에 대한 책임감을 지니고 있다. 그는 해방공간 민족의 앞날을 고뇌하며 남한 사회의 정치적 문제에 일찍부터 촉각을 내세웠다. 1946년에는 조선정판사건 구형공판을 방청하기 위해 직접 법원에 갔으며, 사건공판의 실재 풍경을 다음과 같이 기억한다.

> 경성지방법원 제2호 법정 주변에는 공산당원과 청년단원들이 스크 람을 짜고 밀려들어서 조선정판사 위폐 사건은 날조라느니, 군정당국은 좌익 탄압을 즉시 철회하라느니, 무고한 동지들을 즉시 석방하라느니 저마다 고함을 지르며 법정에 뛰어들려고 하는 것을 기마경찰대가 말굽과 곤봉으로 맞서 피아간 수라장을 벌이고 있었다. 나는 방청을 포기하고 뒤돌아 오면서 기마대의 말굽 밑에서 피를 흘리던 데모 대원을 퍼뜩 머리에 떠올렸지. (…중략…) 좀 더 객관적인 판단을 가져보려고 공판정에 방청을 왔으나 수 백 명의 좌익들은 항쟁가를 부르짖고 기마대를 앞세운 경관들은 이를 막으려고 수라장을 이루니 공정한 판단이 나올 리가 없다. 다만 좌익들의 얼굴이 하나같이 필사적이니 아마 저들의 주장이 옳은 모양이라고 그도 어느새 좌익 쪽으로 기울어져 가는 자기의 마음을 어쩔 수도 없었다.[145](강조는 인용자)

이성하는 피 흘린 청년과 데모 대원에게 이목을 집중했으며, 그들의 필사적인 모습에서 좌익 쪽으로 마음이 기울어 졌다. 이데올로기에 대한 작가의 중립적 입장도 전제되었겠지만, 당시 중학 졸업반 성하는 해당 사건에 대한 전모와 실체를 정확히 인지하기보다 감정적으로 수용했다.

1949년 봄, 그는 1948년 6월 8일 발발한 '미군의 독도 오폭 사건'을 규탄하는 시 「독도」를 대중 앞에서 발표했다. '독도 오폭 사건'은 미군이 폭격기 12대를 2개 조로 나눠 어선 30여 척을 무차별 사격하여 어민 100여 명을 숨지게 한 사건으로 민간인을 학살한 만행이다. 당시 신문에 의하면, 미국 극동함대 사령부가 고공폭격 연습으로 어선을 침몰하고 민간인을 살해한 양민 학살 사건으로 기록되어 있으나,[146] 이에 대한 사죄와 정당한 대응이 없었던 것이다. 구혜영은 주인공 이성하의 시선과 행적을 통해 미군의 만행을 지적하는데, 잡지 연재본과 달리 가치중립적으로 동시대를 직시하려는 의지를 엿볼 수 있다.

단행본에는 중도좌파 성하의 성격 창조 외에도, 다소 급진적인 좌익 청년들이 등장한다. 지영은 강원도 두메산골 출신의 가난한 농사꾼의 막내아들이다. 서울의 명문 대학에 입학한 그는 처가살이를 하며, 대학에 다니고 있었다. 지영은 사회주의 이념에 깊이 공감하며, 골수 사회주의자가 되었다. 성하가 김구의 죽음에 비감을 표하는 데 비해 지영은 자승자박으로 당연시 여긴다. 두 사람의 상이한 입장을 대화의 발췌를 통해 소개하면 다음과 같다.

성하 : 우울하지 않은 일이 뭐가 있니. 백범마저 죽다니 싫어진다. 쇼

크다.

지영 : 머 심각하게 생각할 건 없다. 백색테러의 거두가 제 부하 손에
　　　 총맞아 쓰러진 거라 보면 돼.

성하 : 민족의 이름으로— 너 그따위 소릴 할 수 있니?

지영 : 흥분할 거 없어. 그런 원초적인 열정만으로 통할 시대는 이미
　　　 지났으니까. 그는 흘러간 세대의 한낱 기념비적 존재일 뿐이야.

성하 : 그것만으로 되는 건 물론 아니지만 근원적으로는 반드시 그
　　　 것이 깔려 있어야 한다. 민족을 살리려는 열정 말이야.

지영 : 그런 건 그 만의 전매특헌 아니거든. 그럼 하나 묻자. 그들이
　　　 죽인 몽양한테는 그것이 없었나? 왜 또 설산 암살 사건의 증인
　　　 으론 불려 다녔지? 생각해 봐. 고하 · 몽양 · 설산 등은 모두 백
　　　 색 테러에 의해 쓰러졌다. 심지어는 그 자신까지도……..

성하 : 너는 그렇게 말한다만 지영이, 나는 이따금 생각한다. 대구
　　　 10 · 1사건이나 여수 · 순천 사건을!

지영 : 그건 훌륭한 인민봉기였다.

성하 : 니가 그렇게 나올 줄은 알고 있었어. 우익측에서 폭동, 혹은
　　　 반란으로 규정짓는데 좌익에선 항쟁 봉기로 못 박는다는 것
　　　 도 말이야. 그래서 나는 우도 좌도 아닌 '사건'이란 개념으로
　　　 표현한다.(95〜97면)

　　성하의 시선은 예란의 아버지 주기창과 동일하다. 구혜영은
단행본에서 해방공간의 정치적 난황에 대한 주기창의 정치적 입

장도 분명히 드러냈다.[147] 주기창은 이데올로기에 대한 중립적 시각으로 이성하와 더불어 작가의 입장을 대변한다. 여주인공 예란도 연재본과 달리 동시대 현실의 추이에 민감한 반응을 보인다. 1949년 서울로 올라와 W사범학교 6학년으로 전학 오자, 예란은 아버지에게 "국대안은 서울 대학의 격을 떨어뜨림으로써 우리나라 고등교육을 말살하려는, 그러니까 일본에 이어서 이번에는 미제국주의의 새로운 식민지 정책"(10면)이라며 반대 입장을 분명히 했다.[148] 단행본에서 작가는 예란을 통해 해방공간의 실태를 제시하고 미군정의 실정을 객관적으로 담으려 했다. 예란의 시선을 통해 해방공간 전체주의적 분위기를 직시하고, 그에 대한 여학생들의 의분을 보여주었다.

1949년 4월 22일부터 국방부와 문교부에서는 중학교부터 고등학교 대학교 학생 전원을 대상으로 사상 통일과 유사시 향토방위의 명분으로 '학도호국단'을 조직했다. W사범학교도 학도호국단 맹훈련을 하게 되었는데 시험을 앞둔 여학생들은 맹훈련으로 초죽음이 되었다. 그들이 시험 연기를 요청하자, 배속장교는 단호하게 질타했다. 여학생들은 시험공부의 어려움을 호소하며 백지동맹을 모의했다. 예란은 여학생들의 순수한 동기가 정치적으로 왜곡될 수 있음을 우려하며, 급우들에게 C시에서 있었던 '신말자 사건'을 들려주었다. 연재본에서 비중 있게 제시된 사건이 단행본에서는 예란의 회고로 간략하게 소개된다.[149] 극우의 전체주의 분위기에서 순수한 의분이 정치활동으로 몰릴 수 있다는 예란의

권고로, 백지동맹은 무산되었다.[150]

단행본에서 구혜영은 여학교에 실시된 군사훈련을 간접적으로 비판함과 동시에, 좌익 세력의 맹목적인 체제 전복 의도를 비판했다. 연재본과 달리, 작가는 전체주의의 횡포를 지적함과 동시에 현실에 대한 가치중립적 입장에서 미군정과 좌우익의 전체주의를 비판했다. 남한 사회의 정치적 혼란과 이데올로기의 갈등을 보여주기 위해 1946년 국대안 발표, 1948년 독도 오폭, 1949년 김구 암살, 조선정판 사건, 1949년 학도호국단의 시행, 여학교의 백지동맹 등에 주목하였다. 작중 인물들은 정치 사건에 직접 가담하지 않지만 자신의 입장을 적극적이고 분명하게 개진한다.

사회주의 청년의 성격 창조를 구체화하기 위해 해방공간 정치적 난황과 인물의 연계성을 모색하는가 하면, 청춘남녀가 사랑에 매몰되지 않고 민족이 직면한 문제와 미래를 고뇌하게끔 주변 사건에 가담하도록 함으로써 해방 이후 만연한 전체주의의 횡포를 고발할 수 있었다. 반면 해방공간 굵직굵직한 정치적 난황을 작중 배경으로 구석구석에 배치하긴 했지만, 작중 인물과 중심 사건으로 연동되지 못하고 여담으로 그친 한계도 보인다.

② 사회주의 비판과 남녀에 대한 이중 잣대

구혜영은 연재본과 달리 단행본에서 해방공간 낭만적 열정의 청년들이 사회주의에 경도되는 과정과 파탄을 보여준다. 주인공

이성하와 송근파의 사회주의에 대한 경도는 개인적이고 감상적인 차원에서 출발한다. 그들은 이데올로기에 대한 정교한 이론적 접근보다 감내하기 어려운 현실의 도피를 위해 막연히 사회주의를 동경하고 추종했다.[151] 주인공 성하는 M대학에 재학 중이며 야간중학 신명학원의 강사이다. 성하에게 사회주의는 모두가 평등하게 잘 살 수 있는 유토피아로 수용되었다.

당시 남한 주민의 민주주의와 사회주의에 대한 인식은 다소 막연하고 애매하며 또한 관념적이었다. 1946년 3월 미군정 공보부 문건의 수치에 따르면, 대다수 남한사회 주민은 정부형태에 있어서 대의민주주의를, 경제체제에 있어서는 사회주의를 지향했다. 민주주의에 대한 지향은 "식민지 상태로부터 독립된 신생 국가에서 주인 역할"을 하고 싶은 소박한 열망이, 사회주의에 대한 지향은 "일제 시대 사회주의자들의 민족 해방 운동에 대한 평가"와 "미군정의 실정에 대한 비판적 인식"이 작용했다.[152] 사회주의에 대한 감상적인 태도는 성하의 각성을 촉구하는 동료 학묵의 언사에서도 잘 드러난다.

도도하게 밀려드는 국제정세를 너는 외면할 작정이냐고, 거대한 이데올로기 분쟁 속에서 역사를 역행해서야 되겠느냐고, 그리고 우리 굶주리고 헐벗고 분열된 민족 앞에 마르크스 레닌의 사상이론은 마치 메시아처럼 군림하게 될 것이라고 (…중략…) 야, 이 뱃대기에서 쪼록 소리나는 새끼야. 빈부의 차이가 없이 노동하는 자, 누구의 입으로나 밥

이 공평하게 들어간다는 사실에 대해서 너는 어떻게 생각하니? 엉? 모든 계급의 불합리를 근절하고 인간은 평등을 되찾는다는 것, 이것은 지금 우리 온 인류의 숙원인 동시에 지금 바야흐로 거역할 수 없는 세계적인 조류로 이 땅에 들어와 있다. 이런 역사적 순간에 조선의 청년, 너, 이성하! 꿈에서 깨어나 역사의 대열에 끼어라.(85~86면)

성하를 비롯한 청년들은 역사의 대열에 뛰어든다는 황홀감에 도취되어, 마르크스 레닌을 헐벗고 분열된 민족을 구원할 메시아로 추앙했다. 문학서생에 불과한 이성하에게 경제이론으로 무장한 지적 숨결은 매력적으로 다가왔다. 반면, 좌익단체의 가입을 권유 받았을 때에는 거부했다. "오밤중에 재크 나이프를 가슴에 품고 거리로 나가"는 동료의 모습과 "조직·세포 등 어휘의 섬뜩함. 투쟁조직·행동조직·유혈·명령·지령"(89~90면)의 구속을 두려워했다. 성하는 이데올로기의 전모가 아니라 자신의 판타지를 사회주의에서 찾으려 했던 것이다. 성하는 1949년 문학제에서는 자작시 '독도'를 읊었고, 1950년 문학제에서는 학술논문 '이상론'을 발표했다. 그는 반항하는 청년의 표상으로 체제비판 시를 쓰고 구국의 도취감에 젖었다.

성하뿐 아니라 근파 역시, 사회주의는 '자유'에 대한 환유였다. 송근파의 사회주의 경도는 첫 사랑과의 불행한 결별, 자기 삶의 불안정성에 근원을 두고 있다. T시에서 근파는 관우를 사랑했지만, 그는 일제에 의해 학병으로 징집되었다. 근파는 다른 남자와 결혼하고 가정을 이루었다. 3년이 지난 후 관우가 돌아오자, 근파는 가정을 버리고 관우에게 간다. 관우는 그녀에게 가정으로 되돌아갈 것을 권고하지만, 그녀는 관우를 쫓아 서울로 왔다. 근파는 자유를 지향하며 사회주의 이데올로기에 경도된다. 근파는 첫사랑에 대한 애증으로 현실을 비관하던 차, '자유'의 또 다른 이름으로 사회주의 이데올로기를 수용한 것이다. 그녀가 추종하는 자유는 남녀관계의 자유, 끽연의 자유, 행동의 자유, 사생활의 자유로 나타난다.

성하와 근파에게 있어서 '사회주의'는 당면한 현실에 대한 도피와 판타지임을 시사한다. 이들을 통해 작가는 진정한 자유는 사회주의를 비롯한 이데올로기를 통해 실현되는 것이 아님을 보여주려는 것이다. 작중에서 눈 여겨 보아야 할 대목은 남성이 젊은 혈기와 감상적 열정으로 사회주의를 지향한 것으로 제시된 데 비해, 여성은 자신이 처한 현실에 대한 불만과 부적응으로 사회주의에 경도된 것으로 제시되었다는 점이다. 그 결과 남자 인물은 사회주의의 희생자로 제시되는 반면, 여성 인물은 여성 자신의 부덕에 대한 응징의 성격이 부가된다. 구혜영이 사회주에 대해 성별에 따른 이중 잣대를 드리우고 있음을 알 수 있다. 남성보다 유독 유성에게 더 많은 인내와 희생을 미덕으로 강조했던 것이다.

좌익 세력은 이들을 활용하여 주변의 사람들을 포섭하기 시작했다. 남한의 좌익 지하조직망들은 성하처럼 낭만적인 젊은 혈기로 사회주의를 추종하던 젊은이들을 통해 사회주의를 전파하고 그들을 전쟁에 동원한다. 한국전쟁 직전 성하는 문맹에 가입했으며, 전쟁이 발발하자 B대학 학생회장으로 추대되어 학생들의 인민군 동원에 앞장서야 했다. 조학묵은 성하가 의용군에 자원입대하도록 질타한다.[153] 조학묵도 상부로부터 더 강도 높은 일을 요구받았으며, 이에 성하와 지영에게 활동의 강도를 높였다. 성하를 비롯한 지영은 학교와 주위 친지들을 포섭해야 했으며, 북한에서 내려오는 지령에 따라 행동해야 했다. 근파는 성하를 선전 선동하여 그의 친구 남상엽과 그가 사랑하는 주예란을 포섭의 대상으로 삼게 했다. 일련의 외압에 지친 성하는 스스로 의용군에 자원한다.

작품의 후반부에 이르면, 성하와 근파는 감상으로 접근한 이데올로기의 부정적 측면을 체감한다. 성하는 점차 자신이 꿈꾸었던 신념의 균열을 경험했으며, 사회주의를 비판하기 시작한다. 혁명이라는 단어가 지닌 열정과 청렴에 가슴이 죄기도 하지만, 유혈을 수반하는 혁명을 수용할 수 없었다. 그는 "사상이 다르다고 제자가 스승을 찌르고 스승이 제자를 고발하고 친구를 꼬여내어 곡괭이로 찌르고 밟아 죽이고 째 죽이"는(97면) 유혈극을 용인할 수 없었다. 성하는 인민군에 지원하면서 예란에게 전진하는 역사의 증인이 되려던 자신이 "인간을 배반하는 어처구니없는 역사의 죄인이 되지 않도록 빌어"(294면)달라는 편지를 전하며 사회주의로부터 선회한다.

인민군에서 이탈한 성하는 인민군의 총에 죽는다. 성하는 사회주의 이데올로기의 문제성을 지각하지만, 종국에는 공산군에 의해 죽는다. 작가는 낭만적 사회주의 청년의 자가당착을 보여주려 했던 것이다. 그가 의용군이 되었다가 종국에는 공산군에 의해 죽는 설정은 연재본과 단행본이 동일하다. 근파는 전쟁 발발 이후 관우에게 다시금 애정을 호소하지만, 관우는 받아들이지 않았다. 오히려 관우는 근파에게 인민군 대열에서 예란을 빼내줄 것을 요청한다. 그녀는 예란을 가족의 품에 귀환시키고, 국군에게 총살당한다. 구혜영은 단행본에서 그들이 단순히 '전쟁'의 희생자가 아니라, '사회주의이데올로기'의 희생자임을 보여주려 했다.

이와 더불어 구혜영은 남한의 자유주의 체제를 대변하는 인물로 목관우의 성격을 구체화했다. 그는 연합군이 입성하자 유엔부대 부대장이 된다. 그는 우익 이데올로기를 표상하는 긍정적인 인물일 뿐 아니라 사회주의에 대한 작가의 입장을 대변하는 인물로 등장한다. 작중에서 관우를 일제 치하 학병으로 끌려간 후 소련과 모스크바까지 가서 포로로 살아남았다가 돌아온 인물로 그렸으며, 그의 목소리로 사회주의 이데올로기의 문제점을 다음과 같이 지적한다.

모든 인간은 원래 자기중심적이오. 이 자기중심성을 무제한으로 방임할 수는 없다고 하지만 이것을 일정한 기계적 테두리 속에 가둬 두려는 건 인간의 본성을 거부하려는 것이오. 인간의 본성을 무시하는 사상이 아니었소. 그건 역사가 증명하오. 수천만의 인간들이 어떻게 하나의 사상체계 밑에만 획일화될 수가 있단 말이오. 그건 인간이 아니라 꼭두각시지. 하나의 이데올로기를 강요하기 위해서 수만의 생명을 초개처럼 여긴다면 사람을 행복되게 한다는 그 체제가 실상 사람을 죽이는 무서운 결과를 초래하게 되는 것이 아니겠소. 한 생명에 대한 애정이 깃들어 있지 않는 사상이란 백, 천, 그 이상의 생명도 우습게 안다는 뜻이오. 이런 사상이 곧 파시즘이요. 또한 코뮤니즘이라 나는 믿소.(235면)

우익 자유진영을 대변하는 인물 목관우는 사회주의에 대한 부정과 남한 정치체제에 대한 긍정적 인식을 보여준다. 구혜영은 목관우를 통해 사회주의에 대해 인간의 본성을 무시하고 생명을 경시한 책임을 묻는다.

단행본에서 구혜영은 해방공간이 놓여 있는 사회 정치적 난황과 대비하여 자연발생적으로 이데올로기에 경도된 젊은이들의 모습을 포착했다. 연재본에서 성격이 불분명하고 뚜렷한 족적을 보이지 않았던 사회주의 청년 '이정린' 대신 대학생 '이성하'를 주인공으로 부각시켰다. 이성하를 중심으로 사회주의 청년들의 관계도 개연성 있게 설정했다. 그들은 동시대 조국의 난황과 청춘의 열정으로 사회주의에 경도되지만 이념을 체화한 것이 아니라 자신의 목말라 하는 '자유'를 '사회주의'를 통해 얻으려고 했다.

물론 사회주의에 대한 이론과 상식을 소설 곳곳에 삽입시켰으나 교조적인 주장으로 그칠 뿐, 인물의 의식으로 체화되지는 않았다. 그 결과 그들은 사회주의에 대한 신념으로 민족해방에 뛰어들 수 없었으며, 단지 좌익 집단에 이용당하고 말았다.

흥미로운 점은 구혜영이 사회주의에 경도되더라도, 남성보다 여성을 더 부정적으로 묘사한다는 것이다. 연재본에서 유보아는 이정린 대신 목관우를 사랑하고 그의 아이를 낳는 것으로 그친다. 반면 단행본에서는 첫 사랑에 실패하자 가정마저 버리는 여성인물 송근파를 창조했다. 송근파로 하여금 남편과 가정을 버리고 추종한 것이 사회주의임을 보여줌으로써, 자유의 또 다른 이름으로 사회주의를 호명하는 청년의 태도를 부정적 행실과 동궤에 배치했다. 가정을 버린 여성이라는 부도덕한 기호에 사회주의의 기호를 덧붙임으로써, 사회주의에 대한 작가의 부정적 표상을 강화한 것이다.[154] 주부로서 여성의 도를 제시하던『주부생활』기자 구혜영의 입장에서 사회주의의 부정성과 가정을 버린 여성 부덕에 대한 질타가 교차하고 있음을 알 수 있다.

4) 주부 윤리와 반공정신

이 장에서는 구혜영의 장편소설『안개의 肖像』잡지 연재본과 단행본 간의 간극에 주목해 보았다. 이 작품은 1969년부터 1970 년 여성월간지 『주부생활』에 연재되었다가 1973년 단행본으로 출간되었다. 작품 연재 당시, 작가 구혜영은 『주부생활』의 기자로 일하고 있었다. 연재본의 특성을 살펴보기 앞서, 1960년대 말부터 1970년까지 『주부생활』에 연재된 구혜영의 기사를 찾아 분석했다. 구혜영이 게재한 기사를 통해 당시 잡지 『주부생활』이 지향하는 주부의 윤리를 유추할 수 있었다. 당시 잡지에서 구혜영은 영부인 육영수 여사를 대한민국 주부의 표본으로 삼아 남편을 내조하고 가정을 관리하는 일, 국가 안보를 직시하는 일을 주부의 윤리로 제시했다.

연재본과 단행본 모두 공통적으로 해방공간과 한국전쟁을 배경으로 젊은이들의 방황과 갈등을 보여주고 있다. 연재본은 이데올로기 문제와 별개로 청년들의 사랑과 이별에 초점을 맞추었다. 작품 말미에 이르러 한국전쟁이 발발하자, 인물 간의 갈등이 고조되는 반면 갈등은 미결 상태로 급하게 마무리 되었다. 단행본 『안개의 肖像』은 연재본과 달리 낭만적 열정의 청년들이 사회주의에 경도되는 과정에 초점을 맞추었다. 인물의 성격 창조를 위해 작중 배경을 지방도시가 아니라 서울로 삼아, 해방공간의 정치적 혼란과 그에 대응하는 혈기 왕성한 청년들의 목소리를 직접적으로 보여주려 했다. 그 결과 단행본에서는 해방공간 남한의 전체주의 분위기, 미군정의 실체가 비교적 상세히 드러나 있다.

연재본은 주부 독자층의 감상적 취향을 고려하여 작품 전반에 걸쳐 청춘남녀의 사랑과 이별을 보여주었으며, 후반부에 이르러 한국전쟁을 배경으로 반공이데올로기를 제시하였다. 연재본은 주제의식이 미흡하고 작품의 완성도가 현격히 떨어지는 데 비해, 단행본에서는 주제의식이 강화되고 비교적 가치중립적 역사의식을 보여주었다. 무엇보다도 작가는 단행본에서 주인공을 사회주의 청년으로 삼아 그의 성격 창조에 주력했으며, 해방공간 좌익과 우익에 팽배한 전체주의를 비판했다. 또한 사회주의 청년의 비극적 말로를 통해 사회주의에 대한 작가의 부정적 시선도 분명하게 표출했다.

아울러 단행본은 연재본에 비해 『주부생활』이 제시한 주부의 윤리를 더욱 능숙하게 처리하고 있음을 알 수 있었다. 작중에서 사회주의를 지향한 남성 인물의 죽음은 설익은 이데올로기의 희생물로 제시되는 데 비해, 사회주의를 지향한 여성의 죽음은 남편과 가정을 버린 방종한 여성의 응징으로 처리되어 있다. 해방공간 좌우익 세력의 전체주의를 모두 비판했지만, 사회주의에 대한 부정성을 더 공고히 했으며, 남편과 가정을 버리는 여성 인물에 '사회주의자'라는 표식을 덧붙임으로써 잡지가 제시한 주부의 윤리를 더 강렬하게 각인시켰다.

구혜영은 연재본에서 저널리스트로서 대중 감각을 보여주었다면 단행본에서는 소설가로서 문학 정신을 보여주려 했다. 여성 대중지로서, 1970년대를 전후한 『주부생활』은 국가가 요구하는 교양과 지성을 유포하는 데 앞장섰다. 구혜영은 영부인 육영수 여사를 비롯하여 동시대 주부의 귀감으로 보이는 주부를 탐방하여, 한 가정의 주부가 지켜야 할 윤리와 교양을 제시했다. 그런 까닭에 『주부생활』 연재소설에서도 한국전쟁을 배경으로 청춘남녀의 사랑을 그리되 종국에는 공산주의에 대한 경계를 제시하는가 하면, 단행본에서는 가정과 남편을 버린 부도덕한 여성의 이미지와 사회주의자를 동일시함으로써 반공정신과 주부 윤리를 더 공고히 제시해 나갔다. 구혜영은 원작과 개작에서 공히 현실 추수적인 보수주의자의 현실감각을 보여주고 있음을 알 수 있다.

2. 1980년대 기억 – 한국전쟁기 남한사회 좌익 여성포로의 행로

『안개의 초상』이 전쟁 이전 남한사회의 이데올로기 대립과 만연한 전체주의를 비판하고 있다면, 『광상곡』(1986)은 전쟁기를 중심으로 좌익 포로라는 멍에를 안고 박해받은 순진한 여학생들의 상처를 호소했다.[155] 특히 『광상곡』은 여성 자신의 목소리로 해방 이후 사회주의에 가담한 좌익 여성의 행로를 고백하고 있다는 점에서 주목을 요한다.[156] 1986년 여성작가 구혜영은 여성의 목소리로 한국전쟁에서 타자화되었던 가장 문제적인 여성의 전쟁체험을 생생하게 재현했다. 2015년 노벨문학 수상작 스베틀라나 알렉시예비치의 『전쟁은 여자의 얼굴을 하지 않았다』(문학동네, 2015)의 역자는 여성의 목소리와 시선으로 조명한 전쟁문학의 가치를 다음과 같이 설명했다.

> 작가 스스로 말했듯이 전쟁은 인류 역사에서 그 수를 헤아리기 어려울 만큼 수천 번도 넘게 있었고, 전쟁에 대한 책은 그보다 더 다양하고 많았지만, 거의 하나같이 남자들 입장에서 이해하고 받아들인, '남자'의 목소리로 들려준 '남자'의 전쟁이었다. 여자들 역시 전쟁의 당사자이자 가장 큰 피해자였음에도 불구하고 여자들 입장에서의 전쟁은 그 누구도, 심지어 여자들 자신조차 관심을 갖지 않았다. 그래서 작가는 이 작품을 통해 '여자'가 겪고, '여자'가 목격한, '여자'의 목소리로 들려준 '여자'의 전쟁을 이야기한다.[157](강조는 인용자)

『광상곡』은 '여자'가 겪고 '여자'가 목격한, '여자'의 목소리로 들려준 '여자'의 한국전쟁 기억이다.[158] 형상화 역시 정치에 입각한 이미지요 주체성의 복잡한 상호작용의 층위들을 보여주는 이미지라는 점에서,[159] 작중 여주인공이 스무 살 전후의 나이로 한 남자를 사랑하려는 마음과 미래에 대한 희망이 부풀어 오르는 시점에 있음은 시사하는 바가 크다. 그들이 스무 살을 전후하여 겪은 전쟁이 '어머니', '자녀', '누이'로서 경험한 가족적 비애가 아니라 때 묻지 않은 독립된 인격체가 감당해야 하는 벌거벗은 인간의 비애임을 보여주기 때문이다. 표면적으로 가족주의에 기반을 두고 있지 않으므로, 작중 여학생은 한국전쟁을 직시하고 여성에게 닥친 문제를 정면에서 응시한다.

　동년배 여성작가들은 여성을 주인공으로 삼아 여성의 목소리로 한국전쟁은 증언했으나, 여성 자신의 독립된 경험에 주목하지 않았다. 박경리(1926~2008)는 「불신시대」(1957)와 『시장과 전장』(1964)에서 상처받은 모성을 통해 전쟁의 폭력성을 구현하고 한국전쟁기 좌익지식인의 행로에 주목했다. 박완서(1931~2011)는 등단작 『나목』(1970)을 비롯하여 『그 많던 싱아는 누가 다 먹었을까』(1992) 『그 산이 정말 거기에 있었을까』(1995)에서 가족이라는 울타리 안에서 전쟁의 비애를 주목했다.[160] 박완서의 소설은 전쟁이 초래한 가족의 비애에 초점이 맞추어져 있으므로, 남성과 달리 여성이 감당해야 하는 전쟁의 문제성만을 주목한 것이 아니다.

　한국전쟁을 소재로 한 소설은 전쟁 직후부터 최근에 이르기까지 많이 발표되었으나,[161] 정치적으로 소외된 좌익 여성의 인권문제에 주목한 소설은 찾아보기 어렵다. 전쟁 직후 장용학이 「요한시집」(『현대문학』, 1955.7)에서 북한 인민군 포로를 통해 한국전쟁의 본질적 문제인 이념갈등과 분단을 고발한 것처럼, 다수의 소설이 이념과 분단문제를 다루어 왔다. 이후 최인훈은 「광장」(『새벽』, 1960.11)에서 북한군 포로의 중립국행을 통해 자유와 인권문제를 제기함으로써 한국전쟁을 세계사적 관점에서 읽어내려 했다. 지금까지 다수의 작가들이 한국전쟁을 소재로 한 소설을 많이 창작했지만, 전시(戰時) 좌익이력 여성의 인권문제를 천착하지 않았다.

『광상곡』은 표면적으로는 청춘남녀의 사랑과 상처를 다루는 듯하나, 궁극에는 한국전쟁기 여학생의 좌익이력과 이후 그들이 남한에서 받은 고통을 증언하고 있다. 중년 여주인공의 회고에 의거하여, 서두에서는 해방공간 여학생의 순박한 학창생활에 주목하고 중반부터는 전쟁 발발과 더불어 그들에게 몰아닥친 고난을 보여준다. 인민군이 입성하자 인민군 예술대에 편입되어 선전활동을 했고, 국군이 입성하자 인민군 활동이력으로 응징 받았다. 국군을 비롯한 남한 주민들은 재판과 법이 아니라 보복의 감정으로 인민군 여성포로를 학대했다.

남한에서 포로는 북한군과 중국군이 주를 이루었는데, 문제는 북한에서 내려온 인민군이 아니라 '남한에서 북한군에 의해 징집당한 인민군'이다. 전쟁 직후 북한이 남한에서 가장 먼저 시작한 점령정책은 인민 동원이었다. 북한은 1950년 6월 25일 전쟁 시작, 26일 군사위원회 조직, 27일 전시상태 및 동원을 선포하면서 전면적 전시동원체제로 이행했다. 동원 대상은 1914년부터 1932년간 출생한 만 18세에서 36세에 해당하는 전체 주민이었다. 동원은 선포 당일인 7월 1일부터 시작되었고, 7월 초에 조선인민의용군 본부가 만들어졌다.[162] 의용군의 전국적 본부가 만들어졌다는 것은 정규군뿐만 아니라 일반 인민동원 정책이 매우 신속하게 수립되고 집행되었음을 보여준다.

전쟁에서 포로는 전승의 전리품이자 집권자의 존재증명을 위해 갱생이 요구되는 대상이다. 전시에도 군법이나 비상계엄령이 작동하여 법을 더 엄격히 적용할 수 있었으나, 한국전쟁에서는 민간인을 보호한다는 인식이 거의 작동하지 않았다. 따라서 거의 법적 절차도 거치지 않은 채 민간인 학살이 자행되었고 여성에 대한 성폭력도 그런 상황에서 이루어졌다.[163] 남한에 연고가 있더라도, 공산주의의 동원 이력은 국민적 위치를 불안전하게 만들었다.[164] 『광상곡』에서 여학생의 인민군 활동은 총 11개의 주제 중 '불모의 여름', '영원한 저주', '단죄(斷罪)의 여인들', '한줌의 바람으로' 4개의 장에 걸쳐 전개되어 있다. 이를 중심으로 한국전쟁기 도강하지 않고 잔류한 여학생들의 좌익이력과 그에 대한 국군의 응징 추이를 살펴보려 한다.

1) 여학생의 6·25 체험 – 인민군과 국군에 의한 이중고

① 인민군 입성과 이동예술단 차출

구혜영은 여학생의 6·25체험을 보여주기 앞서 작품 전반부에 해방공간 여학생들의 실생활 묘사에 많은 지면을 할애하고 있다. 여학생들의 좌경화 배경을 설명하기 위해 해방 이후 삶의 조건들을 세밀하게 보여주었다. 해방기 다수의 지식인 청년들은 평등하고 자유롭게 살 수 있는 사회를 꿈꾸며 사회주의 이데올로기에 공명했다. 작중에서 청년들이 좌경화할 수밖에 없었던 배경은 다음과 같이 두 가지로 나타난다.

첫째, 그들은 식민지 시대의 연장선에서 사회주의를 긍정적으로 바라보았다. 식민지하 좌익 지식인들은 민족해방투쟁을 주도했으므로, 대중은 '사회주의'와 '민족주의'를 동일시하고 일제 치하에서 경험한 자본주의로 인해 자본주의를 부정적으로 인식하기도 했다.[165] 작가는 작중 여학생들의 좌경화는 일제 식민지 시대 독립운동에 뿌리를 두고 있음을 보여준다. 주인공 여학생들을 비롯하여 대중의 지지를 받은 한일산은 독립운동가의 후예이다.[166] 그는 해방 이후에도 지역민을 대상으로 사회운동을 펼쳐왔으며 민족과 공동체를 위해 사회주의 운동에 가담했다.

둘째, 그들은 해방 이후 남한사회에 팽배한 전체주의에 대항하여 사회주의를 선망했다. 작가는 해방 이후 규율과 압제가 만연한 전체주의 분위기를 상세히 묘사했다. 여학교는 소지품검사를 통해 남학생으로부터 온 편지와 선배를 동경해서 쓴 일기를 압수한다. 여학교는 편지를 소지한 자명과 일기를 쓴 남옥을 "무서운 병균이라도 보유한 전염병 환자"[167]로 취급하고 그들에게 시말서를 쓰게 했다. 학교는 국가의 정치적 입장을 학생들에게 강요하고 주입했으며, 일상생활에서 사상검열과 통제를 엄격히 했다. 이에 여학생들은 "불과 삼사 년 전만 해도 그 어른들은 미국, 영국을 귀축(鬼畜)이라고 가르쳐"오다가, "지금은 버젓이 미국은 우리에게 해방을 안겨다 준 은인이라고 떠받들고 있다"며 "나라의 입장과 사정이 바뀔 때마다 옳고 그름의 차원도, 가치도 그때그때마다 바뀔 것이 아닌가"(122면) 반발했다.

1950년 남옥이 19살, 난설은 20살 무렵 한국전쟁이 발발한다. 인민군이 춘천에 입성하자, 많은 젊은이들이 충성심을 증명하기 위해 의용군을 자원했다. '의용군(義勇軍)'은 북한군에 의해 징발되어 편성된 남한 출신 청소년들의 인민군 측 군사조직을 일컫는다.[168] 남옥 일행은 사회주의를 추상적이고 순진하게 이해하고 동참했다. 남옥은 피난민들을 "계급없는 평등 사회, 절대 다수의 절대 행복이 기다리는 복지 천국을 버리고 떠나오는 무식한 겁쟁이들!"로, 아버지를 비롯하여 인텔리겐차들을 "회의적이고 불투명하기만 한 회색분자"로 질타했다.(167면) 당시 잔류한 사람의 대부분이 중도우익 또는 반이승만 노선을 취했듯이,[169] 남옥은 기실 좌익이라기보다 중도우익에 가까웠다.

남옥은 여학교 친구 윤자에게[170] 이끌려 '이동 예술단'에 차출되었다. 남옥이 가입한 이동 예술단에는 이미 동급생 규희, 선배인 난설과 화진, 미술교사 민희태가 있었다. 예술단은 무용부, 합창부, 연극부로 나뉘어져 있었다. 전선에서 조직된 '이동 예술단'을 지도하기 위해, 북한 인민 예술단 소속 인민배우가 내려왔다. 해방 이후부터 북한은 사회주의에 대한 정보와 지식이 없던 대중에게 체제의 정당성과 우수성을 선전하고, 단계적 정책실현을 위한 선동을 최대 과제로 삼았다. 북한 공연예술단체는 북한의 정치적 정책실현을 위해 '이동연극대', '이동예술대' 등을 소편대로 조직하여 농촌, 어촌, 탄광, 기업소, 광업소, 인민군대는 물론 산간벽지를 찾아다니며 공연활동을 했다.[171]

『광상곡』에서 난설과 남옥은 '이동 예술단'에서 의도만 극대화된 춤과 노래를 배웠다. 단순한 구호만 내세운 노래와 춤은 애초부터 예술과는 거리가 멀었다. 그들은 이동 예술단에서 전쟁의 위협보다는 오히려 일상의 권태를 물리치기 위해 춤과 노래를 불렀다. 그들의 노래와 춤에는 신념에 대한 의지도 없으며 진정성도 없었다.

> 이제까지 우리는 이북 노래 몇 곡을 배웠지만 한결같이 빨치산, 피, 투쟁, 승리, 원수 따위 무시무시한 거친 단어들로 이루어진 행진곡풍의 것이거나 적개심을 고취시키며 살기등등한 적대의식을 고양시키는 것들이었다.(188면)
>
> 젊은이들은 저마다 목전에 닥친 공연 준비에 조급하면서도 마치 단체로 피서소풍이라도 떠나온 듯이 봉의산 중턱에서 희희낙락 땀을 흘렸다.(192면)

박완서도 자전소설 『그 산이 정말 거기 있었을까』(1995)에서 이동 예술단의 실제 공연에 대해 "은유(隱喩)나 상징이 전혀 없이 의도만이 하도 뻔뻔스럽게 노출돼 있어 마치 공산주의가 벌거벗고 서 있는 걸 바라보는 기분이었다"고 회고한 바 있다.[172] 『광상곡』에서 남옥 역시 이동 예술단의 무이념성과 무미건조함을 조롱했다. 남옥은 후미진 농촌을 돌아다니며 판에 박힌 선전극, 노래, 춤을 계속하는 가운데, 점차 좌익사상에 대한 염증을 느끼기 시작했다. 9월 하순 인민군이 퇴각하자, 미술교사 민희태가 이동 예술단을 이끌고 월북 행에 오른다. 남옥은 북쪽의 이념뿐 아니라 남쪽의 이념도 비판하는데 인용문 ①에서는 북한 공산주의의 비인간성을, ②에서는 남한 자본주의의 방종을 질타한다.

① 그들은 자기들이 내건 목표 수행을 위해서는 감히 살부회(殺父會)라도 만들 수 있는 패거리들이다. 대의를 위한다고 자기 아버지를 우물 앞에 꾀어서 빠뜨려 죽일 수도 있는 작자들이니, 어머니를 못 죽이고 스승을 못 죽이고 형제, 친구 누구를 못 죽이랴.(215면)
② 그 시절 남쪽 진영의 성적 문란과 타락상은 가히 짐승의 수준 (…중략…) 그것은 어쩌면 이른바 북쪽에서 입버릇처럼 내걸어 상투적 구호로 써먹는 썩어빠진 자본주의 독소의 변명할 여지없는 표상이자 취약점(217면)

미술교사 민 선생이 남옥을 겁탈하려다가 도주하자 지도자를 잃은 무리는 와해되었고, 남옥과 난설은 춘천으로 돌아왔다. 구혜영은 해방 이후 여학생의 좌경화를 일제 강점기 독립운동을 해 온 진보적 사상(사회주의 청년)과 해방 이후 전체주의 분위기에 기인해 있음을 보여 주었다.[173] 예술을 사랑하고 자유를 동경하는 여학생들은 여학교의 압제를 못 견뎌 했으며, 진보적 지식인 청년을 사랑하면서 사회주의 이데올로기를 더 우호적으로 수용했다. 이때 청년과 여학생의 사랑은 '정념 없는 아름다움'으로 요약될 수 있는데, 그들의 사랑은 섹슈얼리티를 탈각한 고결함(respectability)으로 민족주의를 정초한다.[174] 남녀는 서로 사랑하지만 구국의 사명감으로 정념 대신 예술에 대한 동경을 표출한다.

여학생들은 물론 작중 좌익 선봉 한일산은 클래식에 깊은 조예를 가지고 예술을 사랑했다. 청년과 여학생이 공통적으로 지향하는 '예술'은 자유를 표상하되, 한일산의 독립운동 전력이 시사하듯 궁극에는 민족적 고결함의 표상이다. 그는 여학생들에게 이념이 아닌 예술을 권고했다. "너희들도 셋이 다 예술을 해라. 이 하찮은 세상에서 그것밖에 할 만한 노릇이 없다"(127면) '예술'은 '민족주의'의 고결함과 연동되어, 여학생의 사상적 지향점이 사회주의가 아니라 민족주의임을 시사한다. 구혜영은 도강하지 않고 잔류한 여학생들의 좌익 활동이 공산주의가 아니라 민족주의에 근거해 있음을 보여주고 싶었던 것이다. 여학생들은 대학에 진학하자 음악과 미술을 전공했으며, 예술을 통해 인간의 자유를 구가하려 했다. 여학생들은 인민군이 입성하자 공산주의에서 자유를 찾으려 했으나, 이동 예술단에서 적개심을 조장하는 살기등등한 선동가를 부르고 비인간적 행각을 목도하는 과정에서 공산주의에 등을 돌렸다.

② 국군 입성과 좌익이력에 대한 응징

국군이 입성하자 여학생들은 과거 전력으로 인해 호된 대가를 치러야 했다. 구혜영은 국군 입성 직후 인민군 포로로서 여성이 받은 치욕과 상처 묘사에 주력했다. 남옥과 난설은 불과 이틀 동안 '밀고', '즉결 처분', '위안물', '폭력과 비인격적 취조'와 같은 행로를 거친다. 국회는 무분별한 부역자 처벌을 막기 위해 1950년 9월 29일 제49차 본회의에서 「부역행위특별처리법안」을 통과시켰으나, 이 법은 정부에 의해 재의가 요청되고 재가결되는 등 진통을 겪었으며 그 사이 수많은 불법학살이 이루어졌다. 이듬해 1·4후퇴로 전황이 급변하자 제대로 시행되지도 못한 채 1952년 3월 19일 폐지된다.[175]

구혜영은 남한 수복 직후 부역행위특별처리법안도 만들어지기 전 좌익이력 여성의 수모를 생생하게 묘사했다. 남옥과 난설은 국군에 의해 무분별하게 색출당하고 즉결처분을 받는 등 국가와 법망의 울타리를 벗어나 비인간적으로 유린되었다. 1950년 10월 4일 '군·검·경 합동수사본부'가 결성되기 전까지 주로 경찰 조직에 의해 부역혐의자가 적발되고 검거되었는데,[176] 남옥과 난설은 국군에게 색출당해 즉결처분을 받았고 요행히 살아남자 경찰로 연행된다. 그들이 남한 사회에서 받았던 응징은 법 너머, 역사의 이면에 놓여 있었으므로 작중에 드러난 그들의 행로를 자세히 추적할 필요가 있다.

춘천 시가에서 남옥일행은 국군의 입성을 천진스럽게 환호했는데, 누군가 그녀들을 손가락질 하자 '빨갱이 기집년들'로 몰려 군중의 거센 야유 속에 국군에게 연행된다.

> 나는 그 지프 속의 눈과 마주쳤을 뿐더러 이쪽을 가리키는 손가락도 보았다.
> (…중략…)
> "거기, 검은 옷 입은 여자 둘, 섯!"
> 군인들이 달려오며 외쳤다.
> 그러자 군중들은 저마다 빨갱이다, 빨갱이 기집년들이다 하며 삽시에 공기가 험악해졌다.
> "저년들을 잡아서 밟아 죽여!"
> 노한 목소리가 외쳤다. 가랑이를 찢어 죽이라는 등 눈깔을 파내라는 등 잇따라 무시무시한 아우성이 요란해졌다.(267~238면)

남한 주민은 인민군 치하 3개월간(1950.6.25~9.28) 고초를 누군가에게 앙갚음 하려했다. '인민 이동 예술단' 전력은 여학생들에게 감당하기 어려운 고난을 안겨주었다. 작가는 밀고의 '손가락'을 남옥의 여고 동창 규희로 묘사했다. 규희 역시 인민 이동 예술단의 전력을 가지고 있었으나, 자신이 살아남기 위해 친구를 밀고했다.[177] 그 결과 규희의 좌익이력은 단죄 받지 않았으며 오히려 남한사회 기득권을 선점했다. 반면 남옥과 난설은 비합법적이고 맹목적인 폭력을 감당해야 했다. 국군은 그 자리에서 '즉결처분'을 내리고, 경찰서가 아니라 인기척 없는 곳으로 데리고 가 총구를 겨누었다.

나는 냅다 고함을 질렀다. 어차피 죽을 목숨, 이판사판이었다. 지렁이도 밟히면 꿈틀한다는데 아무리 보잘 것 없는 목숨이기로 이렇게 끝장이 나는 것인가.

"사람을 등 뒤로 쏘다니, 이건 무슨 법예요?"

"네깐년들이 법 따지게 됐어? 그리고 지금이 법 따질 때야? 이렇게 곱게 죽여주는 것만도 고마운 줄 알아야, 쌍!"

그 중의 우락부락 해 보이는 군인이 조준한 총을 내리며 맞고함을 쳤다.

나는 어디서 그런 만용이 솟아오르는지 알지 못했다. 아직도 우리에게 총을 겨누고 있는 나머지 총구 앞으로 몇 발자국 다가가서는 악을 썼다.

"우리보고 이 전쟁 책임을 지란 말인가요? 우린 그런 책임 못 져요! 전쟁 책임자는 따로 있는데 우리가 왜? 왜? 왜?"(241면)

군중과 국군은 그들이 인민군 노래를 부르고 인민군을 따라다녔다는 것만으로 격분했고 응징하려 했다. 대장격인 군인은 법대로 하겠다는 남옥의 호소에 총을 거두었다.[178] 그들은 목숨을 부지했지만, 적산가옥의 지하실로 보내졌다. 지하실에는 가마니를 씌워 놓은 반 주검의 여자가 있었는데, 그들이 보는 앞에서 가

마니를 뒤집어 쓴 채 총살당한다. 총살 광경은 남옥 일행을 공포의 도가니로 몰아넣었다. 그들은 인가로 끌려갔는데, 남옥이 끌려간 곳에는 나이 지긋한 장교가 누워 있었다.

> "이리 안 올 거야!"
>
> 목소리는 마침내 부아를 터뜨리며 자리에서 벌떡 일어나 앉았다.
>
> "저를 정식으로 취조해주세요."
>
> 내가 말했다. 뜻밖에 말소리가 제대로 나왔다. 그 점이 만족스러웠다.
>
> "정식?"
>
> 목소리가 물었다.
>
> "정식이라는게 뭔가?"
>
> 나는 구술시험에 대답하는 학생 같았다.
>
> "법이라……"
>
> 그 사람은 무엇을 잠시 음미하는 말투였다.
>
> "전쟁은 법까지 삼켜버린다. 여기는 아직도 전장(戰場)이야. 너는 포로고. 알겠는가? 우리는 연일 시달렸다. 위로받고 싶다."(247면)

그들은 총살당하든가 국군의 위안물이 되어야 했다. 대령은 "싸움에 진 자는 이긴 자 앞에 무엇을 당해도 할 말 없는 밥"(248면)에 불과하다며, 19살 여학생에게 성상납을 강요했다. 배고파하자 우유와 비스킷으로 허기를 달래 주고, 이후 자기 육체의 허기를 달래 줄 것을 명령했다. 남옥은 장교에게 그의 "누이동생도 지금쯤 어디서 저처럼 이렇게 당하고 있을지도" 모른다고 대구하며 성상납을 모면했다. 구혜영은 작중에서 국군대령의 성격을 비교적 온건하게 처리했는데, 남한에 뿌리를 내린 작가의 정치적 자기검열이 작용한 것으로 보인다. 이후 지프 운전병은 "쌍년의 갈보년!"(250면)이라 욕설을 퍼부으며 남옥을 경찰 사찰계로 넘겼다. 경찰서의 취조관들은 '빨갱이' 소리만 들어도 이성을 잃고 앙갚음을 하려 했다.

"너, 이동 예술대라는 데서 뭘 했어?"
(…중략…)
"너 맛 좀 볼래? 옷 벗어!"
단둘만이 있는 골방도 아니었다.
중인환시(衆人環視)의 공간에서 처녀의 옷을 홀랑 벗기고 취조를 해야만 직성이 풀리다니.
(…중략…)
나는 오가는 사람들이 모두 보는 앞에서, 공중목욕탕도 아닌 그곳에서 여자보다는 남자들의 수효가 단연 더 많은 그곳에서, 거웃이 겨우 제 모습을 갖춘 그 부끄러운 나이에 봉긋한 유방이며 허리가 그대로 노출된 알몸으로 취조를 받았다.
울음밖에 나오지 않고, 어제 단번에 죽지 못한 일만 후회막급인데 그 기막힌 꼴로 거기서 배운 노래와 춤을 부르고 추라는 것이다.
무엇이 그리도 더 살고 싶은 목숨이라고 그 꼴로 서서, 울먹이는 소

리로 머릿속에 떠오른 이북 노래 첫 소절을 간신히 발성하자 기어이
목이 메어 흐느끼는 알몸에 사정없이 날아든 각목의 후려침……(250
~251면)

취조관은 모두가 보는 앞에서 19살 여학생에게 옷을 벗게 했
고, 이동 예술대에서 불렀던 노래와 춤을 추게 했다. 남옥은 살기
위해 울먹이며 노래했고, 알몸에는 사정없이 각목이 날아들었다.
남옥은 간신히 풀려나서 집으로 돌아왔으나, 1950년 9월 28일부
터 1951년 1월 4일까지 석 달간 금간 뼈마디와 어긋난 힘줄을 맞
추어야 했다. 난설도 국군에게 강간당한 후에야 집으로 돌아올
수 있었다. 이틀간의 모진 수모는 청춘을 앗아갔고 그들을 불결
한 여인으로 낙인찍었다. 남옥은 난설의 갱생을 위해 난설을 좋
아했던 홍순표에게 도움을 구했지만, 그 역시 철저하게 외면하고
밀고자 규희와 결혼했다.[179]

『광상곡』에서 구혜영은 인공 치하 3개월은 물론 국군의 수복
이후 남한 잔류 여학생들의 행로를 자세히 보여줌으로써, 여성의
목소리로 한국전쟁기 여성인권 문제를 제기했다. 북한의 사회주
의는 민족과 국가에 대한 청년의 꿈과 열정을 이용했으며 남한의
자유주의 역시 좌익동원 이력을 이적시 하여 국가와 법망의 울타
리 밖에서 그들에게 폭력을 휘둘렀고 붉은 낙인을 새겨 놓았다.
남한사회에서 그들은 육체적 치욕감과 굴복감 외에도, 평생토록
좌익이라는 꼬리표를 달고 살아야 했다. 구혜영은 한국전쟁기

여성인권유린 문제를 화두로, 남한사회 편(偏)이념성으로 말미암아 전향의 불명예를 지니고 죽은 듯 살았던 이들의 목소리를 들려주려 했다.

③ 전후(戰後) 여성 반공포로의 행보

구혜영은 또 다른 여성인물 자명을 통해 인민군에 가담하여 포로가 되었으며, 이후 반공포로로 석방된 여성의 궤적에 주목했다.[180] '가시나무 화관'의 장은 반공포로로서 자명의 상처를 다루고 있다. '반공포로'는 강제로 의용군이란 이름으로 끌려가 북한 인민군에 입대하여 포로가 된 남북한 출신의 사람들을 일컫는다. 자명은 인민 이동 예술대 활동만 한 것이 아니라, 낙동강 전선에서 총을 들고 싸우다가 국군의 포로로 생포되어 거제도 포로수용소에 수감되었다.

한국전쟁 발발 당시 자명은 미대 1학년, 그의 연인 녕균은 문리대 2학년이었다. 그들은 좌익 선봉에서 지하운동을 해 왔으며, 전쟁이 발발하자 의용군에 자원했다. 자명을 주축으로 예술학도만 모인 소부대는 예술소대로 발족했다. 자명은 자신을 비롯한 동료들을 "낭만주의" "좌익 얼치기"(304면)라 명명하며 신념이 아니라 생존을 위해, 때로는 권태를 못 이겨 의용군에 지원했음을 회고한다.

맨 처음, 우리 미대 학생들만 일주일 동안 의용군 교양을 받은 어느 초등학교에서는 깔깔대고 히죽거리고 제법 재미났어. 군가 행진곡을 많이 불렀거든. 여학생들이 군가를 배우는 동안 남학생들은 목총을 들고 훈련을 받았어. 저런 나무 총 갖고 싸워도 이길 자신 있대. 넌 여기 왜 들어왔어? 밥 빌어 먹으로 왔지. 넌? 난 서울이 지겨웠어. 반동 소리 듣기 싫고, 그럼 여긴 뭐니. 뭐야. 피난민 수용소지. 그럼 혁명은 누가 한 대? 그거야 빨갱이들 사업 아냐? 넌 뭐야? 나? 나야 그저 나지 뭐. 아이, 미칠 것 같다. 여길 가도 저길 가도 감옥 아니니. 빨리 어디로 떠나기나 했으면!(303면)

자명은 예술소대가 미군 폭력을 받고 몰사 당하자, 이북 사람들로 구성된 예술대로 보내졌다. 인민 예술대는 낙동강 부근에서 전투에 투입되었는데, "군사훈련이라곤 목총 몇 번 휘둘러 본 것뿐인데" "모두 인민군대로 편성"되어(309면) 총을 들었다. 인민 군대가 부상자를 버리고 퇴각하자, 자명은 잔류 부상병을 돌보다가 국군의 포로로 잡혔다. 자명은 1951년 초부터 1953년 6월 중순까지, 거제도 반공군 포로수용소에 있다가 반공포로 석방으로 풀려났다.

구혜영은 자명을 통해 포로수용소에서 벌어진 친공포로와 반공포로 간의 갈등과 유혈사태, 여자 포로수용소의 잔혹함을 간략하게 서술했다. 여자 포로수용소의 실태는 가장 첨예하게 다루어져야 할 전쟁의 민낯임도, 작가는 압축하고 포로수용소 이후의 삶에 더 주목했다. 자명은 자유주의 강대국의 시민이 되기 위해 미군에게 접근했고 도미(渡美) 후 시민권을 획득하자 이혼했다. 연인을 만나기 위해 고국에 왔으나, 연인의 갑작스러운 죽음으로 순애보는 비극으로 끝난다.

자명의 행로에서 주목해야 할 부분은 귀국 후 이승만의 무덤을 제일 먼저 방문한다는 점이다. 그녀는 1953년 6월 18일 반공포로 석방으로 자유의 몸이 된 사건을 기념하고 있거니와 이 대목은 두 가지 사실을 시사한다. 우선 구혜영은 한자명이 공산주의자가 아니라 구국을 위해 공산주의를 동경했던 순진무구한 여학생이라는 점을 보여주려 했다. 다음으로 남북 분단을 고착시킨 미소(美蘇)를 비롯한 서방 세력에 대한 비판을 담고 있다. 이승만의 반공포로 석방 사건은 남한의 자주적인 자위권을 세계만방에 알린 사건이 되었거니와,[181] 이를 계기로 미국은 한미상호방위조약을 체결하고 국군 증강·장기 경제원조 등을 약속하였다.[182]

이승만은 휴전회담이 한국정부의 의사와 관계없이 마무리 단계로 접어들자, 반공포로를 북한에 되돌려 보낼 수 없다는 취지 하에 반공포로를 석방했다. 1952년 6월 18일 새벽 2시 포로수용소의 전원을 끊고 철조망을 뚫어 반공포로를 대탈출시켰다. 이로 말미암아 3만5천6백여 명의 반공포로들 가운데 자유를 찾은 포로가 2만7천4백여 명에 달했다. 헌병총사령관 원용덕은 18일 새벽 2시에 대통령에게 거사 성공을 보고한 후, 새벽 6시에 중앙방송국에서 '반공 포로 석방에 대한 대국민담화문'을 방송하여

이를 국민에게 알렸다.[183]

이승만의 무덤을 방문하여 포로석방을 기념하는 자명의 행위는 단순히 포로 석방의 기쁨을 기념하는 데 그치지 않는다. 그에 앞서 작가 구혜영이 국가주의의 자장 안에서 한국전쟁 당시 여성의 인권문제를 제기하고 있음을 확인하게 한다.[184] 구혜영의 의식 깊이 잠재한 국가주의는 앞서 좌익 여성포로의 인권유린 현장을 묘사하는 데도 작용했다. 즉결처분 현장에서 '법'에 대한 호소를 받아들인 국군, 성상납 현장에서 우유와 비스킷을 주며 여학생을 달래는 국군장교에 대한 묘사는 작가의 내면을 잠식하고 있는 국가주의가 도덕적으로 발현된 것이다.

이때 자신의 여동생을 떠올리며 성상납 강요를 포기하는 국군장교의 태도는 작가의 국가주의가 망가질 수 있는 마지노선일 뿐 아니라, 일찍이 작가가 내면화 해 온 가족주의의 발현이다. "가족제도의 억압성으로부터 여성은 벗어나고자 하지만, 국가가 '여성'에 대해 주목하는 것은 오로지 여성의 성적 차이와 역사를 본질적으로 국가를 지탱하기 위한 것이 되게 하는 것이다"라는 레이초우의 지적처럼[185] 구혜영의 여성의식이 표면적으로 가족을 벗어난 듯하나, 오히려 국가에 의해 더욱 견고하게 가족주의에 예속되어 있음을 알 수 있다.

결국 구혜영의 여성의식은 국민국가의 자장권 안에서만 작동하는데, 이는 다음과 같은 두 가지 사실을 시사한다. 첫째, '국민'이 '시민의식'과 '여성의식'을 조정하는 최상위 개념이다. 그 결과 구혜영의 여성의식은 여성 문제를 본격적으로 다루어 당대 지배적인 담론과 건강한 긴장관계를 유지하는 데 실패한다.[186] 둘째, 해방 이후부터 전쟁 발발 전까지는 '민족'을 사유했다면 한국전쟁 이후에는 '국가'를 사유한다. 민족에 대한 각별한 애정은 작중 독립운동가의 궤적과 신념에 대한 숭고한 형상화에서 엿볼 수 있다.[187] 그 결과 식민지 시대 형성된 '민족주의'는 전쟁 이후에는 '국가주의'와 결합함으로써, 국가에 대한 냉철한 사유를 방해했다.

『광상곡』에서 반공포로로서 여성의 궤적이 간소하게 처리된 탓인지, 구혜영은 이후 20여 년이 지난 시점에서 동일 인물을 주인공으로 하는 다른 단편을 창작한다. 「메이풀우드의 마지막 집」(『펜문학』 통권 60호, 2001.가을)은 반공포로 석방 이후 평생 동안 좌익의 멍에를 짊어진 여성의 삶을 다루고 있다. 『광상곡』의 자명과 「메이풀우드의 마지막 집」의 희숙은 동일 인물이다. 전자가 반공포로 시절에 초점을 맞추고 있다면 후자는 한국전쟁 이후 삶에 초점이 맞추어져 있다. 희숙은 친구 윤서에게 지나온 삶의 이력을 담담히 고백한다. 석방 이후 희숙은 결혼하고 두 아이를 낳았으나 이혼한다. 미국인에 접근하여 도미(渡美) 후 화가로 살지만, 자녀의 불행과 죽음으로 괴로워한다. 구혜영은 전쟁 이후 고단한 여성의 삶을 조명함으로써 '국가'로부터 등을 돌릴 수밖에 없었던 여성의 상처와 진실을 보여주려 했다.

2) 주홍 글씨 지우기

이 글에서는 구혜영의 한국전쟁 소설 『광상곡』의 문학적 성취를 분석했다. 남성작가들이 기왕의 전후소설에서 이데올로기의 대립과 분단문제에 주목하였고 여성작가들이 어머니·아내·딸이라는 가족의 범주에서 가족사의 비애에 주목한 데 비해, 구혜영은 거대 담론과 비교적 거리를 두고 좌익 이력의 여성을 주인공으로 삼아, 전시 여성의 인권문제를 천착했다. 작중 여학생들은 대학생이 되어 한국전쟁을 겪는다. 인민군 치하에서 이동 예술단으로 차출되어 인민군을 위한 노래와 춤을 강요받았다면, 국군이 입성하자 과거 이력으로 말미암아 '빨갱이'로 몰려 수모를 당한다. 즉결 처분을 받는가 하면, 성(性)상납을 강요받았고, 폭력적이고 비인격적인 취조를 받았다. 거제도 포로수용소에 수감된 여성 반공포로는 석방되었어도 미래를 잠식당했다.

구혜영은 한국전쟁기 좌익 여성포로가 당한 인권유린과 고통을 생생하게 증언해 보임으로서, 그 이전 그리고 동시대 작가들이 말하지 않았던 여성의 전쟁체험을 생생하게 증언했다. 가족구성원으로서 여성(아내/누이/딸)이 아니라 여성 자신으로서 그들이 당한 인권 유린의 현장과 실재를 소설을 통해 재현해 보인 것이다. 『광상곡』에서 한국전쟁기 좌익 여성의 행보를 추적한 구혜영의 작업은 1980년대 문학사에서 여성 인권 탐구의 일보를 내딛었다. 한국전쟁이 발발한지 30여 년이 지난 시점에서, 작가는 자신이 체험한 전쟁 현장을 생생하게 그려 보이며 거대 역사 속에 가려져 있던 여성의 상흔을 읽어내고 그녀들에게 각인된 붉은 낙인을 씻어 주려 했다. 나아가 이러한 노력은 중도파 지식인들에게 강요된 '전향'의 불명예와 인권유린에 대한 항변의 시발점이 되었다.

동시에 이 작품은 두 가지 한계를 노정한다. 첫째, 거제도 포로수용소 여성포로의 실재에 대한 소설적 형상화가 미비하다는 점이다. 여성 반공포로의 문제를 깊이 천착하지 않는 대신, 반공포로를 석방한 이승만에 대한 치하로 문제를 환원시키고 있다. 그 결과 한국전쟁이 여성에게 가한 폭력성의 전모를 더 세부적으로 접근할 여지를 잃었다. 둘째, 구혜영의 투철한 민족의식이 국가와 이데올로기를 심판하고 단죄할 수 없는 한계로 작용하고 있다는 점이다. 구혜영은 식민지 그늘에서 형성된 민족주의를 국가주의와 결합시킴으로써 여성의 인권과 불평등을 국가의 범주 안에서만 사유했다. 그 결과 국가주의는 가부장제 이데올로기와 견고하게 결합하여 여성으로 하여금 자신의 고통을 인내와 희생이라는 미덕으로 무장하게 했고, 나아가 구혜영 스스로 제기한 전시(戰時) 여성의 인권 유린문제는 대항 담론으로 확산될 여지를 잃었다.

3. 2000년대 기억 — 봉인 해제

1) 청춘 비망록

구혜영이 1986년 남한사회 좌익 여성포로의 행로를 기억하고 소설적 재현을 시도한 이유는 무엇인가. 대외적으로는 1980년대 후반 한국사회의 민주화 물결을 배경으로, 이념 갈등과 반목으로 희생된 좌익 여성포로의 삶을 조명할 수 있었던 것이다. 개인적으로는 민족분단과 한국전쟁을 겪은 세대로서, 분단과 전쟁의 상흔에 대해 역사적 책임감으로 인권을 유린당한 상처 잃은 영혼들을 위해 항변하고 증언하려 했던 것이다.

1931년생인 구혜영은 해방공간 여고 시절을 보낸다. 해방 이후부터 민족은 분단의 조짐을 보였으며, 순수한 청년과 소녀들은 민족의 분열을 막고 구국을 위한 일념으로 정치의 소용돌이에 휘말린다. 전쟁이 발발하자, 그들은 전쟁의 희생양이 되었고 이러한 체험은 작가의 원체험으로 강렬하게 자리 잡았다. 한국전쟁이 발발한 1950년은 작가 구혜영이 대학에 입학한 첫 해이다. 스무 살 구혜영은 전쟁과 더불어 아버지가 납북당하고, 순식간에 홀어머니와 동생들을 거느린 가장이 되었다.

구혜영은 대학 시절 청춘의 낭만을 구가할 수 없었다. 여성 작가의 여린 지성은 등단작 「안개는 걷히고」(『사상계』, 1955)에서 짐작할 수 있듯이 전쟁 직후 현실재건의 담론으로, 미적 감수성은 문학세계 전반에 걸쳐 분단과 전쟁의 상처를 소환해 내고 진실을 규명하는 데 소용되었다. '한국전쟁'은 등단소설의 중심 소재가 되었을 뿐 아니라, 이후 작가로서 문학정신을 확장하고 소설의 진실을 실어나가는 동력이 되었다. 작가는 개인의 상처가 아니라 동시대 젊은이들의 상처를 소환해 냈으며, 그중에서도 타자화되었던 가장 음지 인물의 상처와 진실을 규명해 내기에 이르렀다.

1970년대 첫 장편연재소설 「안개의 肖像」(『주부생활』, 1969~1970)에서 한국전쟁을 통해 청춘남녀의 이별과 상처에 주목했다면, 1973년 발간한 단행본 『안개의 肖像』(삼성출판사)에서는 연재소설을 대폭 개작하여 해방공간 정치적 정황을 면밀히 재구하고 사회주의 인물의 성격 창조에 심혈을 기울였다 그로부터 1986년 「광상곡」(『강원일보』, 1985~1986)에 이르면 사회주의 청년이 아니라 사회주의에 가담한 여성의 상처와 진실에 주목한다. 한국전쟁을 통해 박완서가 가족사의 비애를 조명했다면[188] 구혜영은 한국전쟁으로 말미암아 사회적 멍에를 안고 타자화되었던 음지 인물을 기억하고 그들에게 새겨진 주홍글씨의 낙인 해제를 시도한 것이다.

낙인 해제 과정에서 작가는 민족분단과 한국전쟁의 무고한 희생자를 소설로 구현해 옮겼지만, 그들을 희생으로 몰고 간 가해자의 실체를 깊이 있게 탐색하지 못했다. 구혜영의 민족주의는 국가주의와 연동되어 그녀가 발 딛고 선 체제의 모순과 실체를 벗겨내는 데 걸림돌로 작용했다. 작가는 분단과 휴전이라는 얼룩진 역사의 연속 선 상에서, 정권 변화와 그에 따른 빛과 그림자의 전모를 포착하고 재현하지 못했다. 한국사 내부의 압제와 은폐의 지점까지 통찰하기는 어려웠고, 그 결과 작가 자신의 정체성 확립과 확장이라는 측면에서 자신의 명예와 위상을 확보하고 규명하는 데 집중되었다.

이러한 사실은 구혜영이 말년에 발표한 또 다른 한국전쟁 소재 소설을 통해 확인할 수 있다. 전쟁 발발로부터 50여 년을 훌쩍 넘긴 시점에서, 노령의 작가는 다시금 청춘을 잠식했던 한국전쟁을 회고하며 연작소설을 발표한다. 구혜영은 2000년에 접어들어 호수 연작 「호수공원」(『라쁠륨』, 2001.봄), 「호수공원」(『라쁠륨』, 2001.여름), 「메이풀우드의 마지막 집」(『펜문학』통권 60호, 2001.가을), 「도라지꽃－연작소설 호수공원 4」(『한국소설』, 2003.11)를 통해 직설적으로 과거 자신의 정치적 입장을 항변한다. 일련의 작품은 각기 다른 작품이지만, 동일 인물을 주인공으로 삼아 주인공과 주변인물의 행적을 보여주고 있다.

2) 공간 너머의 기억

누구나 평생의 삶을 좌우하는 사건이 있다. 그것은 강렬한 사

건으로 기억되다가 어느 정도 세월이 흐른 후에는 이미지로 기억
된다. 노년에 이르러, 구혜영은 청춘의 한창 시절을 '호수'로 기억
한다. 일흔을 넘긴 작가가 말년에 발표한 연작 단편「호수공원」
(『라쁠륨』, 2001.봄),「호수공원」(『라쁠륨』, 2001.여름),「메이플우드의
마지막 집」(『펜문학』 통권 60호, 2001.가을),「도라지꽃—연작소설 호
수공원 4」(『한국소설』, 2003.11)은 공통적으로 '호수'를 호명한다. 구
혜영은 호반의 도시 춘천에서 여고 시절을 보냈다. 작가는 사랑
의 열정, 민족과 국가에 대한 막연한 책임감이 싹트기 시작한 시
절을 '호수'로 기억한다.

1931년생 작가는 해방공간 소녀 시절을 보냈고, 한국전쟁과 더
불어 대학생이 되었다. 해방 이후 소녀 시절을 난무했던 이념갈
등 그리고 민족분단은 작가의 강렬한 원체험이 되었다.『안개의
초상』(삼성출판사, 1973),『광상곡』(문예출판사, 1986)을 비롯한 일련
의 장편소설을 통해 해방 이후 이념갈등과 민족분단이 한국전쟁
으로 이어지는 과정에 주목했다. 두 작품에서 해방공간 미국의
전체주의적 횡포, 좌우익의 잇따른 테러, 순진한 청년들이 이데
올로기에 희생되는 과정, 이념과 전쟁으로 얼룩진 청춘, 그리고
이루어질 수 없는 사랑의 상처 등을 보여주었다.

2000년에 접어들면서 작가는 청춘의 한창 시절을 다시 회고한
다. 앞서 발표한 다른 소설과 마찬가지로, 2000년대 '호수' 연작
소설 역시 이념갈등과 민족분단을 다루긴 하지만, 작가가 구현하
고 말하려 한 것은 순수했던 청춘의 아름다운 풍경이다.

거기에는 오래 묵힌 지하창고 속 포도주 향내가 스며있는 추억, 영원히 사라져버린 줄만 알았던 젊은 날의 초상들이 가을 하늘의 구름처럼 무심히 비치며 떠 있었다. 가물가물한 그 시절의 여린 가슴을 저미며 미지의 곳으로 치닫던 향수와 동경, 그 손닿지 않는 아득한 피안에서 빛나던 별이고 호수였다. 그 호수가 지금, 그녀의 지척으로 서서히 다가오고 있는 것이다. 간절하게 바라던 젊은 날의 갈망이 인생말엽에야 기어이 이루어지려는 듯이.[189]

「호수공원」의 주인공인 연로한 여성작가 윤서는 아들 내외와 더불어 서울을 떠나 신도시 일산으로 이사 왔다. 그녀가 오랜 삶의 터전을 떠나 일산으로 이사한 것은 새롭게 만들어진 '호수공원' 때문이다. 그녀가 마주한 '호수공원'은 여고 시절 삶에 대한 희망과 사랑을 심어주었던 '호수'를 연상케 했다. 이순이 넘은 작가 구혜영이 말하고 싶은 것은 이념과 전쟁이 아니라 '여린 가슴을 저미며 미지의 곳으로 치닫던 향수와 동경' '아득한 피안에서 빛나던 별이고 호수'였다. 여고 시절, 구혜영은 당시의 '호수'를 다음과 같이 표현했다.[190]

호수

희망의 언덕 넘으면
호수가 있네.

조용한 산골짝 마을의

푸르고 작은 호수.

언제나 나에게 손짓해 부르네.

오세요.

어서 오세요.

희망의 언덕 넘어서

오늘도 가네.

달려서 가네.

　다소 소박한 시어로 구성되어 있는데, 일제시대 일본어로 공
부한 여고생 주인공이 한글 어휘구사가 능숙하지 않았던 때문이
다. 시에서 알 수 있듯이 소녀가 노래하는 호수에는 해방공간 정
치의 난황도 없고, 좌우익의 전체주의적 횡포도 없다. 향수 가득
한 청춘기를 대변하는 그 곳은 '희망의 언덕'을 넘어 조용한 산골
짜기 마을에 있는 푸르고 작은 호수이다. 주인공은 여고 시절에
이 시로 세상(『강원일보』)에 자신을 드러냈다. 소녀는 호숫가에서
꿈과 이상을 키우며 미래의 희망을 품어 왔다.

　밝은 햇볕을 받아 온 빛깔로 반짝이는 작은 호수, 물위에 그림자를
드리운 호숫가의 서너 그루 키 큰 미루나무, 거기에서 좀 떨어진 지점

에 고즈넉이 자리한 호반의 집, 그리고 귀가 길을 빠르게 희망을 넘어오는 사람의 그림자 하나.[191](강조는 인용자)

호반에는 작은 집이 있었고, 그 집에는 소녀에게 꿈을 심어준 인텔리 청년이 있었다. 작중 변시백은 순수한 소녀들에게 음악과 책을 읽게 했으며, 그들에게 문학과 예술에 대한 눈을 뜨게 해주었다. "처음에는 헤세, 체홉, 괴테 등을 읽다가 어느 결에 프랑스 문학 쪽으로 깊이 탐닉해 들어갔다." "몰리에르, 스탕달, 발작, 메리메, 플로베르, 유고, 졸라, 모파상, 르나아르, 듀마, 로스탕, 로망 롤랑, 지이드, 아나톨 프랑스, 프루스트, 라디게, 콜레트, 마르탱 뒤가르, 모리악, 앙드레 말로 등등……. 닥치는 대로 많이도 주워 읽었다."[192]

소녀 시절 윤서는 인텔리 청년 변시백의 격려와 힘으로 문학 동인 결성을 함께 하고, 미래에 대한 꿈을 키웠다. 감수성이 풍부한 여고생은 그를 통해 문화를 호흡했고, 사랑에 눈을 떴다. 동인들의 시낭송에 이어, 변시백은 슈베르트의 연가곡 겨울나그네를 부르며 예술에 대한 낭만적 흥취를 돋우었다. 그 시절 호수와 호반의 작은 집에는 특정 이념도 어떤 외압도 끼어들지 않았다. 오직 예술에 대한 자유로운 열정과 순수한 사랑만이 영글어 가고 있었다.

그 시절, 소녀는 스스로에게 다음과 같이 맹세했다. "평생 이 사람을 사랑하리라. 평생 한 사람을 죽도록 사랑할 수밖에 없는 운명의 선택이 선혈처럼 통렬히 기쁘고도 쓸쓸했다."[193] 해방공간의 이념 갈등과 민족 분단은 윤서의 맹세를 허물어 버렸다. 좌익과 우익의 전체주의적 외압과 테러는 청년들에게 순수한 예술을 허락하지 않았고, 이쪽과 저쪽 중의 한 편으로 몰고 가는가 하면 막무가내로 그들을 전쟁에 동원했다. 인민군이 서울을 점령할 때는 의용군으로 차출되는가 하면, 국군이 재입성할 때는 포로가 되어 청춘의 불씨를 사그라뜨렸고 그들의 희망찬 꿈과 미래를 짓밟아 버렸다.

2000년에 이르러 구혜영이 발표한 연작 단편들은 작가가 자신의 삶에서 해결되지 않은 마지막 불꽃에 불씨를 당겨, 청춘의 순수한 정열을 소환해 내고 말하지 못한 진실을 증언하려는 시도이다.

> 사람들은 풍진 세상을 고되게 더듬다가 고향집에 돌아오듯 호수 가로 모여왔다. 호수는 돌아온 사람들을 고르게 껴안고 다독거린다. 호수여, 그들이 힘 빠져 찾아든 호수 가에서 잃었던 희망을 다시 만나게 하라. 사윈 정열에 기름을 붓고 메마른 고목을 다시 움트게 하라. 쇠잔한 핏줄에 불을 당겨 후회 없는 마지막 생명의 꽃을 활짝 피우게 하라. 그녀는 갱생을 꿈꾸는 늙은 시찌프스처럼 결의에 찬 도전하는 눈으로 북적대는 신생 호수 가에 서 있다.[194]

일흔을 넘긴 작가가 말년에 발표한 네 작품은 모두 동일 인물들이 주인공으로 등장하여 그들의 말 못한 과거와 회한을 담고 있다는 점에서, 한 편의 작품으로 보아도 무방하다. 구혜영은 한국 전쟁 전후(前後) 자신의 과거를 회상하고 지금까지 말하지 못한 진실을 고백한다. 한국전쟁이 발발한 지 50여 년이 지난 후에야, 작가는 말하지 못했던 사실을 증언하고 주장할 수 있게 된 것이다.

호수 연작 소설에서 주인공은 작가 자신으로 짐작되는 70에 접어든 노인이다. 그녀는 소설을 쓰고 있으며 외아들 내외와 더불어 일산으로 이사 간다. 일산에 조성된 호수공원을 통해 젊은 시절 기억의 중심에 있는 '호수'와 인근 호수의 집에서 만났던 '사람들'을 떠올린다. 작가는 '전향'의 문제성에 대해 항변하고 싶었던 것이다. 전향의 무게를 짊어질 필요가 없는 젊은이들이 '좌'와 '우'에 의해 전향을 강요당했으며, 한국전쟁 이후에도 미래와 희망을 거세당하고 전향의 멍에를 짊어지고 살았던 불행한 삶들을 조명하고 그들의 명예를 회복시키려 한다.

3) 강요된 전향

전향(轉向)은 방향의 전환으로, 종래의 사상이나 이념을 현실 사회에 맞추어 바꾸는 것을 의미한다. 등단한 초기작에는 나타나지 않지만, 1970년대에 접어들면서 구혜영의 소설에는 항시 전향의 문제가 잠재해 있었다. 일련의 작품에는 작가 스스로 소녀 시절 경험한 사회주의로부터 거리를 두려는 노력들이 녹아들어 있다. 사회주의에 대한 경도는 순수한 여학생의 눈먼 열정이었으며, 사랑을 찾듯이 그에 경도되었음을 강조했다. 작고하기 전에 발표한 일련의 단편소설에서 구혜영은 전향의 문제를 좀 더 본격적으로, 구체적으로 다루기 시작했다.

노령의 작가는 해방공간 그들이 추종했던 민족지도자는 '여운형'이었음을 밝힌다. 2000년대 발표된 '호수' 연작 네 작품에서 작중 주인공 윤서와 그녀의 부모, 그녀 주변의 청년들은 중도우파의 우국 지도자 여운형을 추종했다. 그들은 해외망명 중이던 애국지사보다 여운형을 민족지도자로 깊이 숭상하고 그 힘을 믿었던 것이다. 이는 주인공 윤서에 앞서 뼈아픈 식민지를 경험한 그들 부모세대의 소망과 신념이었다.

> 어머니는 여학교시절에는 특대생이었고 광주학생사건 때에는 서울에서 학생운동을 일으켜 자기 학교의 주모자로 서대문 형무소에 얼마동안 수감된 경력이 있었다. 독립운동가 여운형을 마음속으로 열렬히 신봉하며 진정한 민족지도자로 깊이 숭앙하고 있었다.[195]

「호수공원」(『라쁠륨』, 2001.봄)에서 주인공 윤서는 1947년 여 당수 여운형의 피격 속보를 회상한다. 구국의 지도자로 의심치 않았던 정신적 지주의 죽음으로, 그녀보다 오히려 그녀의 어머니가 평상심을 잃었다. 어머니는 평범한 가정주부이지만, 몽양 선생의 영결식에 조사를 바쳤다. 몽양이 죽자, 우익은 미국 세력의 비호 아래 중도노선을 좌익으로 몰아붙였다. 어머니는 바느질품으로 가계를 돌보는 한낱 주부임에도 불구하고, '빨갱이 여괴수'라는 멍에를 안게 된다. 좌익에 대한 우익, 그리고 우익에 대한 좌익의 갈등과 긴장은 더욱 고조되었다. 사학자 정병준은 여운형이 공산주의자가 아닌 '진보적 민주주의자'로서 정치적 통합 또는 좌우합작 형식의 민족통일전선을 결성했다고 다음과 같이 설명한다.

> 여운형의 사상적 지향에 대한 논란은 그가 공산주의자가 아니면 사회민주주의적 지향을 갖고 있지 않았는가 하는 점에 집중되었다. 이에 대한 잠정적인 결론은 여운형이 공산주의자가 아니었을 뿐 아니라 사회민주주의자도 아니었다는 것이다. 여운형은 식민지 반식민지를 겪은 나라에서 사회주의·공산주의 사상을 민족해방운동의 관점에서 이해하게 된 많은 지식인들의 대표적인 경우의 하나였다. 또한 식민지 조선의 상황에서 그의 이념은 민족해방이라는 과제를 실천·체계화하기 위한 도구였다. 때문에 어느 한 이념으로 그의 사상적 지향을 대입시키려는 것은 무리한 일이다. 왜냐하면 여운형의 사상은 형성되어 있던 결과물이 아니라 형성과정에 놓인 것이기 때문이다.[196]

윤서가 사랑했던 변시백 역시 한낱 자유주의자에 불과했으나, 좌익과 우익의 틈바구니 속에서 청춘을 잃고 미래를 거세당했다.

일찍이, 그는 윤서를 비롯한 소녀들에게 자신이 춘천의 작은 호 숫가로 오게 된 까닭을 다음과 같이 설명한 바 있다.

> 이론에 강한 공산당은 세포조직을 강화할 목적으로 연일 무슨 팜플 렛 나부랭이를 내려 보내는데 혈기 왕성한 지식층 청년들은 그걸 나눠 읽고는 무슨 크게 공산주의 이론가나 된 듯이 떠벌리고 흥분하고……. 하기야 그것도 무리는 아닌 것이 일제시절에 오죽 사상적으로 억압을 받았어야지, 갑자기 쏟아지는 공산주의 이론이 그저 새로워 보이고 신 기할 밖에……. 아무런 비판도 없이 그냥 쑥쑥 빠지더라고.
> 그러면 우익은? 이 쪽은 더욱 한심한 것이 아무런 이론적 뒷받침도 없이 그저 구태의연하고 막히면 주먹부터 내휘두르니 깡패 소리나 듣 기 십상이야.
> 이래저래 어이쿠 안 되겠다 싶어 다시 내려왔는데 여기라고 다르겠 나. 마침 이런 조용한 데가 생겨서 좌익들에게는 소부르주아적 퇴폐주 의라고 경멸당하고 비판은 받겠지만 나야 공산주의자도 아니고 매인 데도 없는 자유주의자니까 그저 조용히 파묻혀 공부나 할거야.[197]

그는 "암살 없는 세상", 주체적으로 평화롭고 음모 없이 밝으며 "최대 다수가 평등하고 수준 높은 문화사회", "퇴폐적인 자본주의 경향을 지양"하고 "어떤 외세에도 흔들리지 않는 공평한 복지사 회"를[198] 지향했으나, 1948년 남북한 각각의 정부가 수립되자 좌 익으로 몰려 지하로 잠적했다. 그는 전향을 강요받기에 이르렀다. 구혜영은 다른 작품 「도라지꽃—연작소설 호수공원 4」(『한국소설』, 2003.11)에서, 이들에게 강요된 '전향'의 불합리와 부조리를 다음과 같이 설명한다.

> 6·25 때는 남로당에서 백안시 당하고 9·28 때는 잔류한 남로당원으로 오해를 받고 고문도 많이 받았다던가. 그리고는 연달아 빨갱이가 아닌 증거를 보이라며 전향을 강요당했지만 무연의 입장으론 뾰족하게 전향을 할 대상도 없고 전향할 데도 없으니 어떻게 무슨 명목으로 전향을 하느냐가 더 심각한 골칫거리였다. 무연의 전향이란 곧 몽양을 버리라는, 몽양을 배신하라는 요구이므로 죽어도 그 짓만은 안 되는 일이었다.[199]

구혜영은 또 다른 작품 「메이풀우드의 마지막 집」(『펜문학』 통권 60호)에서 당시 변시백, 윤서와 같은 청년들을 "순수한 중도(中道) 민족주의자 몽양의 신봉자"[200]라고 설명한다. 1955년 등단 이래, 구혜영은 해방 이후와 한국전쟁 소재의 소설을 지속적으로 발표했지만, 중도주의 노선 몽양에 대해 언급하지 않았다. 1970년대, 1980년대에 연재 형식을 거쳐 한국전쟁을 다룬 장편소설 『안개의 초상』과 『광상곡』을 간행했지만, 두 작품에서 몽양에 대해 구체적으로 언급한 적 없었다. 작가는 이데올로기로부터 거리를 둔 채, 자유를 갈망하던 순진한 청년의 모습을 그리는 데 집중해 왔다.

해방된 지 50여 년이 훨씬 지난 다음에야, 구혜영은 과거 자신의 정치적 노선을 설명하기 시작한다. 2000년에 접어들어서야, 작가 자신을 비롯한 주변 청년들이 해방공간 숭상했던 정신적 지도자가 누구였으며, 그의 정치적 입장이 무엇인지, 어떠한 가치가 있었는지를 구체적으로 말하기에 이른 것이다. 이러한 사실은 구혜영 소설의 진정성 여부를 논하기 앞서, 한국사회가 처해 있는 정치적 경직성을 대변한다. 반공에 대한 뿌리 깊은 회한, 통치자의 전체주의적 권력, 이데올로기에 대한 선입견과 유연하지 못한 태도 등이 한 여성 작가로 하여금 자신의 고백을 그토록 오랫동안 뒤로 미루어 말하지 못하게 했던 것이다.

구혜영은 「도라지꽃—연작소설 호수공원 4」(『한국소설』, 2003.11)에서 몽양의 노선과 그를 추종하던 무리들을 주인공으로 부각시켜 그들의 정치적 입장을 조명한다. 작중 여류작가 윤서는 몽양 서거 56주기 추모식 초청장을 기다린다. 그녀는 해마다 7월 초사흘이면 몽양 선생 추모식에 참석한다. 여학생 시절부터 숭상해온 민족 지도자에 대해 그녀와 그녀 주변인들은 평생 추모의 정을 잃지 않았다. 윤서는 자신과 그녀의 어머니, 그리고 무연과 그의 아버지 허진수의 삶을 회상한다. 그들은 몽양이 암살당하자 삶의 희망을 상실했으며, 몽양의 죽음과 더불어 그들은 법을 어기거나 죄목이 있는 것도 아닌데 당국의 눈을 피해 다녀야 했다.

그녀는 몽양이 조직한 근민당이 중도노선을 표방하던 정당이었으며, 좌우합작을 시도한 김규식이 중도 우익에 해당한다면 몽양은 중도 좌익에 해당한다고 회고한다. 작중 주인공 윤서는 몽양의 평전을 읽으며 몽양은 "오직 민족주의에 입각한 조국의 통일 독립"을 기원했음을 강조한다. 윤서는 미군정 사령관 하지의 정치고문이었던 윌리엄 랭던의 말을 인용하여, 몽양의 정치노선을 다음과 같이 소개한다.

> 몽양이 비명에 갔을 때, 나의 기억에 남아 있는 (그의) 모든 말과 행동을 종합하고 분석해서 얻은 나의 결론은, 몽양이 개인적으로 또 정신적으로 소련보다는 미국에 더 가까웠지만, 정치적으로는 이들 양국에 대하여 절대적으로 중립이었으며 그가 갖고 있던 유일한 목적은 미소 양국으로 하여금 가급적 빨리 한국으로부터 물러나게 하는 일이었다.[201]

당시 청년들은 민족의 분단을 막고, 정치적으로 독립하고 문화적으로 선진화된 조국을 소망하며 이를 실현할 수 있는 지도자로 여운형을 숭상했다. 극단적 좌우익 사이에 양식 있는 중도주의가 밟고 설 땅이 없었으며, 그들은 좌익이 아님에도 전향을 강요당했음을 한탄한다. 그들은 몽양을 흠모한 죄로, 남한에서 삶의 터전을 내리기 쉽지 않았다. 작가는 여운형을 추종했던 그녀의 어머니와 그녀의 동년배들이 감내해온 불행한 삶의 이력을 보여주었다. 그들은 좌익이 아니라 민족통일을 지향한 중도주의자임에도, 분단과 전쟁은 그들을 좌익으로 내몰았으며 남은 생에 지울 수 없는 주홍글씨를 새겼다. 남한에서 그들은 올곧은 직업과 미래를 설계할 수 없었고 건실한 생활을 설계할 수 없었다.

여운형을 추종했던 청년 무연은 해방 이후 결혼을 해도 직업을 가질 수 없었으며 평생 보이지 않는 통제를 받아왔다. 뒤늦게 국가로부터 무연은 일제 시대 독립운동 이력을 인정받아 독립유공자로 연금을 받았지만, 이미 그때는 기력을 상실한 노인이었다. 일찍이 무연의 아내는 무능력한 남편 대신 생활을 책임지면서 남편에 대한 애증의 골이 깊었던 탓에, 연금이 나와도 무연에게 주지 않았다. 무연은 국가로부터, 그리고 아내와 가족들로부터 외면 받으며 고독한 삶을 살다가 세상을 떠났다. 윤서는 무연의 죽음을 목도하며, 과거 그들이 쏟았던 청춘의 열정과 그로 인해 그들이 감당해야 했던 전쟁 이후 미래가 없었던 고독한 삶들을 쓸쓸히 회고했다. 구혜영은 중도(中道)의 길을 걸었던 자신을 비롯한 주변 친지들이 좌우익의 전체주의적 횡포로 받은 고통과 상처를 증언했다.

4) 전향, 그 후의 삶

1950년 한국전쟁의 발발과 더불어 대학생들은 '인민군'이 아니면 '국군'이 되어야 했다. 인민군이 서울을 장악하자, 피난가지 않고 서울에 남아있던 학생들은 의용군으로 차출되었다. 그들은 인민군의 외압으로 때로는 자원해서 의용군이 되었으며, 연인이

의용군이 나서자 남아있던 또 다른 연인도 의용군이 되었다. 구혜영은 소설에서 남자가 의용군을 지원할 때, 그를 사랑한 여성들의 상이한 모습을 보여주었다. 「해질녘 다리 위」에서 기묘는 "하루도 못 만나면 못살 것 같은 그 사람"이 의용군을 자원하자 그의 마음을 되돌리기 위해 몸을 바치는가 하면,[202] 「산까치 소리」에서 주연은 의용군이 된 동하를 따라 의용군을 자원했다.

구혜영 소설에서 그들은 인민군이 퇴각할 무렵 월북하지 않으며, 전중 포로가 되어 남한에 후송되었다. 왜냐하면 그들은 사회주의 이데올로기를 제대로 알고 있지 못하며 본질적으로 사회주의 추종자는 아니었기 때문에 신념과 일치하지 않는 세계를 선택할 수 없었다. 그들은 반공포로가 되어 청춘의 희망과 미래를 거세당했다. "그 아까운 재주, 풍요한 식견, 빛나는 감성과 지성이 하나도 쓸모없이 어두컴컴한 응달에서 썩다가 그대로 파묻혀 버린 것이다."[203] 노령에 접어든 작가 구혜영은 그들의 얼룩진 생애와 삶의 고초를 소설에 소환해 냈다.

1990년대 전후부터 구혜영은 '의용군이 되었다가 반공포로가 된 인물'의 궤적을 집중적으로 다루기 시작한다. 특히 전향 이후 남한에서 고달픈 삶을 살았던 남녀를 조명했다. 「청계천 맑던 무렵에서」에서 최창호는 전쟁 발발 당시 S대 대학생이었다. 그는 의용군으로 자원했고, 이를 계기로 다른 순진한 학생들이 의용군으로 들어갔다. 그는 뒤늦게 이상과 실재가 다름을 자각하고, 의용군에서 자진 이탈하여 반공포로가 되었다. 하지만 이후 그의 삶은 평탄하지 않았으며 많은 것을 잃었다.

> 나를 알고 있는 사람을 만나는 일. —저 새끼 빨갱이야. 의용군으로
> 자진 지원해 나갔던 빨갱이 괴수야— 손가락질 한 번으로 나를 능히
> 죽일 수도 있는 사람들.
> 나는 구사일생으로 의용군 대열에서 탈출해 왔다. 언제까지 숨어 살
> 수야 없겠지만 지금은 내 존재를 드러내서는 안 된다.
> 지금은 내가 북송중인 의용군 대열에서 목숨 걸고 탈출해 왔다는 따
> 위에 의미를 부여할 틈이 없다. 저 놈은 의용군이었다는 한 가지 사실
> 만으로 충분히 총살의 대상이 될 수가 있다.[204]

그는 생존을 위해 과거를 부정했으며 자신을 부정했다. 그는
유엔군 산하 첩보부대 부대장 형태에게 포섭되어, 형태의 공작원
이 되었다. 전쟁이 끝난 후에도, 그의 삶은 형태에게 포섭되어 자
유와 미래를 상실했다. "해방 후 대학의 문턱만 넘었을 뿐 졸업도
못하고 줄곧 숨어지내"며[205] 평생 실직으로 지내야 했다. 그는 어
렵게 사업의 기틀을 잡았으나, 사업의 주체가 되지 못했다. 형태
는 그가 기틀을 잡은 회사를 발족시켜 사장 자리에 오르고, 그에
게 '고문'이라는 직책을 주어 과거와 마찬가지로 사업에 활용했
다. 그는 사랑하는 여자와 결혼하여 고등학생 아들을 두었지만,
버젓하게 월급을 아내의 손에 쥐어줄 수 없었다.
「염소뿔」에서도 '전향'은 청년의 삶을 나락을 이끈다. 「청계천

맑던 무렵에서」의 최창호의 경우와 마찬가지로, 기목은 한국전쟁 때 의용군이 되었다가 탈출하여 유엔군 산하 첩보부대 첩보원이 되었다. 전향은 처절하게 삶을 파국으로 몰고 갔다. "나만 살면 뭘 하니. 내가 죽인 사람들이 뜻밖에도 많아. 게다가 그 첩보부대라는 데가 맘에 안 들어. 전향자에다 밀고자 노릇까지 강요받으니 난 못해 먹겠어."[206] 그는 간접 살인자라는 자격지심과 평생 죄책감으로 시달리다가 제명을 다 하지 못하고 세상을 떠났다. '전향'은 남자들의 미래를 앗아갔지만, 여자들에게도 씻을 수 없는 평생의 상흔을 남겼다.

「호수공원」(『라쁠륨』, 2001.여름)의 희숙은 남한사회에서 반공포로라는 꼬리표를 안고 살아야 했다. 구혜영은 「메이플우드의 마지막 집」(『펜문학』 통권 60호, 2001.가을)에서 "의용군 전력의 반공포로 출신이라는 치명적 핸디캡을 짊어진 주부 전업 화가" 희숙을[207] 주인공으로 삼아, 전쟁 이후 여성 전향자의 삶을 조명했다. 그녀는 흠모하는 남자가 중도 민족주의자였는데, 세상의 시선에 맞추어 그를 좌익으로 오해하고 그녀 스스로 의용군에 자원했다. 전쟁 초기에는 선무공작 예술대의 선봉에 섰다가 서울 수복 이후에는 목총을 들고 낙동강 전투에 투입되었다. 낙동강 전투에서 국군에게 잡혀 거제도 포로수용소로 후송되었다.

작가는 주인공 희숙의 1인칭 독백으로 그녀의 가슴에 응어리진 상처와 회한을 고백체로 서술한다. 그녀는 한국인과 결혼해서 두 아이를 낳았지만, 그와 이혼한다. 그녀는 미국으로 건너가기 위해 의도적으로 미군 하사관에게 접근하여 그를 좇아 미국으로 건너간다. 젊은 시절 동경했던 남자를 좇아 좌익으로 접어들었으나, 그 남자를 만날 수도 없었으며 오히려 좌익 이력에 대한 부정적 낙인 속에서 남은 생을 감내해야 했다. 그녀는 미국으로 건너가서도 한국전쟁의 망령 속에서 암울한 삶을 살았다. 노년에 이른 그녀는 이제 시력을 잃고 더 이상 그림을 그릴 수 없는 처지를 자탄한다.

한국 사회는 남북분단과 이데올로기에 대한 경직성으로 인간의 자율성이 제한되었다. 전체주의적 집권자들은 자유를 규제하고, 그들이 요구하는 바를 내면화하도록 의지를 통제했다. 일반인에 대한 통제도 그렇거니와, 전향자들에 대해서는 보이지 않는 감시와 통제가 더욱 극심했을 터이다. 아무리 훌륭한 재능을 가지고 있더라도, 아무리 뛰어난 지성을 가지고 있더라도, 사회에서 그 기량을 펼칠 수 없었다. 정치 격랑 속에 존재감을 망실당하고 미래를 거세당한 이들은 자신의 목소리를 내기는커녕 가질 수도 없었다. 구혜영은 1970년대와 1980년대에 한국전쟁의 전모를 보여주는 소설을 창작했다면, 1990년대 2000년대에 이르면 정치의 파고 속에 청춘과 미래를 잠식당한 이들의 '잃어버린 목소리'를 소설 속에 되찾아 주려 노력했다.

5) 말할 수 있는 것과 말해야 하는 것

이 장에서는 노령에 접어든 여성 작가 구혜영이 평생 말하고 싶었으나 말하지 못한 것이 무엇이었는지 살펴보았다. 식민지와 해방 그리고 한국전쟁을 경험한 작가는 말하고 싶은 것이 많았을 것이다. 전쟁으로 말미암아, 구혜영은 아버지가 납북되고 소녀 가장이 되었으며 청춘과 사랑도 잃었다. 일흔이 넘은 시점에서 작가는 다소 긴 중편 분량의 소설을 통해 그간 자신의 삶을 정리하고 회고한다. 일산에 새롭게 조성된 호수를 보며, 작가는 청춘의 한창 때를 떠올린다. 그 곳에도 호수가 있었다. 작가 자신으로 미루어 짐작되는 소녀는 호수를 근간으로 맑은 심성과 예술에 대한 사랑을 키우고 있었다.

작가 구혜영이 본질적으로 추구했던 것은 '순수'와 '자유'의 세계였으나, 이러한 세계를 허물어뜨린 또 다른 세계가 있었다. 2000년대 이후 호수 연작소설에서 작가는 청춘의 순수와 자유를 앗아간 또 하나의 세계에 대해 증언했다. 일찍이 '말해야 하는 것'임에도 작가는 말하지 못했다. 작가 자신도 그것을 정리하는 데 시간이 필요했는지도 모른다. 동시에 평생, 작가로서 자괴감에 시달렸을 것이다. 해방 이후 반세기가 훨씬 지난 시점에서, 작가는 한국역사의 회오리 속에 순수한 청춘은 꿈과 미래를 잃었고 '전향'을 강요받았다고 증언한다. 독립, 해방, 전쟁이라는 한국역사의 격랑 속에 청년의 순수가 압제당하고 유린당했음을 보여주었다.

한국전쟁 이후 반세기가 지난 시점에서 구혜영은 '전향'이라는 정치적 강요의 부당함을 증언했다. 민족과 국가 앞에서 순결했던 청년들은 정치적 헤게모니에 압사당하고, 전도유망했던 미래와 희망을 상실했다. 모름지기, 작가라면 말해야 하는 것이 있다. 그것에 침묵하거나 유기하는 데서 오는 괴로움은 컸을 것이다. 문학사와 독자 앞에서, 작가라는 공인(公人)이 분명히 말해야 하는 것을 하지 않았던 데서 오는 고독과 회한을 감당하기 어려웠을 것이다. 바꾸어 말하자면 '말해야 하는 것'을 말할 수 있을 때, 그리고 그 말을 적실한 시기에 할 수 있을 때, 작가의 역량과 도량은 문학사와 독자에게 길이 남을 수 있을 것이다.

제8장

다시 찾은 목소리

한국문학사에서 구혜영 소설은 대중소설과 본격소설의 중간 지점 정도로 평가될 수 있다. 구혜영은 1955년 『사상계』를 통해 문단에 데뷔하여, 전후 지식인 여성 작가로서 시의성 있는 단편들을 발표 했다. 신인작가로서 소설형식의 미비점도 있으나, 그녀가 지닌 현실에 대한 문제의식은 상찬받았다.

1931년생인 구혜영은 40대에 접어들면서, 여성의 삶을 다양한 측면에서 조명해 나갔다. 1970년대 이르러 그녀는 '학생'을 주인공으로 하는 소설을 대거 창작한다. 그것은 크게 여중생과 여고생을 주인공으로 삼은 '학원소설', 20대 여대생을 주인공으로 하는 '청춘소설'로 분류할 수 있다. 이러한 분류의 기저에는 작품 주제의 확연한 차이가 전제되어 있다. 학원소설의 경우 성장소설의 도식에 맞추어 학교를 배경으로 가정문제와 이성문제를 다루고 있다면, 청춘소설의 경우 성년기에 접어든 남녀의 성과 사랑의 문제를 다루고 있다.

양자 모두 여성을 주인공으로 삼고 있음에도 굳이 여성소설이라 명명하지 않은 것은, 구혜영이 도출해 낸 주제가 여성 문제에만 국한된 것이 아니기 때문이다. 작가는 여성 주인공을 통해 여성의 눈으로 여성 문제를 바라보고 그녀가 소속해 있는 사회와 현실을 직시하고 있지만, 궁극의 지점에서는 여성의 해방을 지향하는 것이 아니라 인간의 해방을 지향하고 있기 때문이다. 구혜영의 1970년대 소설에 구현된 인간은 당시의 공동체가 필요로 하는 '시민'과 직결된다.

구혜영에게 여성의식이 없다는 것이 아니라 그녀가 제시한 여성의식에는 여성의 자기 결정권이 없다는 것이다. 구혜영은『불뱀의 집』(1980)에서 여성의 에로티시즘을 탐색했는데, 여주인공은 에로티시즘을 통해 쾌감과 동시에 죄의식을 느끼며, 작가는 에로티시즘으로부터 '사랑'을 분리해 낸다. 『유라의 密室』(1982)에서 여주인공은 한 남자에 대한 순정(純情)을 구현해 보이는데, 그것은 자기희생을 전제로 한다. 일련의 소설에서 구혜영은 여성의 성적(性的) 자기결정권을 보여준 것이 아니라, 공동체 질서 유지를 위해 여성이 스스로 성(性)을 통제할 수 있어야 함을 계도한다.

구혜영의 작품세계에서 두드러진 성과로 손꼽히는 것은 한국 전쟁 소설이다. 한국전쟁을 체험한 작가는 1970년대, 1980년대, 1990~2000년대 지속적으로 전쟁에 대한 기억을 소환해 낸다. 동일 배경 유사한 인물 구도를 보이고 있지만, 각 시기마다 작가가 제시하는 주제의식은 상이한 편차를 보인다.

『안개의 肖像』은 1969년부터 1970년 여성월간지 『주부생활』에 연재되었다가 1973년 단행본으로 출간되었다. 작가 구혜영은 당시 『주부생활』의 기자로 일하고 있었다. 잡지에서 구혜영은 영부인 육영수 여사를 대한민국 주부의 롤 모델로 삼아 남편을 내조하고 가정을 관리하는 일 외, 국가 안보를 직시하는 것을 주부의 윤리로 제시했다.

잡지 연재소설 『안개의 肖像』은 주부 독자층의 감상적 취향을 고려하여 작품 전반에 걸쳐 청춘남녀의 사랑과 이별을 보여주었으며, 후반부에 이르러 한국전쟁을 배경으로 반공이데올로기를 제시하였다. 연재본은 주제의식이 미흡하고 작품의 완성도가 현격히 떨어지는 데 비해, 단행본에서는 주제의식이 강화되고 가치 중립적 역사의식을 보여주었다. 무엇보다도 작가는 단행본에서 주인공을 사회주의 청년으로 삼아 그의 성격 창조에 주력했으며, 해방공간 좌익과 우익에 팽배한 전체주의를 비판했다. 또한 사회주의 청년의 비극적 말로를 통해 사회주의에 대한 작가의 부정적 시선도 보여주었다.

아울러 단행본은 연재본에 비해 『주부생활』이 제시한 주부의 윤리를 더욱 능숙하게 처리하고 있음을 알 수 있었다. 해방공간 좌우익 세력의 전체주의를 모두 비판했지만, 사회주의에 대한 부정성을 공고히 했으며, 남편과 가정을 버리는 여성 인물에 '사회주의자'라는 표식을 덧붙임으로써 잡지가 제시한 주부의 윤리를 더 강렬하게 각인시켰다.

한국전쟁 발발 30여 년이 지난 시점에서, 또 다른 한국전쟁소설을 창작한다. 구혜영은 『광상곡』(1986)에서 한국전쟁기 좌익 여성포로가 당해야 했던 인권유린과 고통을 생생하게 증언해 보임으로서, 그 이전 그리고 동시대 작가들이 문학사에서 말하지 않았던 부분을 증언했다. 여성 인물들은 여고 시절을 보내던 중 대학 입학 무렵 한국전쟁에 직면하여 인민군 치하 그리고 국군 입성으로 이중의 수모를 받는다. 구혜영은 『광상곡』에서 좌익 여성의 행로를 추적함으로써 이데올로기에서 한걸음 더 나아가 여성 인권 탐구의 일보를 내딛었다.

이러한 노력은 잃어버린 청춘과 명예를 회복하기 위한 작가의 또 하나의 정치적 진술로서, 한국전쟁 세대에게 강요된 '전향'의 불명예와 인권유린에 대한 항변의 시발점이 되었다. 2000년대에 이르러 구혜영은 한국전쟁을 기억하며, 그들에게 강요되었던 '전향'의 부당함을 고발한다. 중간노선을 걸었던 청년들이 좌와 우에 의해 압제당하고 청춘과 미래를 잠식당했음을 증언한다. 작가는 작고 전까지 자신을 비롯한 동일 세대에게 새겨진 주홍글씨의 멍에를 풀어주고 그들의 훼손된 명예를 복원시키려 했다.

한국문학사에서 여성작가 구혜영 소설의 의의에 대해 언급한 글은 찾아보기 어렵다. 그것은 구혜영 소설이 지닌 가치 유무의 문제가 아니다. 구혜영의 소설은 대중소설로 분류되기에는 통속성이 부족하며, 본격소설로 분류되기에는 일상과 세태 문제에 경도되어 있다. 그런 의미에서 구혜영의 소설을 자의적으로 분류하자면, '시민소설'이라 명명할 수 있다. 구혜영의 소설은 진솔함, 진지함, 현장성 등은 농후하지만, 소설에서 작가가 다루는 대상이 '인간'의 존재론적 비의 혹은 당대 현실에 대한 심오한 통찰이 아니라 동시대 '시민'이 구비해야 할 현실적인 자질에 해당되기 때문이다. 그것은 분명 있어야 하고 언급되어야 할 것이긴 하지만, 시간과 공간을 초월하여 유효한 문제가 아니기에 단지 한 세대를 풍미하는 것으로 그치고 말았다.

지금까지 한국문학사에서 잃어버린 혹은 잊혀진 구혜영의 목소리를 불러들이고, 그 의미를 천착해 보았다. 구혜영은 1970년대 일련의 학원소설과 청춘소설에서 1970년대 여성 시민의 자질을 동시대 독자들에게 제시했으며, 그것은 1970년대 문화와 감수성으로 흡수되었다. 비록 그녀가 제시한 윤리가 1970년대를 견인하던 제도권 담론에 상응하지만, 그럼에도 그것이 당시 문화의 일부분을 형성하고 유지하는 계몽담론이었음은 부정할 수 없다.

이와 동시에 구혜영은 지속적으로 한국전쟁소설을 발표했다. 1970년대 소설에서는 해방공간과 한국전쟁의 실재를 조망하는 데 집중했다면, 1980년대 이후 소설에서는 청년들에게 강요된

'전향'의 횡포를 고발했다. 아쉬운 점은 일제 시대 형성된 민족주의가 해방 이후 국가주의와 연동되어, 작가의 비판적 사유의 범주를 국가라는 자장 안에 축소시켰다는 점이다. 구혜영은 등단 이래 지속적인 창작 활동을 통해, 그녀가 몸담고 있는 '동시대' '국가'라는 울타리 안에서 '인간'의 '자유'가 '사회'의 '질서'와 공존할 수 있는 가능성을 끊임없이 모색해 나갔던 것이다.

주석

1 구혜영, 「아버님 같은 남정네 없더이다」, 『사랑을 아느냐고 내게 물으면』, 신원문화
   사, 1990, 53면.
2 구혜영, 「그가 아니었다면」, 『내 문학의 뿌리』, 답게, 2007, 23~24면 참조.
3 구혜영, 「나의 대학 시절」, 『사랑을 아느냐고 내게 물으면』, 신원문화사, 1990, 53면.
4 구혜영, 「눈 먼 당나귀」, 『사랑을 아느냐고 내게 물으면』, 신원문화사, 1990, 23~24면.
5 「제二회 한국잡지상 잡지의 날 맞아 시상」, 『동아일보』, 1968.10.31.
6 「전국대학연극 콩쿨 레파토리 결정」, 『경향신문』, 1954.11.17.
7 「佳作에 「農夫의 아들」」, 『경향신문』, 1963.2.5; 「當選없고 佳作만 KA新春放送劇」,
   『동아일보』, 1963.2.6.
8 이무영, 「選評」, 『사상계』, 1955.7, 140면.
9 위의 글, 140~141면.
10 「권두언-文學과 文學人의 權威를 爲하여」, 『사상계』, 1955.7, 9면.
11 구혜영, 「그가 아니었다면」, 『내 문학의 뿌리』, 답게, 2007, 23~24면.
12 백철, 「비중이 커졌다(四)-十年回顧에 다시금 反省되는 것」, 『경향신문』, 1956.
   12.23.
13 백철, 「小說의 만네리즘史(五)」, 『경향신문』, 1958.8.13.
14 이 외 김중희의 「어두운 길」과 박영준의 「불안지대」가 토의 작품으로 선정되었다.
   「문화계 소식」, 『경향신문』, 1958.4.30.
15 백철, 「七月作品 [베스트]의 順位(中)-惡에 대한 意思表示들」, 『동아일보』, 1959.
   7.22.
16 윤병로, 「具暎瑛의 작품세계-'피멍든 상처'를 동족애로 쓰다듬어」, 『광상곡』, 일신
   서적출판사, 1994, 334면.
17 김동리, 「小說薦記」, 『현대문학』, 1956.8, 204면.
18 김동리, 「小說薦後期」, 『현대문학』, 1956.12, 159면.
19 김동리, 「小說薦後期」, 『현대문학』, 1957.6, 271면.
20 구혜영, 『우리 시대의 한국문학』 7, 계몽사, 1986, 110면.
21 김건우, 『사상계와 1950년대 문학』, 소명출판, 2003 참조.
22 「창간사」, 『현대문학』, 1955.1, 12면.

23 「창간사」,『현대문학』, 1955. 1, 13면 참조.

24 구혜영,『내 문학의 뿌리』, 답게, 2007, 23~24면.

25 구혜영,「그해의 관문(關門)」,『해결되지 않은 불꽃』, 지혜네, 1996, 265~266면과 273~274면 참조.

26 임헌영,『해결되지 않은 불꽃』, 지혜네, 1996, 309면.

27 오카 마리 · 김병구 역,「기억의 표상과 서사의 한계-기억의 주체」,『기억 서사』, 소명출판, 2004, 43~56면 참조.

28 구혜영,「벽지에서」,『은빛깔의 작은 새』, 창원사, 1975, 297면.

29 1950년대 소설에 등장하는 여성인물의 자아 정체성 모색은 송경란의「1950년대 한국소설의 여성인물 연구-현실수용양상을 중심으로」(숙명여대 박사논문, 2000)에 구체적으로 소개되어 있다.

30 박정애,「전후 여성 작가의 창작 환경과 창작 행위에 관한 자의식 연구」,『아세아여성연구』41, 2002, 213~241면.

31 김미영,「戰後 여성작가의 작품에 나타난 여성주인공의 성의식(性意識) 연구」,『우리말글』30, 2004, 209~230면.

32 안뱅상 뷔포 · 이자경 역,『눈물의 역사-18~19세기』, 동문선, 2000, 138면. 안 뱅상 뷔포는『눈물의 역사』에서 감미로운 눈물이 자기 존재를 증명하던 18세기, 그리스도교의 고뇌주의로 인한 자기 억제와 낭만주의가 결합되면서 감상보다 감수성이 풍부한 감성적 인간이 높게 평가되던 19세기 전반, 지나친 감수성 표출에 대한 반동으로 자기 억제와 스스럼의 명령에 규제되던 19세기 후반을 구분하고 있다.

33 구혜영,「後記」,『진아의 戀人』, 월간독서출판부, 1979. 후기는 1978년 쓴 것으로 표기.

34 구혜영,「안개는 거치고」,『사상계』, 1955. 7, 52면. 이하 이 작품의 인용은『사상계』에 실린 텍스트로 하되, 인용문 말미에 면수만 기입하도록 함.

35 손우성,「如流와 新人 作品의 比重-7 · 9월 合作評」,『사상계』, 1955. 9, 189면.

36 구혜영,「상록의 지층」,『사상계』, 사상계사, 1956. 6, 300면. 이하 이 작품의 인용은『사상계』에 실린 텍스트로 하되, 인용문 말미에 면수만 기입하도록 함.

37 이 작품 역시 여성 심리에 대한 파악은 집요하고 예리하게 제시되어 있으나, 갈등하는 남자 주인공의 내면 추이는 치밀하게 묘사되어 있지 못한 아쉬움이 있다.

38 구혜영,「暗礁」,『銀빛깔의 작은새』, 창원사, 1975, 116면.(「暗礁」이하 다른 단편들은 창작집『銀빛깔의 작은새』(창원사, 1975)을 텍스트로 하였으며, 이하 인용문 말미에서는 면수만 기입하도록 함)

39 오종식 · 한태연 · 오영진 · 오화섭,「좌담회-문화가의 주변」,『사상계』, 1959. 3, 190~199면 참조.

40 낭만적 사랑이 지닌 강박관념에 대해서는 재클린 살스비의『낭만적 사랑과 사회』(박찬길 역, 민음사, 1985)의 32면에 자세히 제시되어 있다.

41 나윤경,「60~70년대 개발국가 시대의 학생잡지를 통해서 본 10대 여학생 주체형성과 관련한 담론분석」,『한국민족운동사연구』56, 한국민족운동사학회, 2008, 341면.

42 「10일부터「칸나의 뜰」」,『동아일보』, 1978. 3. 7.

アル

43 「금주의 베스트셀러」, 『매일경제』, 1978.6.6.

44 「새책, 新刊」, 『경향신문』, 1978.4.10.

45 「具曄瑛 著씨 『칸나의 뜰』 새 「연속낭독」」, 『동아일보』, 1975.7.29.

46 구혜영, 「젊은이의 便紙」, 『세월의 江물소리』, 유아개발사, 1979, 153면.

47 이선옥, 「열광, 그 후의 침묵과 단절의 의미—4·19세대 여성작가」, 『4·19혁명과 한국문학』, 창작과비평사, 2002, 300면 참조.

48 이하 본문의 내용은 김복순, 「소녀의 탄생과 반공주의 서사학의 계보—최정희의 『녹색의 문』을 중심으로」, 『한국근대문학연구』 18, 한국근대문학회, 2008, 206～213면 참조. 1960년대에 이르면 '소녀'는 '하이틴의 발견'으로 세대(계층)가 좀 더 세분화된다. 하이틴은 '소녀' 범주에서 '여고생' 연령층을 분리한 것으로서, 1960년대의 교육문제 — 아이 중심의 가정의 재편 — 군사주의의 새로운 주체의 요구가 맞물려 이루어진 것이다.(위의 글, 207면 각주 13번 참조)

49 샌드라 리 바트키, 윤효녕 역, 「푸코, 여성성, 가부장적 권력의 근대화」, 『여성의 몸 어떻게 읽을 것인가』, 한울, 2001, 224면.

50 위의 글, 224면.

51 시몬느 비에르느·이재실 역, 『통과제의와 문학』, 문학동네, 1996, 12면 참조.

52 구혜영, 『불타는 신록』, 성바오로출판사, 1973, 184면. 이하 작품 인용은 이 책으로 하되, 인용문 말미에 면수만 밝힘.

53 구혜영, 『언덕에 부는 바람』, 성바오로출판사, 1977, 221～222면. 이하 작품인용은 이 책으로 하되, 인용문 말미에 면수만 밝힘.

54 구혜영, 「일그러진 자화상」, 『사랑을 아느냐고 내게 물으면』, 신원문화사, 1990, 91～92면.

55 중산층의 허와 실을 보여주는 대표적인 논의로는 다음과 같은 글이 있다. 김예림, 「1960년대 중후반 개발 내셔널리즘과 중산층 가정 판타지의 문화정치학」, 『현대문학의 연구』 22호, 한국문학연구학회, 2007; 김은하, 「중산층 가정소설과 불안의 상상력—강신재의 장편 연재소설을 대상으로」, 『대중서사연구』 22호, 대중서사학회, 2009; 오자은, 「중산층 가정의 욕망과 존재방식」, 『국어국문학』 164, 국어국문학회, 2013.

56 이하 영화 분석은 영상도서관(한국영상자료원, 서울시 마포구 월드컵북로 400)에 소장되어 있는 영화 〈여고졸업반〉 시나리오의 심의대본을 대상으로 삼았다.(김응천 감독, 여고졸업반 시나리오(1975), 심의대본) 이 외에도 오리지널 시나리오도 소장되어 있는데, 영화화되기 전의 심의대본은 오리지널에서 크게 벗어나지 않았다.

57 이 시기를 일컬어 '개발국가(developmental state)'라 명명하기도 한다. 이 개념은 원래 동아시아의 경제개발과정에서 국가가 주도적인 역할을 했다는 사실을 표현하기 위해 서구 학자들이 개발한 용어이다. 국가가 사회에서 독립된 실체로서 국가의 행위를 설명하는 데 적합했다. 손정원, 「개발국가의 공간적 차원에 관한 연구—1970년대 한국의 경험을 사례로」, 『공간과 사회』 25, 한국공간환경학회, 2006, 44면.

58 오진곤, 「유신체제기 영화와 방송의 정책적 양상에 관한 연구—유신체제의 법제적

장치에 따른 영화와 방송의 법제적 조치를 중심으로」,『언론정보연구』48, 서울대 언론정보연구소, 2011, 234면. 영화진흥시책의 주관자 및 책임자로서 문화공보부장관이 명시되는데, 이는 당시 개정 영화법이 정부 간섭이 심해진 반면 영화인의 자율성은 협소해짐을 시사한다.

59 나윤경, 앞의 글, 326면. 반공을 전제로 국가와 민족 재건의 수단으로 교육의 대중화 현상이 나타났으며, 1970년대에는 학생 인구 중 국민학생 73.1%, 중학생 16.8%, 고등학생 7.5%, 그리고 대학생이 2.6%의 분포를 보였다.(위의 글, 327면)

60 나윤경, 앞의 글, 349면.

61 김지혜,「1970년대 대중소설의 영화적 변용 연구」,『한국문학이론과 비평』58, 한국문학이론과비평학회, 2013, 360면 참조.

62 박유희,「박정희 정권기 영화 검열과 감성 재현의 역학」,『역사비평』99, 역사비평사, 2012, 45면.

63 구혜영,「性敎育을 묻는 그대에게」,『세월의 江물소리』, 유아개발사, 1979, 146면. 이러한 사실은 여대생을 대상으로 한 소설에서 더 적극적이고 직접적으로 드러난다.

64 『언덕에 부는 바람』에서 여중생 미진도 새로 이사 간 도시, 전학 간 학교에서 곤경에 처하지만 꿋꿋하게 대처하며 성장해 나간다. 그들은 어려움에서 도망가지도 않고, 그들을 중상 모략하는 대상에게 패배하지도 않았다. 종국에는 주변인들의 공감과 협조를 얻기에 이른다.

65 60년대 문예영화는 '우수영화 보상제' 등을 위해 대중적 요구보다는 예술성을 강조하였다면, 70년대 대중소설의 영화적 변용은 '대종상'이나 '우수영화 보상제'보다는 당대의 대중적 취향에 부응하려는 의도를 지니고 있다. 60년대 문예영화가 예술성과 대중성 사이의 괴리를 보였다면, 70년대 영화들은 상업적으로 검증받은 대중소설을 영화화함으로써 더욱 적극적으로 관객들의 욕망을 반영하고 있다. 김지혜, 앞의 글, 360면.

66 박민정,「70년대 하이틴 영화, 좌절된 전복의 가능성」,『씨네포럼』5, 동국대 영상미디어센터, 2002, 57면.

67 오승욱,「한국 여배우 열전 ⑤ 영원한 여고생 임예진 – 한국 영화사상 전무후무한 하이틴 스타」,『신동아』638호, 동아일보사, 2012.11, 406~415면 참조.

68 위의 글 참조.

69 박민정, 앞의 글, 57~58면 참고.

70 김인순이 부른 영화 주제가 〈여고졸업반〉은 1975년 당시 가요계 최고의 히트곡으로 기록되었다.

71 김현주,「1950년대 여성잡지『여원』과 '제도로서의 주부'의 탄생」,『대중서사연구』제18호, 대중서사학회, 2007.12, 387~416면 참조. 특집기사는 주로 '자본주의 도시 공간 속의 여성'을 비롯 '사적 공간에서의 삶의 양식', '도시의 물질적인 삶', '도시의 여가와 생활문화'에 대해 다루고 있다. 정연희,「1960년대 대중지와 근대 도시적 삶의 구성–여성지 '여원'을 중심으로」,『언론과학연구』제9호, 한국지역언론학회, 2009.9, 468~509면 참조.

72 이상록, 「1970년대 소비억제정책과 소비문화의 일상정치학」, 『역사비평』, 역사비 평사, 2013.4, 150~151면.

73 김현주, 「1970년대 대중소설 연구」, 『1970년대 문학연구』, 소명출판, 2000, 197~ 198면 참조.

74 신동한, 「愛情小說의 새로운 境地」, 『한국문학전집』 24, 삼성출판사, 1986, 396면.

75 권영민, 『한국현대문학대사전』, 서울대 출판부, 2004, 43면.

76 구혜영, 『진아의 편지』, 창원사, 1974, 108면. 이하 이 작품의 인용은 인용문 말미에 면수만 밝히도록 함.

77 구혜영, 「性敎育을 묻는 그대에게」, 『세월의 江물소리』, 유아개발사, 1979, 147면.

78 위의 글, 146면.

79 위의 글, 146면.

80 구혜영, 「내가 생각하는 純潔敎育」, 『세월의 江물소리』, 유아개발사, 1979, 208면.

81 앤소니 기든스, 배은경·황정미 역, 『현대 사회의 성·사랑·에로티시즘』, 새물결, 2003, 81면 참조.

82 위의 책, 87~88면 참조.

83 재클린 살스비·박찬길 역, 「사랑과 性 그리고 역할의 분리」, 『낭만적 사랑과 사회』, 민음사, 1985, 169면. 낭만적 사랑에 대한 이데올로기는 여성 개인의 의지를 사회에 종속시킨다. 살스비에 의하면 '이성간의 관계'는 "사회성원들의 개인적이고 성적인 욕망을 충족시키기 위해서가 아니라 권력과 재산을 영속화시키고, 집단 간의 동맹 을 형성하며, 여러 가지 종류의 개인적 이득을 얻기 위해 사용되어 왔다."(위의 책, 226면)

84 조르주 바타이유, 조한경 역, 『에로티즘의 역사』, 민음사, 1998, 176면.

85 위의 책, 175면.

86 이인복, 「小說과 救援意志─사랑과 이별과 죽음의 美學」, 『우리 작가들의 번뇌와 해탈』, 국학자료원, 2002, 483~488면.

87 이하나, 「1970년대 감성규율과 문화위계 담론─'통속'의 정치학과 권위주의 체제」, 『역사문제연구』 제30호, 역사문제연구소, 2013.10, 230면.

88 구혜영, 「요가를 하는 女子」, 『요가를 하는 女子』, 일신서적공사, 1979, 72면.

89 앤소니 기든스, 앞의 책, 62면.

90 위의 책, 180면 참조.

91 위의 책, 264면 참조.

92 구혜영, 「요가를 하는 女子」, 『요가를 하는 女子』, 일신서적공사, 1979, 12면. 이하 이 작품의 인용은 이 책으로 하되, 인용문 말미에 면수만 기입함.

93 구혜영, 「男性特講」, 『세월의 江물소리』, 유아개발사, 1979, 75면.

94 구혜영, 「後記」, 『칸나의 뜰』, 창원사, 1974, 394면.

95 구혜영, 『진아엄마에게』, 창원사, 1975, 59면.

96 『칸나의 뜰』에서 주인공 석기옥의 죽음에 비해, 『진아의 戀人』에서 최영소의 죽음 은 다소 작위적이다.

97   구혜영, 『五月祭』, 태창출판사, 1978, 239면.

98   앤소니 기든스, 앞의 책, 295면 참조.

99   구혜영, 「진아에게 띄우는 글밭」, 『세월의 江물소리』, 유아개발사, 1979, 138면.

100 구혜영, 『진아의 戀人』, 창원사, 1974, 136면.

101 구혜영, 「요가를 하는 女子」, 『요가를 하는 女子』, 일신서적공사, 1979, 32~33면.
     이하 이 작품의 인용은 이 책으로 하되, 인용문 말미에 면수만 기입함.

102 구혜영, 「요가日記」, 『세월의 江물소리』, 유아개발사, 1979, 185면. 이하 이 수필인
     용은 인용문 말미에 면수만 기입.

103 구혜영, 「後記를 대신해서 — 「진아 엄마」가 독자 여러분에게」, 『진아엄마에게』, 창
     원사, 1975, 309면.

104 한국 사회학에서 여성학을 도입하고 여성 경험을 논의 대상으로 삼은 시기는 1980
     년대부터이다. 1960~70년대를 여성의 부재로 명명하고 있거니와, 이 시기에는 여
     성의 삶을 이해하기 위해 여성의 경험을 논의 대상으로 삼지 않았다. 이재경, 「한국
     사회학에서 '여성'연구의 성장과 도전 — 1964~2002」, 『사회과학연구논총』 11, 이화
     여대 사회과학연구소, 2003, 23~40면.

105 노혜숙, 「1980년대 여성소설 특징」, 『아세아여성연구』 33, 숙명여대 아시아여성연
     구소, 1994, 142면 참조. 여성해방문학은 여성의 억압상태를 밝히고 사회구조와 어
     떻게 연관되어 있으며 이것을 어떻게 극복할 수 있는가를 밝히는 것이다. 노혜숙에
     따르면 1980년대 후반에 본격적으로 등장한 여성문학작품은 가부장제의 도전, 여
     성자아정체성의 추구, 사회의식의 표출이라는 세 가지 특징을 가지고 있다.

106 신두원, 「1980년대 문학의 문제성」, 『민족문학사연구』 50, 2012, 민족문학사학회,
     161면.

107 조르쥬 바따이유, 조한경 역, 『에로티즘』, 민음사, 1993, 32~33면.

108 위의 책, 176면.

109 조르쥬 바따이유, 조한경 역, 『에로티즘의 역사』, 민음사, 1998, 199면.

110 조르쥬 바따이유, 유기환 역, 『에로스의 눈물』, 문학과의식, 2002, 56면 참조.

111 최성희, 「에로스, 에로티시즘, 페미니즘」, 『영미문학페미니즘』 17권 1호, 한국영미
     문학페미니즘문학학회, 2009, 342면 참조.

112 구혜영, 『불뱀의 집』, 자유문학사, 1980, 13~14면. 이하 텍스트 인용은 이 작품으로
     하되, 인용문 말미에 면수만 밝힘.

113 권희근은 주위 여성들의 사랑을 받았는데, 신지의 여동생 신혜를 비롯하여 초열이
     의 친구 미설(美雪)이도 그를 좋아했다. 초열의 눈에 권희근은 "끈적끈적 묻어나도
     록 집요하던 눈길. 남의 오장육부까지 꿰뚫어 볼 듯한 잔인한 눈빛"(11면) 등 호색한
     으로 보인다. 소도시 성천에서 권희근은 그가 관계해 온 유부녀 오경숙의 남편에 의
     해 간통쌍벌죄로 고소되었다.

114 박평종, 「폭력과 에로티시즘」, 『AURA』, 한국사진학회, 2006, 7면 참조.

115 이경, 「『토지』와 겁탈의 변검술」, 『여성문학연구』 27, 한국여성문학학회, 2012, 185면.

116 Laura Mulvey, "Visual Pleasure and Narrative Cinema", *Visual and Other Pleasures*, New

York : Palgrave Macmillan, 2009, passim. 이윤종, 「포르노 그래피, 바디 장르, 그리고 페미니즘─1980년대 한국 에로영화에 대한 페미니즘 논의를 중심으로」, 『문화과학』, 문화과학사, 2013.9, 252면 재인용.

117 영화평론가는 민초열의 육체에 대해 다음과 같이 평가한다. "민 초열에게는 단순히 남자의 성감대를 자극하고 촉발하는 인력 이상의 칙칙하고 끈적대는 여체의 수수께끼가 있단 말야. 그것이 남성심리에 강하게 작용하는 거 같아. 민 초열을 보면 남자의 수성(獸性)과 신성(神性)이 한꺼번에 요동치는 거 같아."(328면)

118 앤소니 기든스, 배은경 · 황정미 역, 「섹슈얼리티, 억압, 문명」, 『현대 사회의 성 · 사랑 · 에로티시즘』, 새물결, 2003, 264면 참조.

119 이은정, 「'자궁'의 시적 상상력과 여성주체의 전개양상」, 『한국문예창작』 제12권 제1호, 한국문예창작학회, 2013, 64면.

120 정소영, 「포르노, 전시되는 몸과 창조하는 몸」, 『여성의 몸』, 창비, 2005, 385면.

121 구혜영, 「銀빛깔의 작은 새」, 『銀빛깔의 작은 새』, 창원사, 1975, 113면.

122 구혜영, 『유라의 密室』, 행림출판, 1982, 33면. 이하 텍스트의 인용은 이 작품집으로 하되, 인용문 말미에 면수만 밝힘.

123 앙드레 모루아, 구혜영 역, 「결혼 · 행복 · 우정」, 『현대인교양선서』, 금성출판사, 1989, 247면.

124 핫토리 타미오, 「1980년대 한국의 사회경제적 변화─한국에 있어 1980년대는 어떤 시대였나?」, 『한일공동연구총서』, 2006.7, 16~17면.

125 麝香 薄荷의 뒤안길이다. / 아름다운 베암…… / 얼마나 크다란 슬픔으로 태여났기에, 저리도 징그라운 몸둥아리냐 // 꽃다님 같다. / 너의 할아버지가 이브를 꼬여내든 達辯의 혓바닥이 / 소리 잃은 채 낼롱그리는 붉은 아가리로 / 푸른 하눌이다. …… 물어뜯어라. 원통히무러뜯어, // 다라나거라. 저 놈의 대가리! / 돌 팔매를 쏘면서, 쏘면서, 麝香 芳草人길 / 저 놈의 뒤를 따르는 것은 / 우리 할아버지의안해가 이브라서 그러는게 아니라 / 石油 먹은 듯…… 石油 먹은 듯…… 가쁜 숨결이야 // 바눌에 꼬여 드를까부다. 꽃다님보단도 아름다운 빛…… // 크레오파투라의 피먹은양 붉게 타오르는 고흔 입설이다…… 슴여라! // 우리순네는 스믈난 색시, 고양이 같이 고흔 입설…… 슴여라! 베암.(서정주, 「花蛇」, 『미당 시전집』 1, 민음사, 1993, 36면)

126 『삼성신서』의 제1권은 김동인의 『운현궁의 봄』이며, 구혜영의 『안개의 肖像』은 90권째 작품이다. 1972년 8월 1일 삼성출판사는 『삼성신서』를 내면서 다음과 같이 출판 취지를 밝힌바 있다. "미래를 여는 『삼성신서』는 문예 사상 종교 역사 사회과학 생활과학 등 동서의 명저를 계속 출간, 지식의 대중화를 꾀하는 종합신서이다. 아무리 어려워도 우리는 굳게 믿고 나간다. 삼성신서도 삼성문고와 함께 바로 이 나라 모든 「민중의 대학」 구실을 하리라고." 구혜영, 『안개의 肖像』, 삼성출판사, 1973, 394면.

127 강진호, 「분단현실의 자기화와 주체적 극복 의지」, 『1970년대 문학연구』, 소명출판, 2000, 42~64면.

128 장미경은 잡지의 주 독자층인 중산층 여성들이 남성 추수적(追隨的)이고 보수적이

며 도덕적 지배 이데올로기에 경사되어 있다고 평가한다. 장미경, 「1960~70년대 가정주부(아내)의 형성과 젠더정치―『여원』, 『주부생활』 잡지 담론을 중심으로」, 『사회과학연구』 제15집 1호, 서강대 사회과학연구소, 2007.2, 146면 참조.

129 아쯔코 다니자키에 의하면 1965년 4월부터 1979년 12월까지 『주부생활』에 소개된 특집 기사는 가정관리, 내조, 자녀양육 세 가지로 분류되는데, 이로 미루어 고도경제성장기 주부역할은 남편에게 내조 잘하고, 자녀 양육을 잘 하며, 전업 주부로서 가정을 관리하는 데 있음을 알 수 있다. 아쯔코 다니자키, 「현대 한국 중산층 주부역할 형성과정에 관한 분석―60,70년대 여성잡지를 중심으로」, 서강대 석사논문, 2002, 26~28면 참조.

130 구혜영, 「청와에 깃든 우아한 숨길―퍼스트레이디 육영수 여사의 주부생활」, 『주부생활』, 학원사, 1967.1, 137면.

131 구혜영, 「교양과 화제―분수를 아는 여성이 좋아요」, 『주부생활』, 학원사, 1970.1, 134면.

132 구혜영, 「청와에 깃든 우아한 숨길―퍼스트레이디 육영수 여사의 주부생활」, 『주부생활』, 학원사, 1967.1, 143면.

133 구혜영, 「교양과 화제―분수를 아는 여성이 좋아요」, 『주부생활』, 학원사, 1970.1, 136면.

134 구혜영, 「교양과 화제―분수를 아는 여성이 좋아요」, 『주부생활』, 학원사, 1970.1, 139면.

135 "첫째, 부부가 힘을 합하여 무에서 유를 건설했다는 점. 둘째, 금실이 훌륭하고 자녀들에게 성심성의. 셋째, 살림이 알뜰하여 타의 추종을 불허." 구혜영, 「도시 속의 오아시스―임광희 여사의 스위트홈 공개」, 『주부생활』, 학원사, 1967.3, 342면.

136 구혜영, 「도시 속의 오아시스」, 『주부생활』, 학원사, 1967.3, 345면.

137 위의 글, 342면.

138 본문의 제목은 "梁家의 萬派 息曲"이라는 제목으로 "① 토방밀월곡(土房蜜月曲) ② 스티임 요법(療法) ③ 천안 우의곡(天安牛衣曲)"이라는 세 개의 소제목으로 나누어 그들의 결혼생활을 조명했다. 구혜영, 「비화의 오솔길 : 원앙반세기―양주동 박사 내외의 애정 비화」, 『주부생활』, 학원사, 1968.6, 147면.

139 구혜영, 「비화의 오솔길 : 안경너머로 빛나던 눈 때문에―심정섭박사가 김정희여사에게 끌렸을 때」, 『주부생활』, 학원사, 1968.5.

140 최정희는 학원사가 『주부생활』를 창간하기 이전에 나온 동명의 잡지 『주부생활』에서 1958년 1월부터 1959년 1월호까지 1년간 편집주간을 맡은 적이 있다. 허윤, 「'비국민'에서 '국민'으로 거듭나기」, 『근대서지』, 근대서지학회, 2013.6, 575면. 이 잡지는 『여성생활』로 제명이 바뀌며 얼마 가지 않아 종간된다.

141 구혜영, 「여류문인단 논산훈련소 일일 입대기―글 쓰던 손가락이 방아쇠를 당길 때」, 『주부생활』, 학원사, 1968.9, 332~337면.

142 구혜영, 「여류문인단 논산훈련소 일일 입대기―글 쓰던 손가락이 방아쇠를 당길 때」, 『주부생활』, 학원사, 1968.9, 337면.

143 인물의 관계를 표로 나타내면 다음과 같다.

유보아(여) → 목관우(남) ← 주예란(여)
목관우(남) → 유보아(여) ← 서정린(남)
유보아(여) → 서정린(남) ← 오성하(여)
목관우(남) → 주예란(여) ← 서준식(남)

흥미진진한 청춘남녀의 사랑이야기는 매회 김세종의 유려한 삽화와 더불어 흥미와 호기심을 자극했다. 잡지에는 '지난 줄거리'가 빈번히 소개되는데 그 소개는 항시 첫 회부터 이전까지의 이야기를 압축하고 있다. 그런 까닭에 처음부터 연재를 읽지 않았더라도, 독자들도 충분히 작품의 내용을 알고 이야기에 빠져들 수 있게끔 했다.

144 구혜영, 「안개의 肖像」, 『주부생활』, 학원사, 1970. 5, 416면.

145 구혜영, 『안개의 肖像』, 삼성출판사, 1973, 85~86면. 이하 단행본의 작품 인용은 인용문 말미에 면수만 기입하도록 함.

146 『동아일보』, 1948. 6. 14·17; 『신천지』, 1948. 6. 30.

147 그는 동년배를 만난 자리에서 김구 암살 사건에 대한 비감을 표출한다. "별로 실속은 없었지만 우남이 서두르는 남조선의 단독정부수립을 반대해 오던 그가 3·8선을 넘어 남북협상에 다녀온 것도 극우익에서 말하듯 그가 공산주의 앞잡이가 되려는 게 아니라 이 나라가 두 동강이로 갈라지는 것을 막으려는 것이었다는 점에 진심으로 이해가 갔다. 마음에 사심을 가지고 색안경 너머로 세상을 보게 되면 안경알의 빛깔대로 보이는 법이다. 그가 측근에 두고 있던 젊은 군인의 총탄에 맞아 쓰러졌다는 것은 그들의 곡해가 백범을 죽인 것이라는 생각이 들었다."(79면)

148 1946년 7월 13일 국대안(國大案) 발표가 있었고, 8월 22일에는 서울대가 설립되었다. 이에 9월에는 학생들이 반대하고 동맹휴학을 한다. 1946년 9월 해당 대학교의 학생들은 등록을 거부하고 동맹휴학에 들어갔고, 친일 교수 배격, 경찰의 학원 간섭 정지, 집회 허가제 폐지, 국립대 행정권 일체를 조선인에게 이양하고 미국인 총장을 한국인으로 대체할 것을 요구했다.

149 정부 수립 이전 C시에서는 여학생이 두 흑인에 의해 윤간 당했다. 학교 당국에서는 추행의 기억을 씻지 못하는 학생에게 퇴학 처분을 내렸고, 당사자는 투신자살했다. 불우한 친구의 죽음을 목도하며 C여중생들은 백지동맹으로 의분을 표시했으나, 경찰들은 여학생들의 백지동맹을 여수 순천 반란사건과 동일한 정치 폭동으로 취급하며 배후 좌익세력을 검거하려 했다.

150 학교 내부의 좌익세력은 백지동맹을 조장하여 학교와 체제의 균열과 전복을 꾀하였으나, 예란이 이를 방해했다고 여겨 그녀를 맹공격했다. "예란은, 그 부르좌적인 쌍띠망딸을 가지고 낡은 것을 깨부수고 새 것을 쟁취하겠다는 열렬한 의지를 배반했어. 마르크스의 말과 같이 폭력이란 낡은 사회가 새 것을 배태했을 때 모든 낡은 사회에 대하여 산파역을 맡는 동시에 화석화되고 해골화된 기존의 가치형태를 분쇄하는 도구가 되는 거야. (…중략…) W사범 난초반의 백지동맹은 학원 내에서의 반동적인 요소에 항거하는 가장 적절한 방법이었어. 그것을 예란은 막아 버린 거야. 레닌의 말을 잠깐 빌린다면「오늘날 우리들의 임무는 사회주의 혁명의 불꽃이 맹화(猛

火)로 번지게 하는 것이며 가능한 많은 불꽃을 여기저기에 뿌리는 일」이야. 예란은 그 불꽃을 여기저기에 뿌리기는커녕 활활 타오르려는 불꽃을 부르좌적인 발길로 마구 뭉개어 꺼버렸어."(187면)

151 전상인, 「1946년경 남한주민의 사회의식」, 『사회와 역사』 52, 한국사회학회, 1997. 11, 324~325면. 전상인은 미군정 공보부의 여론조사를 통해 1946년 남한주민의 사회의식을 조사한 바 있다. 1946년 4월 15~30일 미군정 공보부의 여론조사에 따르면 남한주민은 이데올로기를 막연히 이해하고 있었다. 다수를 차지하는 영역에 대한 비율만 표로 소개하면 다음과 같다.

민주주의	공산주의
• 정치가 국민의 복리를 위해 국민에 의해 통제되는 것(53%) • 최고 권력이 국민의 수중에 있는 것(32%) • 자본주의를 포함하는 것(7%) • 사유재산을 허용하는 것(6%)	• 자산의 국유화(41%) • 계급타파(31%) • 민주주의에 경제적 평등을 추가한 것(6%)

일제하 민족해방투쟁에서 좌익이 주도적 역할을 했음으로, 당시 주민들은 맑스나 레닌주의(공산주의)에 대해 사회주의 곧 민족주의라는 인식이 팽배해 있었다. 이와 더불어 일제 치하에서 경험한 자본주의와 봉건제에 대한 옹호가 곧 친일민족반역행위라는 의식도 가지고 있었다. 정영태, 「일제말 미군정기 반공이데올로기의 형성」, 『역사비평』, 역사문제연구소, 1992. 봄, 126~138면.

152 전상인은 "당시 남한 주민들이 가졌던 민주주의 및 사회주의에 대한 환호는 그것 자체에 대한 정확한 이해가 결여되어 있는 가운데 다소 낭만적인 것, 그러나 열정적인 일종의 시대정신"으로 평가한다.(전상인, 앞의 글, 326~327면)

153 "모든 동지들이 지하에 숨어서 경찰과 싸우고 감옥에 갇히고 하는 동안 동무는 한가롭게 학교에만 나오지 않았고, 그 동안 몇 편의 시를 끄적거렸다 해서 그게 투쟁경력이 되는가 말이오. 동무한테는 이번 의용군이 천재일우의 기회다 이거야. 조국 혁명을 위해서 다소나마 이바지 할 수 있는 기회를 놓치지 말고 최선을 다 하시오."(280면)

154 이정숙은 1970년대 개발주의 서사의 특징을 언급하면서 "당대 여성을 서사화하는 프레임은 그것이 아주 약화된 방식으로 나타날 때조차 당대 남성 작가들의 관념에 내면화되어 있는 이데올로기의 산물일 수 있다"고 지적했는데, 구혜영 역시 1970년대 전후(前後) 보수담론을 내면화하고 있음을 짐작할 수 있다. 이정숙, 「'개발주의 서사'의 '성-섹슈얼리티'에 대한 '혐오-연민'—이문구의 『장한몽』과 윤흥길의 『묵시의 바다』를 중심으로」, 『여성문학연구』 제36호, 한국여성문학학회, 2015. 12, 68면.

155 『광상곡』에 대한 유일한 연구로 조미숙의 「전쟁소설로서의 『광상곡』, 그 의의와 한계」(『한국문예비평연구』 2, 한국현대문예비평학회, 1998, 329~349면)가 있는데, 작중 인물의 유형과 남녀갈등 분석에 주목했다.

156 『광상곡』은 신문연재 직후 그해 1986년 문예출판사에서 단행본으로 출간되었다. 1987년 제13회 한국소설문학상과 제6회 펜문학상을 수상하며 동시대 문단의 주목을 받은 데 비해, 이 작품에 대한 문학사적 의의는 제대로 규명되지 않았다.

157 스베틀라나 알렉시예비치, 박은정 역, 「옮긴이의 말―인간의 가장 추악하고 잔인한

밑바닥에서 살아남은 여자들의 목소리」,『전쟁은 여자의 얼굴을 하지 않았다』, 문학동네, 2015, 555~556면.

158 구혜영은 1980년대 후반에 이르러 한국사회의 민주화 물결을 배경으로 이념 갈등과 반목으로 희생된 좌익 여성포로의 삶을 조명할 수 있었다. 동시대 여성작가 박완서 역시 1980년대 중반까지는 반공주의의 압력과 그로 인한 자기검열에서 자유롭지 못했으며, 1980년대 후반 한국 사회의 민주화와 동구 사회주의권의 몰락과 더불어 점차 그로부터 벗어난 것으로 보인다. 예컨대 박완서의 1985년 이전 작품에서는 오빠의 죽음이 북한의 만행으로 처리되어 있다. 강진호, 「반공주의와 자전소설의 형식」, 『국어국문학』 133, 국어국문학회, 2003.5, 316~325면.

159 로지 브라이도티, 박미선 역,『유목적 주체』, 여이연, 2004, 30면.

160 박완서는 데뷔작 「나목」(『여성동아』, 1970.11)에서 오빠의 죽음을 증언했다. 행랑채 다락방에 숨어 있던 오빠는 폭격으로 한순간에 검붉은 선혈로 해체된다.『그 많던 싱아는 누가 다 먹었을까』(1992)와『그 산이 정말 거기에 있었을까』(1995)도 한국전쟁을 배경으로 하고 있지만 오빠의 죽음과 어머니에 대한 애증을 작품의 주조로 삼고 있다.

161 정영선의 논문에 의하면 체험 세대인 최정희, 강신재, 박경리, 한무숙, 한말숙, 송원희, 손소희, 박완서, 박순녀, 오정희, 윤정모, 김향숙 외에 미체험 세대인 최윤, 유시춘, 박정요, 정지아 등의 여성 작가들이 한국전쟁 소설을 창작한 것으로 소개되었다. 정영선, 「여성작가의 한국전쟁 소설 연구」, 경성대 박사논문, 2015, 26면.

162 박명림, 「북한의 남한통치 Ⅰ─인민과 전시 정치」,『한국 1950 전쟁과 평화』, 나남출판, 2002, 206~207면.

163 김귀옥, 「한국전쟁기 한국군에 의한 성폭력의 유형과 함의」,『구술사연구』제3권 2호, 한국구술사학회, 2012, 14면. 그들은 강간을 통해 분노와 권력을 표출했을 뿐아니라, 군내부의 성상납(性上納)이 강제되었고 처녀와 강제결혼 하기도 했다. 위의 글, 16면. 1949년 4개 제네바 협약 중 "전시에 있어서의 민간인의 보호에 관한 1949년 8월 12일자 제네바 협약" 27조에도 강간, 강제 성매매, 기타 여성에 대한 부당한 폭행을 금지하였고 포로일지라도 무장해제 되었다면 적용되는 규정이었다. "Women shall be especially protected against any attack on their honour, in particular against rape, enforced prostitution, or any form of incident assault."(위의 글, 25면)

164 박명림, 앞의 글, 207면. 유엔군은 민간인억류자의 범주를 정하기 위해 남한 출신 포로를 5가지 유형으로 나누었다. 첫째로 민간인 신분에서 자발적으로 북한군에 가담한 자, 둘째로 민간인 중에서 북한군에 강제로 복무한 자, 셋째로 한국군이 포로가 된 후 강제로 북한군에 편입된 자, 넷째로 한국군 낙오병 가운데 실수로 억류된 자, 다섯째로 미군 보급창고에서 먹을 것을 훔친 자들과 민간인 복장을 했지만 북한군일 가능성이 있는 자 등인데 이 중 포로가 된 한국군과 낙오병 등을 제외하고 나머지는 민간인억류자로 처리되었다. 조성훈,『한국전쟁과 포로』, 선인, 2010, 53~54면.

165 정영태, 「일제말 미군정기 반공이데올로기의 형성」,『역사비평』, 역사문제연구소, 1992. 봄, 126~138면 참조.

166 박완서도『그 많던 싱아는 누가 다 먹었을까』(1992)에서 해방 이후 여학생들의 좌익
옹호 배경에는 선도적 지식인의 좌경화가 전제되어 있음을 보여 주었다. "그러나 나
는 그때 그 혼란을 좌익과 우익, 진보와 반동의 대립이라는 이념적 관점으로 바라보
고 이해하려 들었고, 내가 박수치고 역성을 들어줘야 할 편은 좌익이라는 생각에 망
설임이 없었다. 그건 말끝마다 절대지지 아니면 결사반대가 붙은 당시의 말버릇에
서도 짐작할 수 있듯이 너나없이 어느 한쪽 이념에 붙지 않으면 불안한 해방 후의 사
회상 탓도 있었지만 **그 중에도 하필 좌익이었다는 건 오빠의 영향이 결정적이었다.**" 박
완서,『그 많던 싱아는 누가 다 먹었을까』, 웅진, 1992, 197면.(강조는 인용자)
167 구혜영,『광상곡』, 일신서적, 1994, 121면. 이하 작품의 인용은 페이지 수만 기입함.
168 한국전쟁과 더불어 북한의 노동당은 〈의용군 초모사업에 관하여〉라는 결정을 통해
① 의용군은 18세 이상의 청년으로 하되 빈농민, 청년을 많이 끌어들일 것, ② 각 도
에 할당된 징모수는 책임완수할 것, ③ 전 남로당원으로서 변절자(보도연맹가입자)
도 의무적으로 참가시킬 것을 규정하였다.『로동신문』, 1950.7.12. 박명림, 앞의 책,
207면에서 재인용.
169 김동춘,「피란」,『전쟁과 사회 ─ 우리에게 한국전쟁은 무엇이었나』, 돌베개, 2008,
164면. 전쟁 발발 후 가장 다급하게 피난 간 사람은 '정치적 계급적' 성격이 분명했
다. 그들은 친일 경력을 가진 인사, 미군정 때 미국에 협력한 사람들, 그리고 해방정
국에서 우익운동에 가담한 경력이 있는 청년 학생들이다.(162~163면)
170 학창시절 조용했던 윤자는 주위 사람들을 포섭하여 예술단원을 조직했다. 그녀는 볼
셰비키 당사를 공부하는 독서회 멤버로서 오래전부터 사회주의로 무장해 있었다.
171 김지니,「북한 공연예술단체의 기능과 역할 변화 연구」, 이화여대 석사논문, 2007,
48면 참조. 해방 이후부터 북한은 문화예술적 인프라를 구축해 나갔다. 극장 및 영
화관들을 신설하고 생산직장 내에는 상설 영화관을 증설하였다. 문화예술 시설이
열악한 산간벽지에는 이동연극대, 이동예술대, 이동영화대 등을 파견했다.(위의
글, 17~18면)
172 작중에서 주인공의 가족은 오빠가 부상당하자, 도강(渡江)하지 못하고 서울에 잔류
했다. 그들은 인민군의 강제에 이끌려 칠흑 같은 밤 거적때기에 모여앉아 공연을 관
람했다. 당시의 을씨년스러운 분위기는 다음과 같이 묘사되었다. "'승리'라는 제목
의 이인무였다. 둘 다 십대 후반으로 보이는 앳된 소녀였다. 한 소녀는 작업복에다
가 머리를 질끈 동여매고 손에는 망치와 낫같이 생긴 걸 들고 있었고, 하늘거리는
분홍 드레스를 입은 또 한 소녀는 하프 비슷하게 생긴 반짝거리는 장난감을 들고 있
었다. 드레스를 입은 소녀는 느리고 우아하게, 작업복을 입은 소녀는 힘차고 빠르게
춤을 추는데 무용이라기보다는 매스 게임의 율동 수준이었다. 두 무용수가 격렬하
게 엇갈리고 쫓고 쫓기는가 했더니 마침내 분홍 드레스가 무대 한가운데 힘없이 무
너져 내렸다. 낫과 망치를 든 소녀가 두 발을 모두어 역동적인 춤을 추다가 분홍 드
레스 허리를 밟고 서면서 무용 순서는 끝났다. (…중략…) 구역질이 날 것 같았다."
(박완서,『그 산이 정말 거기 있었을까』, 웅진, 1995, 54~55면)
173 구혜영은 당시 젊은이들의 좌익에 대한 열병을 "무지개에 홀"(261면)린 것으로, 그러

한 삶의 여정을 안개로 표상한다. "안개? 문득 내가 안개와 맺고 있는 친교의 두터운 인연이 떠올랐다. 도통 꿈만 꾸고, 내가 꾸는 그 꿈의 힘으로만 삶을 지탱해온 나 같은 여자의 주변에는 언제고 안개가 서려 있게 마련이다."(15면) 서정자도 작중 인물이 추구한 관념을 실체 없는 안개로 규정한 바 있다. 서정자, 「평생 동안 추구한 '안개'의 초상」, 『작고 여성문인 재조명 – 구혜영편』, 한국 여성문학인회, 2013, 47면.

174 조지 모스, 서강여성문학연구회 역, 『내셔널리즘과 섹슈얼리티 – 근대 유럽에서의 고결함과 비정상적 섹슈얼리티』, 소명출판, 2004, 22~23・120~121면 참조.

175 한국전쟁전후 민간인학살 진상규명 범국민위원회, 『한국전쟁전후 민간인학살 실태보고서』, 한울, 2005, 552~553면. 부역행위특별처리법안의 취지는 '6・25사변을 계기로 북한괴뢰정권에 협력함으로써 대한민국에 반역적 행위를 한 자를 처벌함에 있어 그 처리에 신중을 기하여 반역행위가 경미한 자는 포섭하는 동시에 억울한 처벌을 받는 일이 없도록 하기 위함'이었다. 그러나 부역자의 재판과 처형 과정에서 형식적인 법 절차도 거치지 않은 채 경찰과 우익치안대에 의해 자체적으로 부역자 처벌이 이루어지는 경우가 파다했다.

176 위의 책, 553면.

177 적극적인 부역행위를 했던 사람들이 자신의 부역 사실을 아는 사람을 오히려 부역행위자로 몰아 제거하려는 일도 생겨났다. 이렇다 보니 자신을 변호할 능력이 없는 다수 서민들만 부역자 처단 포위망에 걸려들었다. 위의 책, 552면.

178 연행을 앞두고 여주인공이 절규하는 상황설정은 박완서의 『그 산이 정말 거기 있었을까』(웅진, 1995)에서도 찾아볼 수 있다. 인민군 치하에서 살아남은 주인공은 국군 입성 후 경찰서로 연행되었다. 그 과정에서 그녀는 다음과 같이 울부짖는다. "그래, 우리 집안은 빨갱이다. 우리 둘째 작은아버지도 빨갱이로 몰려 사형까지 당했다. 국민들을 인민군 치하에다 팽개쳐 두고 즈네들만 도망갔다 와 가지고 인민군 밥해 준 것도 죄라고 사형시키는 이딴 나라에서 나도 살고 싶지 않아. 죽여라, 죽여, 작은아버지는 인민군에게 소주를 과 먹였으니 죽어 싸지. 강강 얻어먹고 취해서 죽은 딸년의 술냄새가 땅 속에서 아직 가시지도 않았어라. 우리는 이렇게 지지리도 못난 족속이다. 이래 죽이고 저래 죽이고 여기서 빼가고 저기서 빼가고, 양쪽에서 쓸 만한 인재는 체질하고 키질해서 죽이지 않으면 데려가고 지금 서울엔 쭉정이밖에 더 남았냐? 그래도 뭐가 부족해 또 체질이냐? 그 까짓 쭉정이들 한꺼번에 불싸질러 버리고 말지."(128~129면) 주인공의 절규에, 형사는 연행 대신 그녀를 '향토방위대' 단원으로 취직시켰다.

179 난설은 자신을 겁탈한 국군과 결혼했으나, 국군은 이미 조강지처가 있었다. 그녀는 단신 막벌이꾼으로 자수성가하여 아들을 키웠다. 한국전쟁 당시 부인을 비롯한 여성들이 군이나 경찰의 성폭행 대상이 되는 일이 발생해도, 여성 스스로 수치심으로 발설하지 않았다. 제주도 4・3항쟁과 같은 특정 지역과 시기, 입산자 아내들에게 가해진 경찰과 서북청년의 성폭력은 전쟁의 폭력성이 여성에게 어떠한 형태로 가해지는지를 보여준다. 이임하, 『여성, 전쟁을 넘어 일어서다』, 서해문집, 2004, 82~84면.

180 반공포로의 석방 과정에 관한 논의로는 최미진의 「반공포로의 석방과 국민형성의

딜레마」(『한국민족문화』 41, 부산대 한국민족문화연구소, 2011, 33~65면)를 들 수 있다. 최미진은 김광주의 『석방인(釋放人)』(대영당, 1954)을 대상으로 반공포로의 석방 과정과 갱생의 대상으로서 국민의 형성 과정을 논의했는데, 이 작품은 부산 가야리 제9수용소를 배경으로 하고 있으며 남성포로를 대상으로 했다.

181 이승만의 반공포로석방 추이는 다음과 같다. 당시 휴전회담은 1951년 7월 10일 개성에서부터 시작되어 10월 하순 무렵에는 판문점으로 자리를 옮겼는데, 포로송환은 심각한 쟁점이었다. 유엔군 측의 자유송환론과 공산군 측의 강제송환론이 맞선 가운데 합의를 보지 못했다. 1953년 6월 8일 판문점 휴전회담에서 국제연합군 측과 공산군 측 간에 포로송환협정이 체결되었다. 당시 공산군 측의 대표는 북한과 중국인데 비해 한국 측은 유엔을 대표해서 미군사령관과 영국이 주도했으며, 한국 측은 휴전을 반대한다고 하여 회담장에는 발언권 없는 대령 출신의 장교만 참석했다. 이 협정에 의하면 포로는 휴전 후 60일 이내 송환하는데, 송환을 바라지 않는 포로는 5개국(스웨덴, 스위스, 체코, 폴란드, 인도)으로 구성된 중립국송환위원회에 인계되어 총 120일간의 설득 기간을 둔 뒤 최종 결정한다는 내용을 담고 있다. 포로들은 중립국송환위원회의 설득공작을 받아야 했다.

182 이 석방조치는 휴전을 목적에 둔 상태에서 단행된 만큼, 휴전반대를 통해 미국으로부터 상호방위조약을 얻어내기 위한 일종의 정치적 시위의 성격이 다분했다. 따라서 반공포로 석방 직후 펼쳐진 대대적인 환영행사는 휴전반대와 북진통일의 결의를 다지고 대한민국의 정당성을 옹호하는 정치적 장으로 활용되었다. 이동헌, 「한국전쟁 후 '반공포로'에 대한 기억과 기념」, 『동아시아 문화연구』 제40호, 한양대 한국학연구소, 2006, 207면 참조.

183 「全愛國捕虜釋放 李大統領 重大聲明」, 『동아일보』, 1953.6.19.

184 레이초우, 정재서 역, 「오래된 우물 파기」, 『원시적 열정』, 이산, 2010, 111면 참조. 레이초우는 중국영화 〈오래된 우물〉(장이머우 감독, 1986)을 분석하면서 근대의 담론에서 중국여성은 원시적인 것(primitive)으로, "가족제도라는 고여 있는 물과 국가라는 넓은 바다 사이에서 떠도는 여성의 신체"라 감각적으로 설명한다.

185 위의 글, 111면. 구혜영의 여성의식은 여성의 인권이 내셔널리즘에 의해 왜곡되어 내셔널리즘 범주 안에 전락하는 것을 우려한 우에노 지즈코의 논리에 반한다. 우에노 지즈코, 이선이 역, 『위안부를 둘러싼 기억의 정치학―다시 쓰는 내셔널리즘과 젠더』, 현실문화, 2014.

186 1980년대 이후 여성문학론은 문학연구 방법론이자 실천적인 방법으로서 당대 지배적인 담론과 긴장관계를 유지해 왔으며, 1990년대 이후에는 탈근대를 기획하는 대표적인 문학이론으로 입지를 굳히게 되었다. 김양선, 「탈근대·탈민족 담론과 페미니즘 문학연구―경합과 교섭에 대한 비판적 읽기」, 『근대문학의 탈식민성과 젠더 정치학』, 역락, 2009, 13면. 이러한 여성문학사의 추이에 비추어 볼 때, 구혜영은 많은 양의 여성소설을 창작했지만 거대담론과 맞설 수 있는 독립된 여성의식을 선보인 것은 아님을 알 수 있다.

187 『광상곡』에서 자명과 일산은 독립운동가의 기개를 이어받은 후예로서, 그들의 아

버지는 의사로서 안락한 삶 대신 구국을 위해 헌신했다. 해방 이후 독립운동가의 가계는 평탄치 않았으나, 작가는 이들의 활동과 기개에 대한 흠모를 피력했다.

188 박완서는 『나목』에서 오빠의 죽음을 증언했다. 행랑채 다락방에 숨어 있던 오빠는 폭격으로 한순간에 검붉은 선혈로 해체된다. 육친의 갑작스러운 죽음이 충격적인 탓이겠지만, 박완서의 기억에는 가족사의 비애가 주조를 이루고 있으므로 이데올로기에 대한 객관적인 거리두기 및 비판은 관건이 아니었다.

189 구혜영, 「호수공원」, 『라쁠륨』 19호, 문화공간, 2001.봄, 49면.

190 위의 글, 120면.

191 구혜영, 「호수공원」, 『라쁠륨』 20호, 문화공간, 2001.여름, 17면.

192 구혜영, 「호수공원」, 『라쁠륨』 19호, 문화공간, 2001.봄, 118~119면.

193 위의 글, 122면.

194 구혜영, 「호수공원」, 『라쁠륨』 20호, 문화공간, 2001.여름, 84면.

195 구혜영, 「호수공원」, 『라쁠륨』, 문화공간, 2001.봄, 65면.

196 정병준, 「해방 이후 여운형의 통일독립운동과 사상적 지향」, 『한국민족사연구』 39, 한국민족운동사학회, 2004, 138면 참조. 여운형의 사상적 위치를 사회민주주의적 지향으로 평가하는 것은 이미 여운형 자신에 의해 거부된 바 있다. 여운형은 자본주의적 생산관계가 충분히 성숙하지 못한 조선에서 점진적 개량과 개혁을 주장할 수 있는 물질적 조건이 부재하기 때문에 사회민주주의의 존립근거가 없다고 부정했다. 여운형, 「인민을 상대로 한 정치」, 『革進』 제1권 제1호.(정병준, 앞의 글 재인용)

197 구혜영, 「호수공원」, 『라쁠륨』, 문화공간, 2001.봄, 117면. 이해를 위해 본문의 행을 나눔.

198 위의 글, 126면.

199 구혜영, 「도라지꽃-연작소설 호수공원 4」, 『한국소설』, 한국소설가협회, 2003.11, 39면.

200 구혜영, 「메이플우드의 마지막 집」, 『펜문학』 통권 60호, 국제펜클럽한국본부, 2001.가을, 121면.

201 구혜영, 「도라지꽃-연작소설 호수공원 4」, 『한국소설』, 한국소설가협회, 2003.11, 35면.

202 구혜영, 「해질녘 다리 위」, 『해결되지 않은 불꽃』, 지혜네, 1996, 144면.

203 구혜영, 「산까지 소리」, 『해결되지 않은 불꽃』, 지혜네, 1996, 169면.

204 구혜영, 「청계천 맑던 무렵에서」, 『해결되지 않은 불꽃』, 지혜네, 1996, 234면.

205 위의 글, 229면.

206 구혜영, 「염소뿔」, 『해결되지 않은 불꽃』, 지혜네, 1996, 78~79면.

207 구혜영, 「메이플우드의 마지막 집」, 『펜문학』 통권 60호, 국제펜클럽한국본부, 2001.가을, 115면.

참고문헌

1. 자료

구혜영, 「안개는 거치고」, 『사상계』, 1955.7.

_____, 「상록의 지층」, 『사상계』, 1956.6.

_____, 『불타는 신록』, 성바오로출판사, 1973.

_____, 『안개의 肖像』, 삼성출판사, 1973.

_____, 『銀빛깔의 작은 새』, 창원사, 1975.

_____, 『진아의 戀人』, 창원사, 1974.

_____, 『진아의 편지』, 창원사, 1974.

_____, 『칸나의 뜰』, 창원사, 1974.

_____, 『진아엄마에게』, 창원사, 1975.

_____, 『언덕에 부는 바람』, 성바오로출판사, 1977.

_____, 『五月祭』, 태창출판사, 1978.

_____, 『요가를 하는 女子』, 일신서적공사, 1979.

_____, 『세월의 江물소리』, 유아개발사, 1979.

_____, 『바람으로 오는 사람』, 지인사, 1980.

_____, 『불뱀의 집』, 자유문학사, 1980.

_____, 『유라의 密室』, 행림출판, 1982.

_____, 『칸나의 뜰』, 카나리아, 1988.(창원사, 1974 초판본)

_____, 『우리시대의 한국문학』 7, 계몽사, 1986.

_____, 『한국문학전집』 24, 삼성출판사, 1986.

_____, 『사랑을 아느냐고 내게 물으면』, 신원문화사, 1990.

_____, 『광상곡』, 일신서적, 1994.

_____, 『해결되지 않은 불꽃』, 지혜네, 1996.

_____, 「호수공원」, 『라쁠륨』, 문화공간, 2001.봄.

_____, 「호수공원」, 『라쁠륨』, 문화공간, 2001.여름.

_____, 「메이풀우드의 마지막 집」, 『펜문학』 통권 60호, 국제펜클럽한국본부, 2001.
　　가을.

_____, 「도라지꽃―연작소설 호수공원 4」, 『한국소설』, 한국소설가협회, 2003.11.

_____, 『내 문학의 뿌리』, 답게, 2006.

김응천 감독, 〈여고졸업반 시나리오〉(오리지널), 1975.

_____, 〈여고졸업반 시나리오〉(심의대본), 1975.

앙드레 모루아 · 구혜영 옮김, 「결혼 · 행복 · 우정」, 『현대인교양선서』, 금성출판사,
　　1989.

서정주, 「花蛇」, 『미당서정주 시전집』 1, 민음사, 1993.

박완서, 『그 많던 싱아는 누가 다 먹었을까』, 웅진, 1992.

_____, 『그 산이 정말 거기에 있었을까』, 웅진, 1995.

2. 논문 및 단행본

강진호, 「분단현실의 자기화와 주체적 극복 의지」, 『1970년대 문학연구』, 소명출판,
　　2000.

_____, 「반공주의와 자전소설의 형식」, 『국어국문학』 133, 국어국문학회, 2003.5.

권영민, 『한국현대문학대사전』, 서울대 출판부, 2004.

김건우, 『사상계와 1950년대 문학』, 소명출판, 2003.

김귀옥, 「한국전쟁기 한국군에 의한 성폭력의 유형과 함의」, 『구술사연구』 제3권 2호,
　　한국구술사학회, 2012.

김동춘, 『전쟁과 사회―우리에게 한국전쟁은 무엇이었나』, 돌베개, 2008.

김복순, 「소녀의 탄생과 반공주의 서사사의 계보―최정희의 『녹색의 문』을 중심으
　　로」, 『한국근대문학연구』 18, 한국근대문학회, 2008.

김양선, 「탈근대 · 탈민족 담론과 페미니즘 문학연구―경합과 교섭에 대한 비판적
　　읽기」, 『근대문학의 탈식민성과 젠더정치학』, 역락, 2009.

_____, 「195,60년대 여성-문학의 배치―『사상계』 여성문학 비평과 여성작가 소설을
　　중심으로」, 『여성문학연구』 29, 한국여성문학학회, 2013.

김예림, 「1960년대 중후반 개발 내셔널리즘과 중산층 가정 판타지의 문화정치학」, 『현대문학의 연구』22호, 한국문학연구학회, 2007.

김은하, 「중산층 가정소설과 불안의 상상력 — 강신재의 장편 연재소설을 대상으로」, 『대중서사연구』22호, 대중서사학회, 2009.

김지니, 「북한 공연예술단체의 기능과 역할 변화 연구」, 이화여대 석사논문, 2007.

김지혜, 「1970년대 대중소설의 영화적 변용 연구」, 『한국문학이론과 비평』58, 한국문학이론과비평학회, 2013.

김현주, 「1970년대 대중소설 연구」, 『1970년대 문학연구』, 소명출판, 2000.

_____, 「1950년대 여성잡지 『여원』과 '제도로서의 주부'의 탄생」, 『대중서사연구』제18호, 대중서사학회, 2007.12.

나윤경, 「60~70년대 개발국가 시대의 학생잡지를 통해서 본 10대 여학생 주체형성과 관련한 담론분석」, 『한국민족운동사연구』56, 한국민족운동사학회, 2008.

노혜숙, 「1980년대 여성소설 특징」, 『아시아여성연구』33, 숙명여대 아시아여성연구소, 1994.

박명림, 「북한의 남한통치 Ⅰ — 인민과 전시 정치」, 『한국 1950 전쟁과 평화』, 나남, 2002.

박민정, 「70년대 하이틴 영화, 좌절된 전복의 가능성」, 『씨네포럼』5, 동국대 영상미디어센터, 2002.

박유희, 「박정희 정권기 영화 검열과 감성 재현의 역학」, 『역사비평』99, 역사비평사, 2012.

박평종, 「폭력과 에로티시즘」, 『AURA』, 한국사진학회, 2006.

서정자, 「평생 동안 추구한 '안개'의 초상」, 『작고 여성문인 재조명 — 구혜영편』, 한국여성문학인회, 2013.

손정원, 「개발국가의 공간적 차원에 관한 연구 — 1970년대 한국의 경험을 사례로」, 『공간과 사회』25, 한국공간환경학회, 2006.

송경란, 「1950년대 한국소설의 여성인물 연구 — 현실수용양상을 중심으로」, 숙명여대 박사논문, 2000.

신두원, 「1980년대 문학의 문제성」, 『민족문학사연구』50, 민족문학사학회, 2012.

신동한, 「愛情小說의 새로운 境地」, 『한국문학전집』24, 삼성출판사, 1986.

아쯔코 다니자키, 「현대 한국 중산층 주부역할 형성과정에 관한 분석 — 60,70년대 여성잡지를 중심으로」, 서강대 석사논문, 2002.

오승욱, 「한국 여배우 열전 ⑤ 영원한 여고생 임예진 – 한국 영화사상 전무후무한 하이틴 스타」, 『신동아』 638호, 동아일보사, 2012.11.

오자은, 「중산층 가정의 욕망과 존재방식」, 『국어국문학』 164, 국어국문학회, 2013.

오진곤, 「유신체제기 영화와 방송의 정책적 양상에 관한 연구 – 유신체제의 법제적 장치에 따른 영화와 방송의 법제적 조치를 중심으로」, 『언론정보연구』 48, 서울대 언론정보연구소, 2011.

이경, 「『토지』와 겁탈의 변검술」, 『여성문학연구』 27, 한국여성문학학회, 2012.

이동헌, 「한국전쟁 후 '반공포로'에 대한 기억과 기념」, 『동아시아 문화연구』 제40호, 한양대 한국학연구소, 2006.

이윤종, 「포르노 그래피, 바디 장르, 그리고 페미니즘 – 1980년대 한국 에로영화에 대한 페미니즘 논의를 중심으로」, 『문화과학』, 문화과학사, 2013.9.

이은정, 「'자궁'의 시적 상상력과 여성주체의 전개양상」, 『한국문예창작』 제12권 제1호, 한국문예창작학회, 2013.

이인복, 「小說과 救援意志 – 사랑과 이별과 죽음의 美學」, 『우리 작가들의 번뇌와 해탈』, 국학자료원, 2002.

이임하, 『여성, 전쟁을 넘어 일어서다』, 서해문집, 2004.

이상록, 「1970년대 소비억제정책과 소비문화의 일상정치학」, 『역사비평』, 역사비평사, 2013.4.

이선옥, 「열광, 그후의 침묵과 단절의 의미 – 4·19세대 여성작가」, 『4·19혁명과 한국문학』, 창작과비평사, 2002.

이재경, 「한국 사회학에서 '여성'연구의 성장과 도전 – 1964~2002」, 『사회과학연구논총』 11, 이화여대 사회과학연구소, 2003, 23~40면.

이정숙, 「'개발주의서사'의 '성-섹슈얼리티'에 대한 '혐오-연민' – 이문구의 『장한몽』과 윤흥길의 『묵시의 바다』를 중심으로」, 『여성문학연구』 제36호, 한국여성문학학회, 2015.12.

이하나, 「1970년대 감성규율과 문화위계 담론 – '통속'의 정치학과 권위주의 체제」, 『역사문제연구』 제30호, 역사문제연구소, 2013.10.

장미경, 「1960~70년대 가정주부(아내)의 형성과 젠더정치 – 『여원』, 『주부생활』 잡지 담론을 중심으로」, 『사회과학연구』 제15집 1호, 서강대 사회과학연구소, 2007.2.

전상인, 「1946년경 남한주민의 사회의식」, 『사회와 역사』 52, 한국사회학회, 1997.11.

정병준, 「해방이후 여운형의 통일독립운동과 사상적 지향」, 『한국민족사연구』 39, 한국민족운동사연구, 2004.

정소영, 「포르노, 전시되는 몸과 창조하는 몸」, 『여성의 몸』, 창비, 2005.

정연희, 「1960년대 대중지와 근대 도시적 삶의 구성 – 여성지 '여원'을 중심으로」, 『언론과학연구』 제9호, 한국지역언론학회, 2009.9.

정영선, 「여성작가의 한국전쟁 소설 연구」, 경성대 박사논문, 2015.

정영태, 「일제말 미군정기 반공이데올로기의 형성」, 『역사비평』, 역사문제연구소, 1992.봄.

정혜경, 「『사상계』 등단 신인여성작가 소설에 나타난 청년표상」, 『우리어문연구』 39, 우리어문학회, 2011.

조미숙, 「전쟁소설로서의 「광상곡」, 그 의의와 한계」, 『한국문예비평연구』 제2집, 한국현대문예비평학회, 1986.6.

조성훈, 『한국전쟁과 포로』, 선인, 2010.

최미진, 「반공포로의 석방과 국민형성의 딜레마」, 『한국민족문화』 41, 부산대 한국민족문화연구소, 2011.

최성희, 「에로스, 에로티시즘, 페미니즘」, 『영미문학페미니즘』 17권 1호, 한국영미문학페미니즘문학학회, 2009.

한국전쟁전후 민간인학살 진상규명 범국민위원회, 『한국전쟁전후 민간인학살 실태보고서』, 한울, 2005.

한국 여성문학인회, 『작고 여성문인 재조명 – 구혜영편』, 2013.

허윤, 「'비국민'에서 '국민'으로 거듭나기」, 『근대서지』, 근대서지학회, 2013.6.

앤소니 기든스, 배은경·황정미 역, 『현대 사회의 성·사랑·에로티시즘』, 새물결, 2003.

안빵상 뷔포, 이자경 역, 『눈물의 역사 – 18~19세기』, 동문선, 2000.

재클린 살스비, 박찬길 역, 『낭만적 사랑과 사회』, 민음사, 1985.

조르쥬 바따이유, 조한경 역, 『에로티즘』, 민음사, 1993.

조르쥬 바따이유, 조한경 역, 『에로티즘의 역사』, 민음사, 1998.

조르쥬 바따이유, 유기환 역, 『에로스의 눈물』, 문학과의식, 2002.

조지 모스, 서강여성문학연구회 역, 『내셔널리즘과 섹슈얼리티 – 근대 유럽에서의 고

　　　결함과 비정상적 섹슈얼리티』, 소명출판, 2004.

레이초우, 정재서 역, 『원시적 열정』, 이산, 2010.

로지 브라이도티, 박미선 역, 『유목적 주체』, 여이연, 2004.

스베틀라나 알렉시예비치, 박은정 역, 『전쟁은 여자의 얼굴을 하지 않았다』, 문학동네,
　　　2015.

오카 마리, 김병구 역, 『기억 서사』, 소명출판, 2004.

우에노 지즈코, 이선이 역, 『위안부를 둘러싼 기억의 정치학―다시 쓰는 내셔널리즘과
　　　젠더』, 현실문화, 2014.

샌드라 리 바트키, 윤효녕 역, 「푸코, 여성성, 가부장적 권력의 근대화」, 『여성의 몸 어
　　　떻게 읽을 것인가』, 한울, 2001.

시몬느 비에른느, 이재실 역, 『통과제의와 문학』, 문학동네, 1996.

핫토리 타미오, 「1980년대 한국의 사회경제적 변화―한국에 있어 1980년대는 어떤 시
　　　대였나?」, 『한일공동연구총서』, 고려대 아세아문제연구소, 2006.7.

『신천지』, 『사상계』, 『현대문학』, 『경향신문』, 『동아일보』, 『주부생활』 등.

초출일람

안미영, 「'계몽성'과 '감성'이 착종된 세대의 의의와 한계 ─ 구혜영의 초기소설 연구」,
　　『국어국문학』 150호, 국어국문학회, 2008.12, 425~456면.

_____, 「1970년대 여대생의 성(性)과 사랑의 윤리 ─ 구혜영의 1970년대 청춘소설을
　　중심으로」, 『인문학연구』 94, 충남대 인문과학연구소, 2014, 211~245면.

_____, 「1970년대 소녀판타지의 한 기원 ─ 구혜영의 『불타는 신록』(1973)을 중심으
　　로」, 『여성문학연구』, 한국여성문학학회, 2014, 149~185면.

_____, 「1980년대 전반기 여성소설에 나타난 여성의식의 의의와 한계 ─ 구혜영의
　　『불뱀의 집』(1980)·『유라의 密室』(1982)을 대상으로」, 『비평문학』, 한국비
　　평문학회, 2015, 125~152면.

_____, 「장편 『안개의 肖像』의 잡지 연재본과 단행본 간의 간극 고찰」, 『어문학』 131,
　　한국어문학회, 2016, 267~295면.

_____, 「한국전쟁기 남한사회 좌익 여성포로의 행로 ─ 구혜영의 『광상곡』을 중심으
　　로」, 『국어국문학』 177, 국어국문학회, 2016, 337~363면.

_____, 「한 여성작가의 청춘 비망록 ─ 구혜영의 2000년대 전후(前後) 소설을 대상으
　　로」, 『사람의 문학』 79호, 문예미학사, 2016.봄, 261~277면.

작가 연보

1931년 강원도 춘천 출생.

1950년 서울대학교 사범대학 부속중학교 6년제 졸업.

1955년 숙명여대 국어국문학과 졸업하고 같은 해『사상계』창간2주년 창작 공
모에 단편「안개는 걷히고」가 당선되어 등단한다.『한국일보』문화부
기자.

1958년 숙명여대 전임강사.

1966년 학원사『주부생활』편집.

1967년 제1회 한국 잡지협회 취재기자상 수상.

1982년 신문윤리위원회 위원.

1984년 한국여류문학인회 부회장.

1985년 한국문인협회 소설분과 위원장.

1987년 제7회 한국펜문학상「광상곡」. 제3회 한국소설문학상.

1988년 제24회 월탄문학상.

1990년 공연윤리심의위원회 위원. 한국여류문학인회 회장. 여성정책심의위원
회 위원.

1992년 국제 펜클럽 한국본부 이사.

1995~96년 문학의 해 조직위원회 위원 제27회 대한민국 문화예술상.

1997년 한국문인협회 이사.

1998년 제12회 예총예술문화 대상.

2000년 제6회 숙명문학상「해결되지 않는 불꽃」.

* 숙명여대 한국어문화연구소,『한국 여성문인사전』, 태학사, 2006, 60~61면.

작품 목록

소설	수필 및 그 밖의 저서
「안개는 걷히고」(『사상계』, 1955.7) 「밤송이」(『숙대학보』, 1955.7) 「봄은 조롱처럼」(『문학예술』, 1956.6) 「상록의 지층」(『사상계』, 1956.6) 「전신」(『자유문학』, 1958.2) 「집착시키는 것들」(『신태양』, 1958.4) 「유실의 계절」(『자유문학』, 1958.10) 「마녀의 회상」(『자유공론』, 1959.7) 「백주의 고독」(『자유문학』, 1959.7) 「암초」(『사상계』, 1959.9) 「황량한 한나절」(『문학』, 1959.12)	
「계층」(『자유문학』, 1960.6) 「메기의 추억」(『사상계』, 1961.11) 「매료」(『여상』, 1962) 「첫눈 내리는 날」(『청파문학』, 1963) 「거리에 눈 내릴 때」(『소설계』, 1963. 「일년간」을 개제한 것임) 「토끼띠의 여인」(『문학춘추』, 1964.7) 「여름의 마지막 날」(『문학춘추』, 1964.10) 「음악회」(『청파문학』, 1965.5) 「안개」(『여원』, 1966.12) 「충격」(『소설계』, 1967) 「어떤 평일」(『사상계』, 1967.6) 「바람일렁이는 풀섶에서」(『자유공론』, 1967) 「문이 닫힐 때까지」(『농원』, 1967) 「은 빛깔의 작은 새」(『사상계』, 1968.6)	

「소희」(『여류문학』, 1968.11)
「미스零의 行方」(『국세』, 1967)
「목백합」(『신상』3, 1969.3)
「초가을」(『예술계』, 1969,)
「명희」(『사상계』, 1969.8)
「舊式이야기」(『청파문학』, 1969)
「풀려나는 새 아침」(『자유공론』, 1969)

「안개의 초상」(『주부생활』, 1970)	『진아의 편지』(창원사, 1974)
「그대와 잔디밭에」(『경남일보』, 1970 중편)	『젊은 벗과의 대화』(법문사, 1976)
「행복한 여자」(『주간조선』, 1970)	『사랑과 고뇌의 편지』(대종출판사, 1978)
「길」(『주간종교』, 1971 중편)	『세월의 江물소리』(유아개발사, 1979)
「올리브 산의 놀」(『카톨릭시보』, 1973)	
「벽지에서」(『광복30년 문학전집』, 1973 중편)	
『불타는 신록』(성바오로출판사, 1973 소설집)	
『안개의 초상』(삼성출판사, 1973 장편)	
「어느 화가의 아내」(『카톨릭시보』, 1974, 중편)	
「행복한 여자」(『한국대표단편문학전집』, 1974)	
『진아의 연인』(창원사, 1974)	
『칸나의 뜰』(창원사, 1974)	
『언덕에 부는 바람』(학원, 1975)	
『진아 엄마에게』(창원사, 1975)	
『은 빛깔의 작은 새』(창원사, 1975)	
「그대의 빨간 구두」(『여성세계』, 1976)	
「겨울 사나이」(『새가정』, 1976)	
「청계천 맑던 무렵」(『정통한국문학대계』, 1977 단편)	
『요가를 하는 여자』(일신서적공사, 1977 소설집)	
『상아의 꿈』(서음, 1977)	
『해바라기 소녀들』(성바오로, 1977 소설집)	
『오월제』(태광출판사, 1978)	
『불타는 신록』(어문각, 1979 소설집)	
「나의 하얀 망아지」(『한국일보』, 1979 중편)	

『혼자 가는 아이』(여학생사, 1980 소설집)	『어여쁨을 위하여』(학원사, 1986)
『바람으로 오는 사람』(지인사, 1980 장편)	『사랑의 세미나』(범우사, 1987)
『불뱀의 집』(자유문학사, 1980 장편)	『해바라기 같은 그대』(해문, 1987)
「산까치 소리」(『현대문학』, 1981.12)	『구혜영의 사랑만들기』(햇빛, 1989)

「비가 오는 황혼 풍경」(『소설문학』, 1981.12) 『유라의 밀실』(행림, 1982 소설집) 『초여름의 나팔소리』(여학생사, 1983 장편) 「낙목한천」(『현대문학』, 1983.1) 「외로운 대기」(『현대문학』, 1984.9) 「해질녘 다리위」(『문학사상』, 1986.6) 「염소뿔」(『동서문학』, 1986.10) 『광상곡』(문예출판사, 1986 장편) 『고래의 노래』(한벗, 1989 장편) 「미명의 비」(『월간문학』, 1989.12)	
『오월의 축제』(햇빛, 1992 소설집) 『해결되지 않은 불꽃』(지혜네, 1996 소설집) 「호수공원 1」(『라쁠륨』, 2000. 봄) 「호수공원 2」(『라쁠륨』, 2000. 여름) 「도라지」(『한국문학』, 2001. 여름) 「메이폴우드의 마지막 집」(『펜문학』 통권 60호, 2001. 가을) 「도라지꽃-호수공원 4」(『한국소설』, 2003.11) 「구혜영소설가 추모 특집」(『문학시대』 통권 77호, 2006. 가을) -유고 「유월의 밥상」·「약속이행」·「안개꽃」·「작 은 카펫」·「1인용 전기밥솥」	『사랑을 아느냐고 내게 물으면』(신원문 화사, 1990)